葛冰幽默奇幻童话星系

★ 小糊涂神儿 ★

接力出版社
Publishing House

图书在版编目（CIP）数据

小糊涂神儿/葛冰著. ——南宁：接力出版社，2007.2
（葛冰幽默奇幻童话星系）
ISBN 978-7-80732-688-5

Ⅰ. 小… Ⅱ. 葛… Ⅲ. 童话-中国-当代 Ⅳ. I287.7

中国版本图书馆 CIP 数据核字（2007）第 007074 号

责任编辑：周 锦
美术编辑：卢 强 责任校对：刘会乔
责任监印：梁任岭 媒介主理：代 萍

出版人：黄 俭
出版发行：接力出版社
社址：广西南宁市园湖南路 9 号 邮编：530022
电话：0771－5863339（发行部） 5866644（总编室）
传真：0771－5863291（发行部） 5850435（办公室）
网址：http://www.jielibeijing.com http://www.jielibook.com
E-mail：jielipub@public.nn.gx.cn

经销：新华书店

印制：三河市汇鑫印务有限公司
开本：710 毫米×1000 毫米 1/16
印张：16.75 字数：250 千字
版次：2007 年 4 月第 1 版 印次：2007 年 4 月第 1 次印刷
印数：00 001—10 000 册
定价：22.80 元

版权所有 侵权必究

凡属合法出版之本书，环衬均采用接力出版社特制水印防伪专用纸，该专用防伪纸迎光透视可看出
接力出版社社标及专用字。凡无特制水印防伪专用纸者均属未经授权之版本，本书出版者将予以追究。
质量服务承诺：如发现缺页、错页、倒装等印装质量问题，可直接向本社调换。
服务电话：010－65545440 0771－5863291

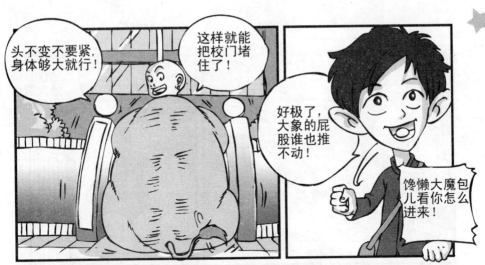

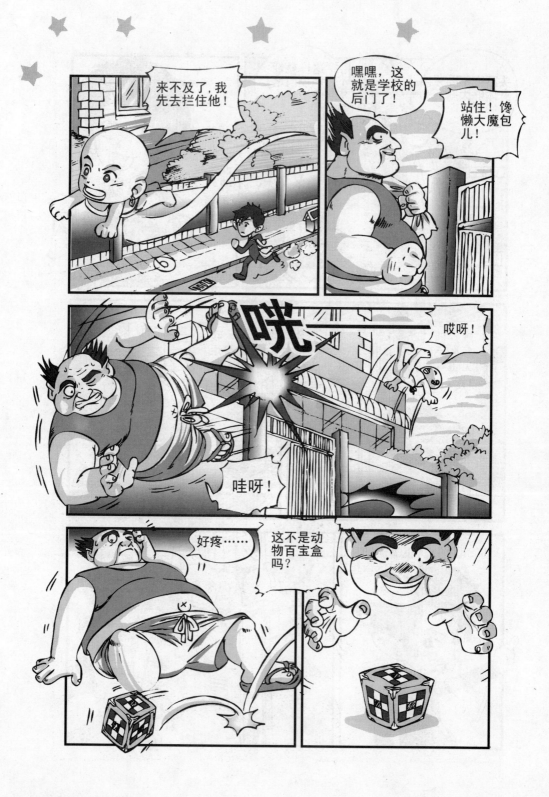

目录

云团儿上的小糊涂神儿 003

好大一瓶飞气 015

来个一塌糊涂 028

动物百宝盒 038

七件怪事 044

时光旅行车 061

糊涂小仙女 071

奇异的空间 077

异想天开豆 085

智慧草 093

教室里的大鲨鱼 103

鸟言兽语 110

超级球星 117

变色龙 125

世界偷王 135

神灯 144

圆桶婆婆 152

十万火急日记 160

嚼舌小妖　167

二十二度恒温　175

地遁术　181

神仙的规矩　187

愿望鸟　192

穿墙术　199

超人　206

会动的影子　212

破汽车的奇迹　217

新式轮椅　226

小妖精　233

丁点儿老师　238

附一　葛冰和小糊涂神儿、乔宝QQ对话　245
附二　作品出版年表　251
附三　主要获奖记录　252

小糊涂神儿

云团儿上的小·糊涂神儿

我们班主任王老师有个理论叫做"笨笨鸟先飞"。她说一般的笨学生五年级就开始拼命努力，准备六年级的升学考试了。我们这些学生属于笨笨鸟，自然从四年级就要加倍刻苦，因此作业也就留得特别多，多得我们都快喘不过气来了。

然而，前天下午，我正皱着眉头坐在写字台前进行作业大战的时候，却突然发现我的作业被人做过了。

我敢断定，这绝不是爸爸做的，因为他从来都是只监督我做作业不替我做作业。

这也绝不是妈妈做的，因为不论我多么累，她还觉得老师留的作业太少。我想，她只要做半回作业，就不会再有这样的想法了。

那么是谁呢？

屋子里除去我再没有别人。难道是神仙？

我看也不像。神仙写的字会那样乱？蜘蛛爬似的，还不如我。况且十道算术题错了九道，不是丢了加减号，就是把得数抄串了行。

我有些气恼，因为算术老师规定了，错一道要罚做九道，错九道就得再做八十一道题，至少再让我受两个小时的苦。

我低声咒骂着，用涂改液一点点抹掉写在作业本上的笔画。

突然，"吱吱吱！"一种奇异的声音在墨水瓶后面响了起来。我忙移开墨水瓶，发现后面有一个黄豆粒大的小薄片。我好奇地用手一摸，"吱吱吱！"小薄片又叫着，一点点变大了，变得和书本一样大。原来是份成绩册。

我一眼就断定，这成绩册准不是好学生的。第一，封皮皱皱巴巴，折了好几道印，和我的一样。我拿了成绩册就喜欢卷成一圈，卷得越小越好，然后塞到书包缝里。第二，成绩册上的名字也故意写得十分潦草，叫人认不出是谁的。上面准没好分数。

我好奇地打开成绩册，哈，果然，2分、3分、2分、2分……比我还差，我忍不住笑了。

"你在干什么呢？不好好做作业。"身后响起了爸爸的声音。

我吓了一跳，慌忙想藏起这成绩册。

可爸爸的手比我还快，他把揉得皱皱的成绩册拿过去了。

"啊？你竟得了那么多2分，还瞒着我们！"爸爸大叫。

我急忙说："这不是我的！"

"不是你的，你藏什么呀？"爸爸皱着眉头问。

是啊，我为什么要藏呢？连我自己也解释不清楚。说起来也怪，平时在许多事情上我在爸爸妈妈面前都躲躲闪闪的，大概是他们老爱挑我毛病的缘故吧。

"你看看，你看看，"爸爸生气地用手指在成绩册上指指点点，"2分，2分，连腾云术、分身法都是2分……"他突然惊愕地张大了嘴。

我连忙从爸爸手中抓过成绩册，瞪大眼睛看，不由得乐着说："我说不是我的吧？您还不相信。我们学校上的是算术、语文，哪有什么腾云分身、移山填海的课程啊？"

"可是，哪个学校有这样的课程呢？"爸爸眯缝着眼睛盯着我。

我愣住了，答不上来。是没有这样的学校。

"哼，我明白了，"爸爸撇着嘴角说，"准是你成绩不好，有气没地方撒，就在成绩册上乱改，怪不得上个星期你非让我买涂改液不可，原来是为了这个!"爸爸说着,又拿起我的作业本,他偏偏看上了那九道错的算术题,自然对我又是一顿训斥。

我呢,再没说别的,只是一个劲儿点头说:"是,是,是。"我发现这是对付大人一个挺妙的办法。因为他们好像就喜欢听"是",你要说"不是",反而会招来更多的训斥。现在,我说"是"了,他总不能再让我说"不是"吧。

果然,说了一会儿,爸爸也觉得没劲了,泄气地吓唬我:"下星期,我到你们学校和老师说去。"

然而,还没等爸爸去学校,我们班主任王老师就对我说:"明天叫你爸来。"

我又在学校惹了一档子事,也是糊里糊涂。

上算术课之前,我座位附近的几个女生就嘀嘀咕咕地咬耳朵,偷偷往我这儿瞧,还忍不住哧哧地笑。

我被看得有些发毛,忙看看自己的衣服,说不定又是哪个调皮鬼在我身上捣了鬼。我就这么干过,比如,把粉笔研成粉,用针在纸袋上扎许多孔,连成一个小乌龟的形状,把粉装进纸袋,往别人后背上一拍,便印出一只小乌龟来。

我问后边的男同学:"我后背上有东西吗?"

男同学摇摇头,悄声告诉我:"她们好像在看你的脚呢。"

我低头一看,愣住了,哎哟,两只鞋子不一样!一只黑色松紧鞋,这是我的;另一只是紫色的,样子挺像舞台上演京戏的小孩儿穿的虎头鞋。怪不得我早晨上学时,脚好像有点别扭。我真马虎,竟没有低头看一看。

"嘻嘻,准是把他爷爷小时候的鞋穿来了。"旁边有人嘲笑我。我赶紧把脚缩到椅子下边。

上课了,老师在前面讲练习题,大家的注意力也暂时从我的鞋子转移到黑板上。我总算稍微轻松了些,把背靠在椅子上偷偷伸了个懒腰。

窗外空气很新鲜。几只小鸟在芙蓉树上跳来跳去,唧唧喳喳地叫着。其中有一只鸟很小很小,才有半只麻雀大,嘴细长细长的,灰绿的羽毛十分好看。

"要是能逮住这只小鸟就好了。"我胡思乱想着。

突然，我感觉右脚有点暖融融的，接着发出了一阵微微的嗞嗞的响声。

"这是什么声音？"正在讲课的王老师拧起了眉毛。

同学们都好奇地竖起耳朵，我也赶快装模作样地竖起耳朵。

我右脚上的紫鞋子，似乎变松了，从脚上慢慢退下来，也许这样它该不叫了吧。

紫色的鞋子完全从我脚上脱下来了。我不敢低头，但我感觉它在飘，顺着我的小腿往上，飘过大腿、肚皮、胸膛。我连忙把身体往后仰，我闻到了一股不太好闻的气味，就是我们踢完足球后，脱了鞋和袜子的那股味。

紫色鞋子终于从课桌下面飘上来了，围着我的脑袋转了一圈。然后突然加快速度向前飘去，吓得那些女生们哇哇乱叫。

"乱什么？"王老师厉声叫道。看见一个黑糊糊的东西直飞向她，她也不由自主地低下头。

鞋子从她头顶上擦过，快撞到黑板时，又拐了弯，飞到窗子外面。

"鞋子抓小鸟呢！"同学们兴奋地叫着，一齐涌到窗边。

鞋子真的在树丛上飞，紧紧追着那只灰绿羽毛的小鸟。小鸟惊慌地叫着，在细碎的绿芙蓉叶和粉红的花中间钻来钻去。然而，鞋子似乎比它更灵活，一下子把小鸟扣在里面，又呜呜叫着飞进了窗子。

这是我的鞋子，我的鞋能飞起来捉鸟，是我叫它捉的，我心里颇有点得意。

鞋子在我们头顶上打着转儿，好像犹犹豫豫，不知道该落到哪里。

我悄悄地把光脚丫子抬起来，晃了晃，示意它，主人在这呢。鞋子却向我旁边的女生飞去，似乎要把小鸟带进她的书包，吓得这个女生舞着手哇哇大叫。这女生也姓乔，和我同姓。鞋子一定认错人了。

我忍不住小声提醒鞋子："喂！不是那个姓乔的，是这个姓乔的。"

鞋子在空中晃动了一下，总算认清了主人，径直朝我飞来。不料飞到我头顶上时，鞋底突然断裂，小鸟飞了出来，飞跑了。两个半截鞋子不偏不歪，正落到我头上。

"该死，这鞋子真不结实！"我忍不住骂了一句。

旁边的同学好奇地抢过破鞋子去看。

"乔宝，下课到我办公室来。"王老师板着脸对我说。

在办公室里，自然又猛挨了一通训。而且，我发现光恭敬地答"是是是"也不灵了。比如老师问："你这鞋子怎么飞起来的？""谁给你安的遥控器？"我哪敢回答"是"呢！我要是回答了，万一老师叫我交出遥控器来，我到哪儿找去？我只好装聋作哑。

几个老师用铅笔在桌上把两个半截鞋子拨来拨去。王老师还从抽屉里拿出放大镜，对着鞋子看了半天，还是看不出所以然来。最后，只好叫我家长明天来领鞋子。

吃过晚饭，一回到自己的小屋，我便把房门一锁，在屋子里乱翻起来。我断定有个家伙在暗中和我捣鬼。他既然能趁我不在时在我的作业本上乱涂，换走我的鞋子，把什么破成绩册丢在我床上，那么也一定能干其他的坏事，或是换走其他的东西。

我先从抽屉翻起。在我那堆乱七八糟的书本中间，有几本卷了边的破书，不知是谁塞进来的，随便抓起一本，刚一打开，里边便响起哗啦哗啦的水声，好像大海的波涛。书里还伸出一只爪子，像是海龟的脚。我急忙把书合上，万一真钻出个海龟来，我这小屋子可受不了。我小心地把这几本怪书摞在一起，放到桌边，准备明天到外面找个宽敞的地方看，到那时候，不要说出来海龟，就是出来条大鲸鱼我也不怕。

在抽屉角里，我发现了个小葫芦，像是用琥珀做成的，黄亮黄亮的，里面却模模糊糊，看不清装的是什么东西。

用手轻轻一摇小葫芦，"阿嚏！"里面发出挺响的喷嚏声，还有个小东西动了起来。

"喂！放我出去，你要什么，我不给你什么。"小东西隔着葫芦对我说，好像是个大圆脸的小虫。

我望着葫芦迟疑地说："你说错了吧？我把你放出来，应该是，我要什么你给我什么。"我记得有一个关于魔瓶的阿拉伯故事就是这么说的。

"对！你不要什么，我给你什么。"葫芦里的小虫大大咧咧地说。

又错了，这小虫真糊涂。要是真把它放出来，我讨厌什么，它给什么，那可受不了。

我连忙把葫芦上的小盖拧紧，自言自语地说："我可不能把你放出来！"

"对，我不把你放出来。"小虫也在葫芦里叫。

这小虫有点儿傻。

我把小葫芦放到一边，又开始翻我的小床。我感到枕头底下有东西在动。我小心翼翼地把枕头挪开。嗯，下面有一只袜子，味道好难闻。真缺德！我从来是把自己的脏袜子放在脚底下的床单缝里，可这个坏家伙竟把他的袜子塞到我枕头底下。

我想用铅笔把袜子挑出来，袜子却无声无息地直立起来，沿着床边一溜小跑，跑到床头又蹦上了桌子，最后从窗缝里钻了出去。

一切都奇怪极了。

我有点儿累，便躺在床上。窗外黑黢黢的，星星在夜空中眨着眼。

躺着躺着，我感觉床好像一下子变窄了。我一侧身才发现，其实床没有变窄，只是我身边多了个人。

我吓了一大跳，他好像也吓了一大跳。

我直愣愣地盯着他，他也直愣愣地盯着我。

这个孩子我从来没见过。他长的模样也古怪，挺像《哪吒闹海》中的哪吒，但要比哪吒长得胖和丑。头上没有小鬏鬏，是光头。身穿红兜兜，脚上也没有风火轮，两只鞋子一只是紫色的，一只是黑色的，他也和我一样穿错了。

"你是谁？"我皱着眉头问，"怎么到这儿来了？"

他疑疑惑惑地搔着脑门："这是我的家呀！你怎么到我家来了？"

真是胡说！我生气地告诉他："这是我的家，我的床，我的枕头，我的被褥。"

"那我的呢？我也应该有床有枕头有被褥呀！"说着，他还用身体使劲往我这边挤。

我一使劲，"扑通！"把他挤到床下去了。

忽悠悠，他又飘起来了，像坐在一团云彩上，飘在半空中。

哎哟，他还会驾云！我突然记起那本卷了边的成绩册，成绩册上除去有腾云分身法外还有移山填海法，虽然他成绩不及格，也许移不动大山，可是，就算是把我们楼后锅炉房那堆炉渣移过来，我也受不了哇。看来这小子不是凡人。

我有点结巴地问："你……你是神仙？"

他惊奇地看着我："你……不是神仙？"

我傻乎乎地点点头，又忍不住问："你是什么神仙？"

"他们都叫我小糊涂神儿，叫我爸老糊涂神儿。"他老老实实地回答，又睁大眼睛向四周仔细望了望，有点明白过来了，"大概又走错了，我记得我们家好像不是这样的。"

"你当然走错了。"我告诉他，"你还把东西丢在我这儿了，那得 2 分的成绩册是你的吧？会飞的紫色的鞋子是你的吧？还有，这小葫芦也是你的吧？"我拿起小葫芦，好奇地问他，"这葫芦里是什么东西呀？"

小糊涂神儿说："糊涂虫。"

啊，糊涂虫！幸亏刚才我没打开葫芦，不然脑子会变得更糊涂了。

托着小糊涂神儿的云朵由白色变成了粉红色，慢慢上升，小糊涂神儿的头都快碰到天花板上了。

"喂！你快撞到屋顶了。"我提醒他。

"是吗？那我可以把头缩低点儿。"小糊涂神儿大大咧咧地回答。他使劲一缩脖子，脑袋竟然一下子缩到胸腔里，就像缩头乌龟一样。

红云朵还往上飘，上面的空间越来越窄。

"不行！不行！看来还得缩。"小糊涂神儿焦急地说。

真绝，他的上半截身体全缩进腿里去了。红云彩还往上移动，似乎打算把他挤成扁片儿。

看着小糊涂神儿狼狈不堪的样子，我忍不住提醒他："你为什么不使个法术让云彩降下来呢?"

"对呀!"小糊涂神儿高兴得大叫,"什么腾云法、驾云法、爬云法我都会,随便念一下就行。"说着,他嘟嘟囔囔地念起咒语。

粉红色的云朵突然飞快旋转起来,吓得小糊涂神儿在上面哇哇乱叫。接着,云朵一翻,小糊涂神儿一个倒栽葱,从上面跌落下来,重重地跌在地上,疼得他龇牙咧嘴地乱哼哼:"不对!不对!一定是我错念了转云法和翻云法。"蚯被切成两半还能活,壁虎的尾巴掉了,螃蟹的腿掉了,都还能再长出来。"

我记起了他成绩册上腾云驾雾法是2分。看来这样的水平,给2分一点也不冤枉。

小糊涂神儿捂着屁股仰脸望着头顶上的云彩,自言自语:"嗯,云彩越来越厚,弄不好,可能要下雨。"

我一听,真有点着急。要知道,这云彩不是在别处,而是飘在屋子里的天花板下,万一变成雨水,我屋子里的东西还不全浇湿了!

我急忙对小糊涂神儿说:"你快把这云彩弄走吧!"

"这没问题。"小糊涂神儿大大咧咧地说。

"你可别又犯糊涂!"我有点儿不放心地嘱咐,一面赶快把窗子打开。我想,既然他的袜子都可以钻出窗缝自己跑掉,那么云彩更可以从打开的窗子跑出去。

小糊涂神儿站在屋中间,伸开双臂,一本正经地念起了咒语:"金糊涂,银糊涂,不如家里有个小糊涂。风来,风来……"

我想,这咒语大概念得没错,不刮风,怎么能吹走云呢?

果然,风呼呼地从窗外刮进来,把桌上的书本都掀起来,我跑过去用双手压住。

"雷来,闪电来!"小糊涂神儿又大声念咒语。

这就有点儿不对了。赶走云彩要雷和闪电干什么?

我还没想明白,一道蓝色的闪电斜射下来,接着,轰隆一声雷响,我身边的椅子被劈成了两半。我吓坏了,赶忙钻到桌子底下。

我觉得屁股后面有个东西在使劲顶我，是雷吗？怎么肉乎乎的？回头一看，是小糊涂神儿，原来他也吓坏了，小胖脸上的肉哆嗦着："往里……往里点儿，给我挤点儿……"

　　我着急地说："你赶快停止打雷呀！"

　　"不行……了，"他结结巴巴地说，"念乱了，已请来了三个雷，就像手榴弹拉开了弦儿，放回去也没用了。"

　　"轰隆隆！"又是一个雷劈下来。

　　"哇！我的屁股！"小糊涂神儿大叫一声，他的屁股腾起了一个蓝色的火团。我闻到了一股烤肉味。

　　我吓得脸色苍白，赶忙问："小糊涂神儿，你怎么样？"

　　"屁股好疼，裤子都劈开了。"他打着哭腔说。

　　我放心了，他还活着，看来神仙的屁股和凡人的就是不一样。听说闪电的电压有几千伏呢，连大树都能劈成两半，可他才被劈破了裤子。

　　又是一个闪电。但等了半天，雷声没有下来。我从桌缝悄悄往外看，只见天花板上的云彩已经变成了灰黑色，沉甸甸的，云彩里隐约地响起了低沉的雷声。

　　"哗哗哗！"天花板上的雨下来了，落在被子上、书柜上、写字台上，这雨还不小，连地板上也湿汪汪的，积起了水。

　　雨总算停了。我们狼狈地从桌子底下爬出来。

　　"瞧！彩虹，我变的彩虹。"小糊涂神儿兴高采烈地指着屋顶叫。

　　天花板下，真的弯着一道七彩虹。

　　我可没心思看彩虹，屋子里一切全湿漉漉、乱糟糟的。

　　"妈妈要是问起来，我可怎么说呢？"我发愁地自语。

　　"你就说你撒尿撒的。"小糊涂神儿瞎出主意。

　　"我的尿哪有那么多？"我生气地反驳。

　　"你就说得了糖尿病，一下撒了一百泡。"小糊涂神儿十分认真地瞅着我，真叫我哭笑不得。

　　小糊涂神儿腆着小肚皮，倒背着手在屋子里走来走去，得意地看着被他弄得乱七八糟的屋子，就像司令官在视察他的阵地。

我发现他裤子上裂开的洞不知道什么时候消失了，裤子又像新的一样。

我惊愕地问："怎么，你屁股的伤口好了？"

"这有什么新鲜？"小糊涂神儿不以为然地一撇嘴，"当神仙的都会这一套，你都四年级了，连这个都不懂？"

我连忙说："我当然懂，这叫'再生能力'，像蚯蚓被切成两半还能活，壁虎的尾巴掉了，螃蟹的腿掉了，都还能再长出来。"

小糊涂神儿说："它们都是因为沾了我们仙气的缘故。"

我听到一股奇怪的咝咝声，仔细一看，小糊涂神儿的两个脚后跟在往外喷气，并且已经喷出了不少。他又踩着云雾飘起来，离开地面半尺多高。

"怎么，你想走？那可不成。你得把我的屋子恢复成原样才能走。"我瞪大眼睛郑重地告诉他。

"我不走。没有你送我，我找不到家。"小糊涂神儿说。

"你怎么还要让人送？"我惊愕地问。

"我丢过三百多回了，每次都是别人送的。"小糊涂神儿骄傲地说，"我这儿有地址。"他使劲一挺胸脯。

这时我才发现，他胸前的背心根本不是什么蓝白条图案，而是一行行密密麻麻的小字，我边看边念：

"小糊涂神儿，今年三岁半，家住八重天街云雾路 34 栋 5 单元 21 号。该仙自小吃仙丹过多，大脑受损，犯有糊涂症，尤喜抽羊角风和练习对眼。"

我问小糊涂神儿："你这糊涂是吃仙丹吃的？"

"不！是遗传的。"他一本正经地告诉我，"当然，为了更糊涂一些，我也吃了不少仙丹，可效果还不太理想。"

天呀，他还嫌自己糊涂得不够。

我又接着往下看他背心上的字：

"小糊涂神儿时常犯糊涂症，已迷路二百余次。如有再拾到者，请帮助送回家，家长自有重谢。送回的方法：先用腾云术飞至八重天，再用隐身法，穿过霹雳门，即可进入云雾路……"

看着看着，我不由自主地说："得了，我没法儿送你了。"

"怎么，你想把我私吞？"小糊涂神儿警惕地盯着我，"好学生应该拾金不昧，你应该做好孩子。"

"可是，你不是金币，谈不上拾金不昧。"我望着他说。

"我可以念咒语，马上让自己变成金币。"小糊涂神儿自信地说。

我赶快说："你变成金币也没用。因为我不是神仙，根本飞不到八重天上去。"

小糊涂神儿认真地想了想，泄气地说："这倒也是。"

我抿着嘴偷偷地乐了。说实在的，我挺喜欢他留下来，因为遇见神仙的机会实在难得，即便是个糊涂神仙、傻神仙，一生中也很难碰见第二次。况且，把他留下来，我还可以向老师解释清楚教室里飞鞋子和屋子里下雨的事。

小糊涂神儿在屋子里唉声叹气："唉，没想到在这个鬼地方迷路了，这儿的人全不会飞。"

看他那伤心的样子，我忍不住安慰说："你不要着急，我虽然不会飞，但可以学。"

"你学得会吗？"小糊涂神儿翻着眼问我。

"没准儿能学会。"我迟疑地说，心里明白是在胡说八道。

"好极了，你可要快点儿学。"小糊涂神儿却信以为真。他立刻又变得特别高兴了，踩着小云彩在屋里飘来飘去。

我则愁眉苦脸地考虑，让小糊涂神儿住在哪儿才合适？按理说，他是客人，应该叫他睡在床上，只是叫妈妈爸爸看见了可不得了。他们会像查户口一样，翻来覆去地问个没完。

"扑唧扑唧！"屋角传来拨动水的声音。我记起来了，那儿有一个鱼缸，里面养着一只小乌龟，是上个礼拜，我算术考了个 95 分，又苦苦求了妈妈，才让我买的。

现在，小糊涂神儿正飘到玻璃鱼缸旁边，弯着腰，把手伸到水里乱拨

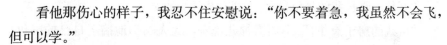

拉。

我忙走过去，怕小乌龟咬着他的手指头。

"这是你养的小乌龟?"小糊涂神儿问。

我点点头，心里挺得意。

"养这个多没意思，爬起来慢慢腾腾，还不会叫。"小糊涂神儿不以为然地一撇嘴。

他左手伸进玻璃缸，抓起小乌龟，用右手抓住小乌龟的脑袋，那么一揪。

不得了，把小乌龟从壳里揪出来了。

"哎哟，我的小乌龟。"我心疼得伸出手去。

"别动! 别动!"小糊涂神儿示意我别出声。他用胖乎乎的小手捏来捏去，小乌龟就像一个柔软的小面团儿，竟被他捏出了两只翅膀。

小糊涂神儿一松手，小乌龟从窗子里飞出去，只留下一个空壳壳在他手里。

"这下好啦!"小糊涂神儿松了一口气。

"好什么呀! 我的乌龟没了。"我有些气恼地说。

"可我的房子有了。"小糊涂神儿说着，大大咧咧地摘下自己的书包，脱掉红兜兜，他不知念着什么咒语，身体突然在原地飞快旋转起来，越旋越小，最后刺溜一下钻进乌龟壳里，露出个小脑袋，嘿，还挺像忍者神龟哩。

我好高兴，养这个小神仙，比养小乌龟有意思多了。

"记住，有事叫我，只要敲三下乌龟壳。"小糊涂神儿昂着头一本正经地对我说，他的脑袋倏地一下缩进了乌龟壳。

小糊涂神儿

好大一瓶飞气

第二天下午一下课，我急急忙忙收拾起书包，就往教室外跑。

"乔宝，踢球去。"赵全力拦住我说，"今天咱们和五二班赛球，就缺你这个前锋呢。"

我说："不成，不成，我有急事。"

"你今天怎么了？想当好学生了吧？"赵全力奇怪地看着我，他知道我对足球喜欢得要命，只要踢起球来，什么都忘了。

可现在我得赶快回家，看看乌龟壳里的小糊涂神儿去。

我一路猛跑，跑得浑身汗津津的。我冲进大院，刚要拐进楼门，有什么东西正从门里飞出来，险些撞在我的脸上。我忙一低头，那东西从我头发上擦过去。

我转过身去，那东西已沿着楼墙往西边飞，挺像一只鸽子，颜色却是绿的。有绿色的鸽子吗？

我好奇地追过去。绿鸽子滑翔着，拐过了楼角。

楼西边是一片草坪，有几株夹竹桃，花坛旁边有一张圆石桌，几个石凳。每天吃过晚饭，人们都喜欢到这儿来乘凉。现在这里十分安静，没有一个人影，只有几只蜜蜂和蝴蝶在花丛中间飞来飞去。

我躲在楼角后边，悄悄探出头去看，绿鸽子已落在草坪的石桌上。啊！

不是绿鸽子，是小乌龟。是昨天晚上小糊涂神儿从乌龟壳里拉出来的那只小乌龟。细长的脖子，脑袋圆圆的，长着两只肉翅膀。

小乌龟东张西望，嘴里叼着个亮晶晶的小瓶子。突然，它飞起来了，无声无息地飞向花坛。

"这小乌龟也想采花蜜？"我好奇地想。

我猜错了。小乌龟飞向小蜜蜂，在距离一米远的地方，停在半空中，它嘴边的小瓶子咝咝地响着，突然发出一道粉红色的亮光，射向小蜜蜂，小蜜蜂掉到了草地上。

接着，小乌龟又用玻璃瓶口对准了另一只小蜜蜂，蜜蜂接二连三地掉进了草坪，另外还有两只白蝴蝶。

这是我的小乌龟，我应该捉住它。

我弓着腰，轻手轻脚地靠近花坛，我觉得小乌龟好像用亮亮的眼珠瞥了我一眼。但它准没看见，因为它正停在半空中，一动不动，活像一架小直升机。

我已经溜到了它的下面，抓着书包带，准备把书包抡起来打下它。

这办法不是很好，可能会把小乌龟打晕，可是我没有网子。

我憋足了劲儿。

"呵呵呵……"小乌龟突然发出老头一样的笑声。接着，它一下子落下来，用脚蹬一下我的脑袋，又呼地飞走。擦过墙壁时，它从墙上抓下一只小蜗牛，然后顺着墙壁向上，飞进了三层楼的一个窗子，那正是我的家。

我上气不接下气地跑上楼，用挂在脖子上的钥匙打开家门，直奔我的小屋。

小屋的门虚掩着，里面传来叽里咕噜的声音，是小糊涂神儿的。

从门缝向里张望，我看到了一幅新奇的景象：屋子正中飘着一片云彩，云彩上有一个古色古香的炼丹炉，就和我在动画片里看到的太上老君的炼丹炉一样，只不过型号要小了许多。

小糊涂神儿脸上涂着粉，身披八卦衣，手里拿着一柄剑，正围着炼丹炉，口中念念有词。

那出了壳的小乌龟正趴在写字台上仰脸往上看。

我推门进去问："小糊涂神儿，你在干什么呢？"

"嘘，"小糊涂神儿示意我别做声，"炼飞升丹呢。"

"飞升丹？"

"帮助你学会飞，好送我回家呀！"小糊涂神儿说着，用手朝小乌龟一指。乌龟嘴里的瓶子立刻飞了过来，落在他手中。

小糊涂神儿说："这里面装着从蜜蜂、蝴蝶身上采集来的飞气。"

我说："怪不得它们都不会飞了。"

小糊涂神儿说："但是把这飞气放在炼丹炉里一炼，炼出的飞升丹给蜗牛吃了，蜗牛就会飞起来。"

这时，小乌龟一扬爪，把一只小蜗牛扔给小糊涂神儿。

小糊涂神儿把小瓶放在炼丹炉里，炉里发出哔哔的声音。过了一会儿，他取出小瓶，从瓶里倒出一粒小药丸，塞向小蜗牛的嘴。小蜗牛的嘴太小，药丸那么大，塞得它直翻白眼。

"呜——"小蜗牛带着硬壳一起飞了起来，在天花板上飞旋打转。

我忍不住说："我吃了这药丸也能飞，对吧？"

小糊涂神儿上上下下打量了我一番，说："像你这么大个儿，得吃大药丸。"

小糊涂神儿不知从哪儿变出一个花瓶，有酱油瓶子那么大，他往我手里一扔，说："你去采集飞气吧，采来我就炼飞升丹给你吃。"

这花瓶很软很轻，不知是用什么材料制成的，花瓶口边上还有一个小红按钮。用手轻轻一按，射出一条浅浅的光带，像一根透明的管子一样。哦，原来是用这管子吸飞气的。

"你等着，我去弄些飞气来。"我抱着瓶子出了门，我急切地想学会飞。想想吧，要是能飞着去上学，那该多来劲。

奇怪，有些东西，你越想找它，倒越找不到。平时，我们楼下的树上老有麻雀在唧唧喳喳地叫。有一回，一群灰鸽子还落在矮墙上待了老半天。现在我需要它们时，却连个影儿也不见。

我在外面足足转了半个小时，只碰上几只蜜蜂，吸来的飞气，还装不满瓶子底儿，倒是楼后边的一排垃圾桶里，嗡嗡嗡地飞着许多苍蝇，它们的飞气我一点儿也没吸。我嫌它们的飞气不卫生。

我走出大院，来到了自由市场，抱着瓶子混在人群中走，西边的小摊上摆着各色各样的青菜，西红柿、黄瓜、茄子，它们都不会飞。一个货架子上挂着几只油汪汪的熏鸡，它们原来倒是会飞的，只是被拔了毛，再一熏，就绝对飞不起来了，它们身上的飞气大概也跟着死了。

活鸡！我突然想到，市场上还有卖活鸡的，就在前面不远。

一排排铁笼子里，拥拥挤挤关着许多活鸡，它们的"住房"真够紧张的。但这样的密度对我来讲，很有好处，吸飞气方便。

卖鸡的汉子照买主的指点，一只胳膊伸进笼子，抓起一只肥鸡，一撅脖子，用刀子一抹，血便流出来；接着，把鸡放在滚烫的锅里煺毛。

看到鸡被宰的惨样，我真有些同情。一想起我还要偷它们身上的飞气，心里真有点儿惭愧。

于是我便安慰自己说：反正它们马上就得死，连毛都拔光了，身上的飞气还有什么用？这么一想，干起来也就心安理得了。

我把瓶子藏在衣服下面，紧贴着肚皮，靠近铁笼子，装做看鸡。衣服里的瓶口对准了，悄悄一按瓶上的钮。

一条条光带闪过，鸡身上的飞气都悄悄被吸进瓶子里来了。我个子矮，又弯着腰，大人们全没瞧见。

不一会儿，我已经连吸了三个笼子里的鸡身上的飞气，身上的瓶子都有些沉甸甸了。

"咦，你这些鸡的翅膀怎么都垂下来了，得了鸡瘟了吧？"一个买鸡的胖女人指着鸡笼，满脸疑惑。

"不会！不会！"卖鸡的汉子说，"卖了几年了，我的鸡个个都是活蹦乱跳的……"他突然闭住了嘴。

笼子里所有的鸡都蔫呼呼的，连脑袋都垂下来了。大约，我吸的飞气太多了吧。

"好啊！你这小子往我笼子里洒敌敌畏。"卖鸡的看见了我肚皮下放出的亮光，抓着刀子追过来，吓得我扭头就跑，一面跑，一边回头叫："不是敌敌畏。你那鸡除去不会飞之外，一点儿事儿也没有。"

我气喘吁吁地跑回来。

"飞气找来了。"我把沉甸甸的瓶子递过去。

"这么多！"小糊涂神儿有点儿吃惊，"这里面大概装了几万只蜜蜂的飞气吧？"

"够不够？不够我再去弄点儿来。"我得意地问。

"够够，这么多飞气，连一只大象都能飞起来。"小糊涂神儿抱起瓶子往云朵上的炼丹炉里一塞，一念咒语，一挥宝剑，炼丹炉里发出了噼噼啪啪的响声，如同爆米花机。

"这是怎么回事？"小糊涂神儿迷惑地瞅着我问。

我说："又不是我的炉子，我怎么知道？"

小糊涂神儿搔着脑袋说："大概是咒语念错了，我再念一遍。"

小糊涂神儿又摇头晃脑地念了一遍，炼丹炉里发出更大的噼啪声，还爆出了火星。

小糊涂神儿说："看来咒语没错，一定是你采来的飞气有问题。"

我说："我采的飞气不会有问题。"

小糊涂神儿说："你也没错，我也没错，那一定是炼丹炉有问题，谁错就揍谁屁股。"

小糊涂神儿朝炼丹炉使劲踹了两脚。

炼丹炉好像还真怕挨打，扭扭炉肚，再不发出响声了。

"飞升丹出来了。"小糊涂神儿从炉里取出瓶子，又从瓶子里取出两颗飞升丹，有乒乓球那么大。

小糊涂神儿睁着亮眼睛盯着大仙丹，嘴角淌出口水来："这么大的仙丹，你一个人吃得了吗？"

我忙说："吃得了，吃得了。"

小糊涂神儿那贪馋的眼神，实在叫我不放心，看他的嘴离仙丹越来越近，我忙警告他：“我只有把两粒仙丹全吃了，才能把你送到八重天上去呢。”

“那我们把两粒变成三粒。”小糊涂神儿用手一捏，把其中一颗大仙丹捏成了两个。不等我张嘴，他已经把最大的一颗飞快地塞进嘴里，咕噜一下吞进肚里。

“这是你的两颗。”小糊涂神把剩下的两颗小仙丹递给我。仙丹的味闻起来挺香，有点儿像巧克力豆。

我用鼻子闻着说：“没有大的，光吃小的仙丹，肯定飞不到八重天。”

我正要把飞升丹往嘴里放，小糊涂神儿的眼神好像有点儿不对，他大概又犯糊涂了。

小糊涂神儿把瓶子放到身后，用双腿一夹，瓶子在他屁股上，就像一个圆鼓鼓的尾巴，他双臂平抬，一扇一扇，像鸡扇翅膀。

“呼!”小糊涂神儿飞起来了。他双臂扇得飞快，发出呼嗒呼嗒的声音，可总共才飞三尺多高。

“不行! 不行! 坚持不住了。”小糊涂神儿累得喘不过气来，他像秤砣一样落下来，正落在炼丹炉上，把炼丹炉一下子碰倒了。

“你收集的是什么飞气?”小糊涂神儿坐在地上鼓着嘴巴气呼呼地问。

“是鸡身上的飞气，鸡也能飞呀!”我笑着说。

“怪不得飞不高，原来是鸡的。”小糊涂神儿皱起了眉头。

“那我也凑合着用吧。”我笑嘻嘻地说，把药丸放到了嘴边，用舌尖轻轻舔了一下。心想，即使飞三尺高也比不会飞强，足够我在同学面前显示一下。

小糊涂神儿又在乱叫：“不对! 不对! 你采集的不光是飞气，还有别的，把鸡身上别的东西也采集来了。”

他愁眉苦脸地乱扇胳膊，痛苦地学着鸡叫：“咯咯嗒! 咯咯嗒! 个个大!”

“个个大”是什么意思呢? 我有些奇怪。

骨碌碌，小糊涂神儿屁股那里滚出一串鸡蛋来，鸡蛋的个儿还真不小。

哇！他下蛋了。我吓得连忙把药丸从嘴边拿开，一面胆战心惊地想，我只是用舌头轻轻舔了一下，不会下蛋吧？

"你有没有连按两下花瓶上的按钮？"小糊涂神儿气恼地问。

我没有回答。岂止两下？我像打机关枪一样，不知按了几百下，怪不得那些鸡的脑袋都耷拉下来，准是我连它们下蛋的功能也吸过来了。

小糊涂神儿忙不迭地把地上的蛋全小心地收集到一起。

"你要这些蛋干什么？"我问。

"把它们孵出来呀！"小糊涂神儿一脸无可奈何，"我既然把它们下出来，总要负责到底。"

我赶快帮他去捡蛋。

"轻点儿，轻点儿，你那么毛手毛脚，可别磕坏了蛋。"小糊涂神儿还挺不放心。

他小心地把鸡蛋全放进一个小篮子里，然后脚后跟又开始喷射云雾。他的身体又腾云驾雾轻轻飘了起来，望着那团云雾，我脑子里突然冒出一个奇妙的念头，忍不住兴奋得大叫起来。

"小糊涂神儿，我有办法了！"我大声叫。

小糊涂神儿在半空中踩着云雾问："什么办法？"

"你脚后跟喷出来的云雾，不就是最好的飞气吗？可以用这些气来炼飞升丹。"

"行吗？"小糊涂神儿疑疑惑惑地问。

"准成。"我十分肯定地说。

"等我把蛋放好，咱们就试试。"小糊涂神儿也来了劲，他飘到墙壁跟前，口中也不知念了句什么，身体便飘进了墙壁，等他再回来，那篮子鸡蛋已不见了，也不知被他放到什么地方去了。

我用吸气花瓶对准小糊涂神儿并拢的双脚后跟，他咝咝地开始放气，我忙按瓶上的按钮，这次我记住了，只按一下。

果然，那些轻悠悠的云雾都被吸进瓶子里，瓶子越来越轻，要飘起来，我忙用力压住。到后来，我整个身体骑在上面也不管用，一股很大的力量把我往上托。我骑着瓶子飘起来了，一直飘到了天花板上。

"把瓶子给我。"小糊涂神儿也飘到了屋顶上，他怀里抱着炼丹炉。

我落到地板上，仰脸向上看着，小糊涂神儿终于又炼完了飞升丹。他也落到地板上，手里托着一粒大仙丹："给你!"

"这药丸灵吗?"我有点怀疑。

"绝对灵，包你能飞起来。"小糊涂神儿十分肯定。

他越肯定，我就越怀疑。我想，鸡既然能把下蛋的能力传染给他，他也有可能通过这飞升丹把糊涂传染给我。我本来脑袋就不算太灵，再沾上小糊涂神儿的糊涂，算术就更甭想及格了。

"吃吧! 吃了你就可以飞起来。"小糊涂神儿亲热地对我说。

"等天黑了再吃，不然别人会看见。"我支支吾吾。

"晚上见。"小糊涂神儿大大咧咧地说了一句，又躲进墙角的小乌龟壳里去了。

我手里攥着大仙丹下了楼，一直考虑是不是把它吃下去，因为这可不是闹着玩的。

我记起报纸上曾经介绍过，人类坐宇宙飞船登上月球之前，先用一只猴子做实验，因为据说人是由猴子变成的，两者的身体构造差不多。

按理说，我也应该用一只猴子做实验。可是我们楼里从没来过猴子。

也许我可以用猫。我们班的彭莉就住在二单元，她家就养了一只白波斯猫，一只眼黄，一只眼蓝，毛色雪白雪白的。只是她家对这猫爱得要命，平时老关在家里。

我决定用这只猫做我的实验对象，即使出了差错，猫被传染上糊涂，顶多不会抓老鼠，不像人，变傻了可不得了。

现在的问题是怎样把飞升丹放进猫嘴里。

"乔宝哥，下象棋。"背后有人拉我的衣襟，我回头一看，是彭莉的弟弟彭亮。这个小胖子才上学前班，大概是整天吃巧克力的缘故，肚皮圆鼓鼓的，活像个小冬瓜。他象棋下得不好，我让两车两马都能赢他。平时我不爱搭理他，我都小学四年级了，他才上学前班。而他呢，偏偏像尾巴似的追着我，弄得不明真相的大人见了就说："这乔宝真没出息，跟那么小的孩子玩。"

现在不一样了，我突然觉得他很可爱，来得正是时候，因为那猫是他们家的。

我满脸堆笑，拉着他的手说："过来过来，有件好事。"

"什么好事？"小胖子仰脸望着我。

"你们家那猫……"

"猫？"小胖子一听立刻警惕地瞪圆了眼睛。

一看他这表情，我立刻明白自己办了件傻事，我不应该直接提猫。因为关于这只猫，我和他们家还有过小小的误会。我曾听说过，只要揪猫尾巴，猫就拉稀，想试试灵不灵，就拿他们家的波斯猫做了试验，偏偏揪时，叫彭莉的奶奶看见了。还有一次，我想剪下两根猫胡子做蛐蛐探子。就这么两件小事，他们却牢牢记住了，真是小人，一点儿也没君子的肚量。

"你问我家猫干什么？"小胖子愣愣地问我。

"没别的事，咱们和它玩玩。"我讪笑着说。

"不成，我们家猫叫你揪了尾巴之后，到现在还直拉稀呢。"小胖子一口回绝。

他在撒谎，哪家的猫拉稀有拉半年的？要在平时，我早生气地揪他耳朵了，可现在我还得哄他。

我笑着说："你放心，这回绝不揪尾巴，也不剪胡子。"

"那你想干什么？"小胖子瞅着我，好像我除去揪尾巴、剪胡子之外不会干别的。

我说："我喂它鱼，是活鱼，还是小金鱼。"我下决心了，豁出去，从爸爸的大鱼缸里偷一条金鱼来喂猫，以表示我的真心实意。

"那猫不爱吃鱼，尤其是金鱼。"这小胖子似乎是王八吃秤砣——铁了心，睁眼说瞎话。

看见我生气地瞪着他，小胖子有点儿害怕，悄悄地往后退。

我不再犹豫了，一把拉住他，从自己口袋里掏出大飞升仙丹说："实话告诉你吧。我这里有一颗'科学院飞行所'给的飞升仙丹，猫吃了就可以长出翅膀来飞上天。"

"真的？"

"绝对真的。"我赌咒发誓，并且诱惑他，"因为你们家那是波斯猫，是名贵品种，要是普通的猫，我才舍不得给呢。"

小胖子果然动心了，黑黑的眼珠使劲盯着我手中的药丸，疑惑地问："不是毒药吧？"

"你看。"我抓起药丸放到嘴边，伸出舌头狠狠地舔一下，"这是毒药吗？是毒药我敢吃吗？"我心里真有点儿发毛。

"你把药丸给我，我去喂猫。"小胖子伸出手来。

我把药丸递给他："你快去喂，我在这儿等着，你只要打开窗子，保证猫会飞出来。"

小胖子抓起药丸跑了，在楼门口被绊了个大跟头，听声音大概摔得不轻，但他一声没吭，爬起来又跑，看来他真的信了。

我仰着脸望着四楼，嘴里默默数着："一百，九十九，九十八……"我的心情相当紧张，就像发射宇宙火箭的指挥官已经按动了电钮，焦急等待火箭腾空，我在等待我的飞猫上天。

"十，九，八，七……"怎么都快数到零了，上面还没一点儿动静？我的眼睛都瞪累了。

"哐当！"四楼的两扇窗子开了，一个白晃晃的东西飞了出来，飘在空中。

啊！成功了，我的飞猫！

不对，这猫怎么那么大？

我仔细一看，坏了，不是波斯猫，是小胖子。小胖子没有把药丸给波斯猫，而是他自己吃啦！

小胖子像个气球似的飘在空中，开始他有些害怕，手脚乱蹬乱舞，但无论他怎么动始终是飘在空中，他放心了，平伸着双臂，如同真正的飞机一样，在空中兜起圈子来。一边飞，还一边兴高采烈地尖叫："哇！我会飞啦！真好玩！真好玩！"

他这么一叫，许多人都从窗子里探出了脑袋，许多孩子那跑到院子里，仰起脸来看。

"哟！小胖子在飞呢，真棒！真棒！"

"准是特异功能，也许还可以上电视。"大人、孩子们都惊奇地议论。

我听着，心里羡慕死了，也后悔死了。第一个会飞的应该是我，而我却那么笨，竟把仙丹给了人家，真蠢！真蠢！我真想扇自己两个嘴巴。

猛然，我想起了小糊涂神儿，我可以再让他脚后跟喷些飞气，再炼一粒大仙丹，我原来不就是这么想的吗？

我跌跌撞撞冲回自己的家，迎面正撞在妈妈身上。

"你这死鬼！"

我顾不得回答妈妈，赶快冲进自己的小屋子。屋角的小乌龟壳还在，可里面却是空的，小糊涂神儿不知躲到哪里去了。

"你在乱找什么？"妈妈在我身后问。

"你甭管。"我不耐烦地说，这是我第一次对妈妈这么厉害。

奇怪的是，她却没骂我，而是眼睛盯着窗外，原来，她也被外面的小飞胖吸引住了。

小飞胖这会儿已飞到高高的大桑树顶上，上面结满了紫红而肥胖的桑葚。

"给我摘一颗，给我摘一颗。"下面的孩子都仰脸朝他喊。

小飞胖一把一把地往下扔桑葚，他已经吃得嘴巴紫紫的。

"摘桑葚有什么意思？"我有点儿嫉妒地想，"这家伙把仙丹全糟蹋了，要是我飞的话，我就尽量往高飞，看看能飞到几万米，还有，在空中做特技动作，那多来劲！这小胖子笨，肯定想不出这些高招。"

"哟！树上还有一个会飞的孩子。"妈妈指着大桑树叫。

是小糊涂神儿，他和小飞胖一起从树顶上飞开，并排着开始往高空飞行，高高的楼顶都落在他们脚下了。

"空中霹雳！"小糊涂神儿尖叫着，箭一般地划过天空，小飞胖也尖叫着紧随其后。

"流星赶月！"他们又快活地叫喊着，像流星一样划了回来。

"鹞子翻身！"小糊涂神儿和小飞胖翻着一连串的跟头扎向天空。

毫无疑问，他们表演的是最高超的飞行特技。

已是傍晚，天空变得暗蓝暗蓝，出现几点碎银子一般的星星。地上攒聚的人群越来越多，许多人还用照相机拍照，连电视台的记者也来了，摄像机对着空中猛拍。

不知什么时候，两个小飞孩头顶上多了一盏小红灯，手里各握着一柄亮亮的像是绿水晶做成的玩具机关枪。

"突突突！"机关枪射出的不是子弹，而是红色的光带，像绸子一样柔软的光带在空中组成了字。

"我要回家！"这准是小糊涂神儿射出的字。

"幼儿园王老师好！"这准是小胖射的字。有这么多记者在看，还写这种话，水平真低，要是我的话，我就用机关枪射出：

"老师最好少留点作业。"

"别动不动就请家长。"

对了，还应该加上这句："乔宝的家长，你们最好对乔宝尊重一点儿，别看他现在学习不好，长大了可……"

还没等我想完这句话，就听见人们在唧唧喳喳地议论："哪儿去了？""怎么都看不见了？"

我使劲眨眨眼睛，再看空中，小糊涂神儿和小飞胖都已经消失得无影无踪。

"小亮，小亮，你在哪儿？"彭莉同她爸爸妈妈一齐惊慌失措地叫。

全院的人也都跟着四处找，嗓子都喊哑了，却连小胖的影子也不见。

我站在楼角边上担心地猜想："小糊涂神儿可别把小胖子带走。"

突然，我感到上面有雨点落下来，滴在我的脸上、鼻梁上。

怎么满天星斗还会下雨？我试着用鼻尖吸一下雨点。咦，这雨水怎么有股怪味？像是尿味。

我怀疑地仰起脸来看楼顶，猛然猜到是怎么回事。

我说："他们可能在楼顶上呢。"

"你怎么知道?"小胖子爸爸问。

"反正，我……觉得是……"我支支吾吾的，怎么能说出我好像挨了小胖子的尿浇了?

我跟着他们一直爬到顶层，打开通往楼外的天窗，用手电筒四下一照。

小胖子躺在天窗旁边呼呼睡得正香呢，他身子底下还有一堆鸡蛋，原来小糊涂神儿把他弄到这里来孵蛋了。

小糊涂神儿

来个一塌糊涂

我回到自己的房间，已经是夜里十一点钟了。我脱了衣服，刚要往床上躺，却听到屋角传来小糊涂神儿的声音：

"喂，这回玩儿得痛快吧？"

我一下子跳起来，看见小糊涂神儿笑眯眯地靠在屋角的墙壁上，脚踩着空乌龟壳。

"还痛快呢，都快把我气死了！"我生气地瞪着他说，"你和小胖子飞得倒开心，把我扔在下面干瞪眼。"

"怎么，和我一起飞的不是你？"小糊涂神儿仿佛十分惊愕。

"别装糊涂了。"我冷冷地说。

"不是装，是真的糊涂。"小糊涂神儿认真地说，"我和你一块儿飞时，怕别人看见，就把自己的眼睛蒙上，可是我忘记塞住自己的耳朵，所以他们一定听见了我的声音。"

这时，我才发现，小糊涂神儿真的戴着黑眼罩，就像拉磨的小毛驴戴的那种，他以为自己看不见别人，别人也就看不见他了，是有点儿糊涂。

不过我还是怀疑他。我告诉小糊涂神儿："不管怎么说，反正飞的不是我。你最好再给我多炼出几粒飞升仙丹来。"

"不成了，我不知道把炼丹炉丢在哪儿了。"小糊涂神儿无可奈何地说。

"你还有别的宝贝吗?"我着急地问。

"有隐身水,可是用它我回不了家。"小糊涂神儿有气无力地说。

我心头一喜,急急忙忙地说:"怎么会没用?你把隐身水给我,我隐了身,就可以去为你把炼丹炉找回来。"

"这主意倒不错。"小糊涂神儿连连点头,他从背心里取出一小瓶透明的药水,告诉我,"你洗衣服时,把这药水倒进三十倍的水里。"

"衣服晾干了就会变成隐身衣,对吧?"

"不!你穿在身上,过三小时,衣服才会发挥隐身的作用。"

"这药水倒是安全,就是费点事儿。"我自言自语着,又问他,"这隐身水没毛病?"

"绝对没有,这不是我们家配制的,是别的神仙送给我爸爸的。"小糊涂神儿十分自信地说。

第二天一早,天刚蒙蒙亮,我便悄悄起了床,蹑手蹑脚地来到厨房,悄悄地放了一盆水,尽管我动作很轻,但还是被妈妈听见了。

我正把一件衣服和一条裤子放进水盆里,妈妈推门进来,满脸疑惑地盯着我:"你在干什么?"

"洗衣服。"我说。

妈妈的疑心更大了,她二话不说,走到我跟前,从盆里提起湿淋淋的衣服,仔细地看了又看,好像要从上面找出什么血迹或油漆之类的东西。然而她白费心机,衣服上什么也没有。

"大清早的,你洗什么衣服!"妈妈没好气地说。

我只好拿出惯常对付她的法宝,哼哼唧唧地说:"这是我们老师布置的,老师叫我们每人做一件好事,今天上学还要汇报。"

果然,妈妈不再追问了,只是哼了一下说:"我一猜就知道不是你自己想干的。"

这回她又猜错了,家长从来就是这么主观。

等妈妈一出去,我马上从口袋里取出小瓶隐身水兑进水里,把衣服放在盆里揉了十几下,又等了一会儿,才拧干了。

隐身衣制成了。我兴奋地用衣架把湿衣服挂到晾台上，这才放心地去漱口、洗脸、吃早饭。

这一天在学校里过得平平常常。唯一值得一提的是，我在地理老师的办公桌上发现了小糊涂神儿的那个炼丹炉，它和一架地球仪并排放在一起，鬼晓得它怎么跑到这儿来了。

我急匆匆地赶回家，我的衣服裤子还在晾台上，旁边又挂满了五颜六色的衣服，一定是妈妈用洗衣机洗的，她今天上的是中班。

我的小房子里又发出了咕唧咕唧的声音，我推开门进去。小糊涂神儿正悠然自得地坐在写字台上，跷着二郎腿，手里拿着装糊涂虫的小葫芦，他已经打开了盖子，咕唧咕唧的声音正是从里面发出来的，一个糊涂虫已经钻出了葫芦嘴儿，并且渐渐地变大，像一个鸡蛋。

糊涂虫黄亮亮的，没有四肢，也没有耳朵和眼，只有一张圆圆的嘴，长的模样就糊涂。

我紧张地说："小糊涂神儿，你本来就够糊涂的了，怎么又把糊涂虫放出来？"

小糊涂神儿笑眯眯地说："我是让糊涂虫把我脑瓜里的糊涂吸走一些。"

他抓起糊涂虫放在耳朵边上，糊涂虫嘴巴又发出咕唧咕唧的声响。

我问："这糊涂虫不会使人变糊涂？"

小糊涂神儿说："它当然能使人变糊涂，而且要变得一塌糊涂。不过它自己只有吃饱了糊涂时才能让人糊涂，巧媳妇也难为无米之炊呀！"

我转着眼珠问："糊涂虫要是吃掉别人的糊涂时，别人不就变得聪明了吗？"

小糊涂神儿笑着拍手叫："你说得对极了，它曾经把三个傻瓜吃成了天才呢！"

我灵机一动："让它帮我吃吃糊涂怎么样？"

"不行！不行！"小糊涂神儿连连摆手，"它在我这里已经吃得挺饱了，再多吃就会消化不良了。除非让它把肚子里的糊涂释放出来。"

我忙说："那就让它先释放一些。"

"你想把什么搞得一塌糊涂？书包怎么样？"小糊涂神儿问我。

"这可不行！"我连忙拒绝，在屋子里东张西望。

从敞开的屋门，我望见了门厅茶几上的鱼缸，几条金鱼正在水中自由自在地游动。

我试探地问："用这金鱼怎么样？"

"行！就让金鱼游得一塌糊涂。"小糊涂神儿爽快地答应。他抓起糊涂虫使劲一捏它的肚皮，糊涂虫嘴里喷出一股气流，射向鱼缸，里面的鱼全凝固似的定在那里，但只是一瞬间，它们马上狂热地游动起来。一尾金鱼弯成了个圆圈，用嘴咬住自己的尾巴旋转着游，另两尾金鱼竖起来，像跳芭蕾舞。

我说："金鱼发糊涂了。"

小糊涂神儿说："不！还没开始呢，这仅仅是前奏。"

我吃惊地看见三尾金鱼竟游出了鱼缸，它们游在空中，每尾金鱼周围都裹着一团透明的水。

一尾金鱼在客厅里转悠，先是沿着书柜游，像是浏览一本本书，接着又游到电视机前，尾巴一甩，竟打开了电视机的按钮，一本正经地看着电视英语讲座。

另一尾金鱼游到厨房里去了，像是检阅锅、盆、碗、碟。它又游到煤气灶跟前，用嘴咬住旋钮一旋，电子打火把煤气点燃了。

"怎么，这条鱼想做饭？"我好奇地想。

这尾金鱼已带着那团水游到煤气灶上的锅里。

不好！一沾热锅，这尾金鱼不是要把自己煮熟了？

真是游得一塌糊涂。我急忙跑上前，从热锅里抓起金鱼，把它扔回鱼缸，它已经奄奄一息了。

再一看第三尾金鱼，已经从窗子游出，游到外面的大树顶，跟在一只白蝴蝶后面晃晃悠悠。对面墙头上有一只黄猫在喵喵地叫，金鱼又朝黄猫游去，一直撞到猫的嘴上，幸而黄猫被这傻鱼吓糊涂了，扭头就跑，金鱼也跟着游到了墙外。一尾金鱼没影了。

我回过头来，看电视的那尾金鱼也没了踪影，不知藏到哪儿去了。

"快！快！"小糊涂神儿在里屋写字台上向我招手，"糊涂虫肚子里已经空出一块地方了。"

我一个箭步冲进屋里，赶快把耳朵贴在糊涂虫上，已经丢了两尾金鱼了，我脑袋里的糊涂再不减少一点儿就太亏了。

"嗖嗖嗖！"我的耳朵痒痒的，我的脑袋里像撒进了薄荷糖，清爽爽，凉丝丝的，舒服得很。

"再吸点儿，再多吸点儿。"我忍不住说。

糊涂虫的嘴巴突然发出吧唧吧唧的声音。

小糊涂神儿忙把糊涂虫拿开，说："它嫌你脑瓜里的糊涂味道不好，你准掺假了。说，你装过糊涂没有？"

我没有言语，因为我在老师和家长面前都装过糊涂。比如说我曾向老师保证，以后上课决不说一句话，我自己心里明白这做不到，但只能这么说，不然老师不答应。

小糊涂神儿把糊涂虫塞进葫芦里，盖上盖子，一本正经地对我说："我这糊涂虫只吸真正、正宗的糊涂，假货不要。"

我坐到桌边，打开算术书和作业本，要检查一下自己的糊涂被吸走了多少。

天呀，这算术书里的题太简单了，连幼儿园的小孩也会做呀。

我猛然明白，不是算术题简单，而是我的脑袋变聪明了，里面的糊涂被去掉了。

我试着做一道最复杂的题，这道题昨天我们老师足足讲了两节课，又画图，又举例子，可我还是没明白，现在一看，简直容易透了。

再翻到算术书的最后几页，嗬，老师没讲的我也全会。

"太棒了，太棒了！"我欢喜得大叫。

"趁脑子清醒时你快用，这聪明可只管半天。"小糊涂神儿警告我。

"时间那么短？"我惊愕地问。

"吃一顿饭就想一辈子不饿？世界上哪有这样的便宜事？"

我顾不得理小糊涂神儿，抓起笔来赶紧写。

我做作业从来没有这么认真过，坐在那里一动不动，全神贯注地写了三个小时。小糊涂神儿什么时候钻进乌龟壳的，我不知道。爸爸什么时候进来的，我也不知道。

直写得我手指头都伸不直了，可是你们知道我做了多少道算术题？半本书的作业都做了，其实我算得比这还要快几倍，问题是手不像脑子这么灵活，要是小糊涂神儿也会吸笨虫就好了，把我手脚的笨劲儿也吸吸。

做这么多题有我的目的，以后老师留题，我只要一抄答案就行。这样，半学期的日子都好过了。

"啊？这些题都是你做的？"爸爸看了我的本子大吃一惊。

我得意地点点头，顺便告诉他："再难的题我也会，包括没讲过的。"

爸爸到外屋书柜里拿来一本高等数学，打开其中一页让我看。

"噢，这是微积分啊。"我很随便地说，顺手拿笔在纸上写出了一道题的答案。

爸爸惊呆了："天才呀！我儿子怎么成了天才啦？真是不可思议，这不可能!"

我怕他追问个没完，忙含糊地说："也许是我瞎蒙的。"

"不！有这样的孩子。有好几个大数学家小时候数学都很差，可是一下子就开窍了。人的大脑是很复杂的，有许多东西都没弄清楚。儿子，你一下子变得极聪明是完全有可能的。"

瞧！不用我解释，爸爸自己便绝对相信了，看来他是多么希望我成为天才呀！

第二天早上，我换上昨天自己洗过的衣服，请注意，这是隐身衣。穿上它，过三个小时我将隐身，那正是上第三节课的时候。

想象着我突然消失使同学们目瞪口呆的情景，我忍不住笑出声来。我想，我先不急于离开教室。最好先做出一两件惊人的举动，比如让一个同学的铅笔盒在空中飘，当然不是真飘，只是我拿着铅笔盒在走，同学们看不见。然后，我走到最后边去揪李宏的耳朵，先揪左边的，再揪右边的。

李宏仗着自己个子大，老爱揪我耳朵，现在我也揪他。当然，他一点儿也看不见，只有龇牙咧嘴的份儿，因为这是隐身人在揪他。

如果做完了这一切都很顺利，我还可以去开老师的玩笑，不过要尽量谨慎小心，我听李小过说过，王老师的鼻子特灵，她能闻出每个同学身上的味，曾命令李小过踢完球要刷球鞋再上学。

我可以尽量离王老师远一点儿，不让她闻出我的味儿来。我可以拿起粉笔在黑板上写字，比如"请王老师少留些作业"，"请王老师别让学生罚站"，我要用左手写，这样她才认不出我的笔迹。

我就这么从家一直幻想到学校。坐在教室里上课时，我的脑子又开始想外面的事情。

隐身衣发挥作用后，我不能光在教室里逗，那太没意思，我还应该到外面去。先大摇大摆地到办公室，从地理老师办公桌上拿走小炼丹炉，这不是偷，这叫物归原主。

然后我再到大街上去，到各个大商店里去逛一逛。周围的人谁也看不见我。

我可以抓小偷。比如一个小偷去商店偷东西，他自以为没人看见，其实我就站在他旁边，他把偷的钱塞进口袋，我再把钱从他口袋里掏出来，放回原处，然后把写着"我是小偷"的纸条贴在他背上。

我又想，光抓小偷还不过瘾，最好是抓强盗。比如强盗去抢银行，他们用手枪、匕首对着出纳员恶狠狠地威胁："把钱全交出来，不然就杀死你！"

这时候，隐身人大摇大摆地走上前，一下子将他的手枪打掉，等强盗清醒过来，会吃惊地发现，手枪会自动从地上飘起来，枪口正瞄准他的眼睛。

这样我就可以不上学了，专门去当"隐身神探"，也用不着再做作业了。

我想得好开心，不知不觉过了两节课。两节课中，我什么也没听见。幸而老师没有提问我，临下课时，语文老师还表扬了我两句："乔宝这节课表现不错，坐在位子上一句话没说。"

激动人心的三小时快来到了，我快要隐身了。这时正是算术课。

王老师在黑板上写了一道题，这是我昨天做过的，虽然这会儿我脑子已不那么聪明了，但答案我还记得。

我脑袋一热，举起了手。

王老师惊疑地看着我，因为这道题比较难，全班没几个会的，而我在算术课上又从来没举过手。

"乔宝，你试试。"王老师这么说。

我自信地往黑板前走，心想，叫老师吃惊的事还在后面呢，我不光会做题，还会隐身，最好我在黑板前面就隐身，来个一鸣惊人。

怎么回事？抓起粉笔才写了两个字，脑子里的答案全忘得一干二净，又有点儿迷迷糊糊。

下面的同学发出了唧唧喳喳的嘀咕声，看来不像嘲笑我，难道我的隐身开始了？

我低下头看，真的，我的裤子和衬衫全变得透亮透亮。

哈！隐身开始了，我闭上眼睛兴奋得几乎笑出声来。

"嘻嘻嘻……"下面的同学也在笑。

"哈哈哈……"他们的笑声越来越大。

他们为什么不吃惊？

我急忙睁开眼睛，回过头去，看见他们都冲着我大笑。再一看我自己，衣服没了，裤子没了，可我的身体还在，只穿着一条小裤衩。真是糟糕，光是衣服隐去，却把我留在这儿。

幸亏我没连裤衩一块儿洗。

所有的人都朝着我大笑，有男生，有女生，还有王老师，她也憋不住了，捂住嘴，笑声味味的。

我浑身凉飕飕的，羞愧得满脸通红，恨不得立刻找个地缝钻进去。

"一根，两根，三根……"李小过在下面伸着手指头数我的肋骨，我特别瘦，过去他在游泳池里数过，现在又到教室里数了。

我的手不知道往哪儿放才好。忽然，我在屁股那儿摸到了一个东西。是装糊涂虫的小葫芦，正放在我那隐了身的裤袋里。我忙伸手取出小葫芦，急匆匆地打开盖子。

透明的鸡蛋黄似的糊涂虫从小葫芦里钻出来了，飘在我头上一尺高的地方。

我顾不得细想，急忙命令它："快一塌糊涂！快一塌糊涂！"

糊涂虫张开嘴，呼地喷出一股气流。霎时，教室里的人全凝固不动了。

仅仅过了十秒钟，所有的人又都蹦跳起来，他们都被糊涂虫弄糊涂了，开始一塌糊涂地玩了：

翻跟头的，单腿蹦着互相碰撞的，玩蛤蟆跳的，把椅子横在地上跳山羊的，伸舌头扮鬼脸叫喊的，击拳的，摔跤的，把课本卷成筒当麦克风唱卡拉 OK 的……干什么的都有。

王老师毕竟是老师，糊涂起来也很文明，她只是用双手抓起两只粉笔在黑板上笔走游蛇似的乱写乱画。她左手画了一个大头小身子满脸雀斑的小姑娘，旁边写着：这是我的自画像。右手画了一只大毛毛虫，旁边写着：把它喂得胖胖的。

大家蹦着蹦着，突然飘了起来，一个接一个从窗口飞出去，在操场上空盘旋起来。

学生们全都从教室里跑出来看。一切全乱了。

但是我发现，中了糊涂气的学生们可不像金鱼那么傻。他们只是玩得一塌糊涂，并没有糊涂到发疯的地步。他们在空中飞着，彼此一点儿也不碰撞，遇到电线还赶快躲闪，有几个女生已经慢慢地降落到地上。

我不能再傻看了，我还光着身子呢，得趁机赶快跑。

我悄悄溜出了教室，大家都在看飞人，没人注意我。

可是，我一走到大街上，又有许多人追着我看了，一位交通警察还怀疑地扬扬指挥棒，似乎想把我像违章的汽车一样拦住。

我没有停步，因为我不是汽车。

跟在我后面的一些人又往前跑了，似乎有更引人的东西在吸引他们。

我抬头往前一看，也忍不住乐了。在我前面五十米远，一个男人也光着身子，只穿一条小裤衩，慌慌张张地往前走，围着他看的人更多，一些人还在旁边低声说："多半是疯子，从精神病院跑出来的。"

奇怪，他怎么也拐进了我住的那条胡同？

看着看着，我不由得哆嗦了一下，这人有点儿面熟，虽然只是背影，但我肯定见过他。

看那穿裤衩的男人拐进了我们大院，我恍然明白，他是我爸。

我们光着身子一前一后地跑进了屋门。看见妈妈也只穿着裤衩和小背心在衣柜里乱翻衣服。

爸爸急得抹着脸上的汗："快，快，给我找身衣服，今天我算丢了大丑了。偏偏路过我们厂女浴室时，裤子、上衣一下子全没了，吓得我扭头就往回跑。"

妈妈也说："幸亏我今天是中班，还没出门，衣服就消失了。"

我惊讶万分地问："怎么你们的衣服也能隐身？"

"什么隐身？"爸爸妈妈一齐问。

我猛然想起了什么，赶快问："昨天，我洗过的衣服，你们动过没有？"

"没有啊！"妈妈怀疑地瞪着我说，"我看你洗的衣服不干净，又放在洗衣机里和别的衣服一块儿冲了一遍，这有什么啊？"

一切全明白了。我衣服上的隐身液全被妈妈泡在洗衣机里，被一大桶水给稀释了。

用一身衣服的隐身水去浸所有的衣服，掺了那么多水，当然不灵了。怪不得只能隐去衣服，而不能隐去身体，这全怪妈妈，谁让她那么不相信我呢。

妈妈还在乱翻衣服，嘴里不安地唠叨着："也不知道哪件衣服穿出去不消失，咱们家里真是闹鬼了。"

小糊涂神儿

动物百宝盒

 我想回到自己屋里看看小糊涂神儿在干什么，顺便提醒他，家里出了这么多怪事，已经引起爸爸妈妈的注意，他最好小心点儿。

我小心地推开自己的屋门，正巧和小糊涂神儿撞了个满怀。

"有人又要倒霉了。"小糊涂神儿挺起肚皮大模大样地对我说。

"谁?"我小心地问。

"你呀!"小糊涂神儿笑眯眯地说。

我说："可不是，刚才我在学校就出丑了。"

小糊涂神儿眨眨眼睛："可这倒霉事还没发生呢，过半个小时才来。"

我吓了一跳，忙问："什么事?"

小糊涂神儿有点儿幸灾乐祸："你们班主任王老师一会儿就来家访。"

这可真不是好事，我们王老师家访从来都是告状，这回我在学校惹了那么多事，她更有的说了。

我说："小糊涂神儿，你得帮帮忙，想办法让老师别来告状。"

小糊涂神儿一翻眼睛："这和我有什么关系?"

"关系大啦! 所有的事都是你引起来的，你是罪魁祸首。"

看见他连连眨眼睛，我又进一步吓唬他："老师和家长要是一直问我的话，说不定我会把你的事也全抖搂出来，大家都会来看你，还会把你送到动物园铁笼子里去展览。"

"看看倒可以，关铁笼子可不行。"小糊涂神儿想了想，从口袋里取出个小药丸，"这是一粒糊涂丹，你悄悄放在茶水中，请老师喝下去。"

"喝下去会怎么样？"

"喝下去，她就会犯糊涂，把过去的事全忘了。"

这办法倒不错。我想了想，又不放心地问："除去忘事之外，还有别的后遗症吗？"

"大毛病倒没有，就是会有点儿对眼，吃饭时流口水。还有，不会算算术，不认识回家的路，不知道自己叫什么名字。"

啊？这不成了傻瓜了吗？我连忙摆手："不行，不行！"我怎么能给老师用这种药呢？不要说有那么多后遗症，就是其中随便一条，比如说对眼，也绝不能让老师得上。我虽然心里挺恼恨王老师的，也绝不干这种缺德事。

小糊涂神儿还有点儿不甘心，极力动员我："这药丸可是正宗的糊涂丸，是我们家的专利，药力极好。"

我果断地说："那也不行，你再拿别的法宝叫我看看。"

"这个怎么样？"他又从口袋里取出一个东西来，像是用铜丝编成的一个蜘蛛网，网上还挂着各种形状的小玩意儿。

"这是什么东西？"我好奇地问。

"这叫'卍字阵'，"小糊涂神儿得意地说，"也叫八卦迷魂阵。咱们等在你们老师来的路上，一看见她来，立刻把这迷魂阵撒出来。你们老师就会陷到这阵里，怎么也走不出去，她就家访不成了。"

我说："可老师在迷魂阵里出不来，也没法给我们上课了。"

"这容易。"小糊涂神儿大大咧咧地说，"什么时候想让她出来，只要念一声咒语，迷魂阵就会消失。"

我还有点儿不放心："你先在屋里布个小小的迷魂阵，演示给我看看。"

小糊涂神儿口中念了几句咒语，把小铜网往空中一抛。铜网飘在半空中，立刻变大变高变厚，变成了由弯弯曲曲的小铜围墙围起来的迷宫，也不知道里面有多少条路。每个十字路口上还出现了各种各样的障碍，什么冰山、恐怖城堡、黑松林、魔鬼草地、变形小屋……

我看着看着，都着了迷。我记得，我们学校旁边的公园里，就用细竹竿围起了一个什么迷宫，进去玩一次要交两角钱。现在的这个迷宫比那个棒儿万倍，说不定里面有多好玩呢！

"这个棒吧？"小糊涂神儿说。

我说："当然棒。可是，用不着去迷老师，干脆迷我好了。"

我从小糊涂神儿手里抓过已恢复成原状的迷魂阵，放进我的抽屉里。我想，明天把它带到学校去，等放学时，在操场上，来一个大的迷魂阵，和同学们在里面痛痛快快地玩一玩。

小糊涂神儿已跑到屋角，身体一点点变小，匆匆忙忙要往小乌龟壳里钻。

"你为什么这么着急？"我奇怪地问。

他惊慌失措地说："不好了，你们老师来了。"

原来他也这么怕老师。

可是我比他更怕，因为王老师是我的班主任，不是他的。

我忙拉住小糊涂神儿："再拿一件宝贝。"

我想，小糊涂神儿要是拿不出别的东西来，我只好使用迷魂阵了。我虽然舍不得，为了应付老师也只好如此了。

小糊涂神儿摸摸索索，又取出一个小玩具魔方来，慌张地说："就这一个了，再没有了。"

"这叫什么？"

"动物百宝盒。总共有二十六个小格子，打开一个格子，便有一种动物的气飘散出来。"

"人闻着之后就变成动物？"

"不！只是具备了动物的某种特征，你可以打开画长颈鹿的小格子，你们老师一闻到长颈鹿的气，就会暂时像长颈鹿一样没有声带，一句话也说不出来，一关上盒盖，气就没了，又会恢复原状。"

咦，这倒不错，让我们王老师暂时说不出话来。我从小糊涂神儿手里抓过动物百宝盒，上面的小方块上果然画着各种各样飞禽走兽。

"来了，来了，你们老师来了。"小糊涂神儿一下钻进了乌龟壳，再不吭声了。

外面已经传来了王老师的声音："乔宝的家长在家吗?"

我急忙找画长颈鹿的小格子，越慌越找不到，我的眼前花花绿绿的一片。

"乔宝，你们老师来了。"妈妈在外屋叫我。

没有时间了，我匆忙把动物百宝盒塞在裤袋里，只好见机行事了。

王老师和妈妈坐在长沙发上，爸爸坐在对面的藤椅上，只有我孤零零地站着。

我下意识地把右手伸进裤袋里。

"乔宝，你最近在学校的表现可成问题呀!"王老师看着我说。

果然，又要开始告状了。爸爸对我皱起了眉头，妈妈也瞪起了眼。

我找不到长颈鹿之气，要是让王老师沾上点儿树懒之气就好，树懒老想睡，动作极慢，当然说话也极慢。我记得刚才看见一个小格子上好像画的是树懒。我右手在口袋里翻着动物百宝盒，试着用食指抠开一个小格子，对准王老师。

王老师猛然打了个哆嗦，说话的速度突然加快，但又清晰又响亮，从嘴里蹦出来，吧吧地响："乔宝表现真是不好! 上课飞鞋子! 飞鞋子! 做题也错! 错九道! 九道题! 上黑板写字丢裤子! 丢衣服!"

糟了，王老师沾的一定是八哥气，像八哥似的说个不停。

慌乱中，我又抠开了旁边的小格子，而这里面的气传给了妈妈。我敢肯定，是鹦鹉之气。因为妈妈一个劲儿地在跟王老师学舌："就是，他老错题! 老做错题。老乱扔衣服、裤子!"

"过来! 好好听着!"爸爸明明看出王老师和妈妈说话都有点儿不正常了，却还让我靠近了听。我生气地又抠开了动物百宝盒的一个小格子，把里面的气传给爸爸。

爸爸哆嗦了一下，马上伸出手来，他的三个手指集中在一起，挺像一张长长的鸟嘴。

"你要好好听老师讲了些什么。"爸爸一个劲儿用手指头敲我的脑袋，咚咚直响，他沾了啄木鸟的气了。

我急忙关闭了百宝盒上的三个小格子，懊丧地想，我的运气真是不好，偏偏放出了这些多嘴多舌的鸟的气。

我决定再试试，也许下一回我的运气会好些。

屋子里有老师、爸爸、妈妈、我，共四个人，我一下子抠开了百宝盒上的四个小格子。

这回大家一块儿哆嗦。

王老师一张嘴："喵喵！喵喵！"

妈妈却发出了狗叫的声音："汪汪！汪汪！"

爸爸像绵羊："咩咩！咩咩！"

我最惨，像小老鼠一样："吱吱！吱吱！"

"你们这是怎么啦？"邻居李奶奶推门进来奇怪地问。

我连忙再抠开一格，对准李奶奶。

李奶奶："噜噜！噜噜！"发出了猪叫。

这回好了，大家都一样，谁也用不着笑话谁。

我们就这么一块儿叫着，像动物大合唱。我觉得这也挺好玩的，只可惜，耗子声最小，我怎么张大嘴也比不过他们。

最先坚持不住的是王老师，她用手帕捂着嘴，慌慌张张地跑出去，接着是爸爸、妈妈、李奶奶，他们都以为这屋子里有怪东西。等他们一出去，我急忙关上了小格子。

所有的叫声都停止了，王老师已经尴尬地走了，爸爸、妈妈跑到楼下，不敢进屋。只有我一个人待在屋子里。

老师家访没访成，这结果也不错。

我从口袋里取出动物百宝盒欣赏着。

"喂！"小糊涂神儿站在里屋的小乌龟壳上大叫，"结果不错吧？"

我抹着脖子上的汗珠说："还行！"

小糊涂神儿得意洋洋："刚才你只用了一个门类的动物气，动物的声音门类。其实还有好多种呢，只要按动百宝盒最边上的蓝色按钮，还会变换功能呢。"

　　"变换什么功能？"我兴奋地问。

　　"这就多了，比如屁股的功能。"小糊涂神儿兴高采烈，"要是我，刚才就用动物各种屁股的功能，让你们老师变成猴子屁股，坐不住，谈两句话就走。让你变成老虎的屁股，摸不得，这样你爸爸绝不敢打你。还有那个李奶奶，让她变成大象的屁股，推不动，那她还能到你们家串门吗？"

　　我觉得小糊涂神儿这想法挺聪明的，只是最后一点是糊涂想法。你们想想，李奶奶已经进了我家门了，再把她变成大象的屁股，推也推不出去，那她不在我家待一辈子！小糊涂神儿是够糊涂的。

小糊涂神儿

七件怪事

下午放学，李元叫我和他一起去钓鱼。说是去钓鱼，其实就是一根细竹竿拴上细尼龙鱼线，再接上个鱼钩。李元爸爸有根挺不错的鱼竿，可是他怕儿子把鱼竿弄坏了，从来不让李元动一下。

我们来到湖边，已经有不少人在钓鱼了，鱼竿都挺棒。李元刚把鱼钩甩进水里，旁边一个老人便发话了："去去！别捣乱，到一边玩去！"

李元说："我没捣乱，我是来钓鱼的。"

"嘿嘿！你这破竿，也来钓鱼？"

"留神鱼把你钓去了。"

旁边那些钓鱼的人大约因为鱼老不上钩，闲得寂寞，也拿我们开起心来。

我说："咱们走吧！"

李元也说："走！"

可是他刚转过身走了两步，突然惊慌失措地大叫："快！快挡住它，赶跑它！"

李元那惊恐的样子就像遇见了老虎，连退几步，竟退到湖里了。幸而湖边的水不深，但他的裤脚管全湿了。

我以为碰到什么可怕的怪物，急忙回过头去。

背后什么也没有，只有一只黄猫朝着李元喵喵地叫。

我一跺脚，黄猫噌的一声跑掉了。

"嘿！大小伙子还怕猫啊！"旁边的老头咧嘴嘲笑。

我看了李元一眼，他脸色苍白。我突然想到他会不会沾了动物百宝盒里的老鼠气了？老鼠都怕猫啊！

李元一声不响，蹲在湖边钓鱼。我站在他身后防备着猫。

我听到一阵细细的咝咝的响声，李元有一根头发好像在往上长，变得又长又透明。

这根头发不停地往上，一直长到一尺多高，然后又弯曲过来，沿着他那竹竿的方向一直往前延伸，顺着鱼线垂向湖面。

我敢说，这根透明的头发足有两丈多长！

长头发垂进水里时，水里仿佛亮起了一盏绿灯，但只是一瞬间，马上又消失了，连那根透明的头发也不见了。

"钓上鱼来了！"李元惊喜地喊。

一条半尺长的鲤鱼，溅着浪花，蹦跳着被拖上水面。

"哟！是条拐子。"旁边的老人惊喜地叫，马上把自己的鱼竿向这边横移了一米。

我们右边的中年汉子也把自己的鱼竿往这边移了一米，嘴里还解嘲地自语："我昨天在这儿钓鱼，往湖里撒了不少酒糟，把鱼都引来了。"

他俩一左一右把我们夹在中间。

我对李元说："咱们到旁边去。"

我们到了旁边，鱼也跟着到了旁边。李元的竹竿左一甩、右一甩，鱼儿一条跟着一条地被钓上来，简直容易极了。

两边钓鱼的人眼都看直了，连鱼竿也顾不得收，纷纷跑过来看。

李元钓得越发来劲，不一会儿，我们网兜里已装满了活蹦乱跳的鱼儿。

"小老弟！你使我这网兜。"中年人殷勤地递了过来。

"小伙子，你真行啊！"那个老人也跷起了大拇指，热情地帮李元从鱼钩上往下摘鱼。

我们一直钓到日头偏西，旁边看的人越来越多。

鱼有八九十斤，我们拿不了，便分一部分给周围的人，也给了老人五六条。

老人笑眯眯的还不肯走。我又给他两条。

"不！不!"老人欲言又止，最后才吞吞吐吐地恳求，他想用自己的日本高级钓竿换李元的破竹竿。

我连忙告诉老人："这竹竿很平常，是从扫街的大扫帚上抽出来的。"

老头非要不可，把竹竿拿走了，还怕我们反悔，硬要和我们用手指头拉钩，然后头也不回地跑了。

李元提着鱼急匆匆地回家。他爸爸也喜欢钓鱼，李元想在老子面前显示显示自己的成绩。

我也赶快回去，查查动物学，分析一下李元到底沾的是什么动物气。

我翻了好大一本动物学，终于查到了，李元沾的一定是钓鱼鱼的气，海里有一种钓鱼鱼，头上伸出一个小灯笼去吸引鱼，怪不得李元能钓那么多鱼，并且还怕猫，因为猫爱吃鱼，当然也包括钓鱼鱼。

我们班王亚东特别喜欢吹牛。比如，有一次我们到动物园去玩，亚东便吹嘘说，他曾经趁饲养员喂老虎时，钻进老虎笼子，正好老虎在打瞌睡，他便转了一圈又出来了。这一听就知道是瞎吹。第一，饲养员喂食根本不用打开老虎笼子；第二，老虎吃肉时根本不会打盹儿，吃饱了喝足了再打瞌睡还差不多。还有一次在操场大家玩爬杆，王亚东爬了两次都滑下来，他便吹嘘说，这样的杆根本不值得一爬，他曾经顺着流水管爬上过六层楼。

大家都嘲笑他吹牛皮。王亚东赌咒发誓，总有一天，他会当面让大家看到他的真本领。

这回机会来了。

我正走在去学校的路上，突然一个黑黑的影子从我头顶上闪过，我一抬头，那影子又不见了。

"我在这儿呢。"旁边的一棵白杨树上传来了王亚东的声音，接着，他嗖的一下落下来，落到我身边。

"你会飞?"我睁大眼睛问。

"飞倒不会,可是我会跳,并且跳得很高。"王亚东得意地说。

"那你一定沾了动物百宝盒中的袋鼠气了。"我判断说,一面歪着脑袋看他的肚皮。

"你在看什么?"王亚东奇怪地问。

"看你肚皮上有没有袋子,袋鼠肚皮上有袋子。"

"你怎么知道我和袋鼠有关?你一定在瞎说。"王亚东弹跳起来,他跳得真高,一下子高过了三层楼,然后又轻巧地落下来,再跳。

他就这么跳着,一下一下地往前走,我紧追慢跑才勉强赶得上。

我仰着脸朝他喊:"你现在一定不想吃肉了吧?"我知道袋鼠是素食动物,只吃大豆玉米什么的。

"嘻嘻!肉的味道才香呢。"王亚东笑嘻嘻地说,"乔宝,你亲眼看到了吧,我现在跳得这么高,这可不是吹牛吧?我要叫所有的人都看见。"

王亚东三跳五跳,拐进了市体育场,那儿正举行全市中小学生运动会,我们学校只有田径队的同学才能参加。而王亚东却从围墙直接跳进去了。

我跳不过墙,只好买了张门票进去。里面看台上坐满了人,根本找不到王亚东。

我不着急,我知道他早晚会露面的。

男子跳高决赛只剩下一名运动员了。横杆升到了一米六五。一个细腿高个的男生正做准备活动。突然,从看台上跳下一个人来,不用说,是王亚东。他轻轻一跃便跳过横杆。

大家都愣住了,随即响起了热烈的掌声。

裁判员把横杆升到一米七○,王亚东轻轻一跃又跳过去了。

一米七五,

一米八五,

二米二○……

王亚东都毫不费劲地跳了过去。

几乎所有的人都惊呆了。

横杆已升到二米五〇，比跳高世界纪录还高好几厘米。大家屏住呼吸，紧盯着王亚东。当然，我一点儿也不紧张。我知道他甚至连四米也能跳过去。

王亚东露脸的机会来了，他一下子便跳了过去，他终于有了吹牛的资本。

裁判员跑过去向他祝贺，报社记者赶上去拍照，还有个小姑娘跑上去献花。

突然，裁判员叫了一声，捂着脸跑开了。摄影记者也丢掉了照相机，用手捂住自己的胳膊。

"他咬人。"献花的小姑娘脸色苍白地大喊。

王亚东张皇失措，一下一下地蹦跳着，跳出了体育场的围墙。

我在校园的一个角落找到了王亚东，他已经不跳了，一脸懊丧。

"真是糟糕，"他说，"那会儿，我的嘴巴突然变尖，不知怎么就咬了人家一口。"

我说："那裁判员已经验了伤，医生说那上面沾有跳蚤的唾液。你一定沾了百宝盒里的跳蚤气了。"

"那可怎么办？我以后还会不会咬人？"王亚东惊慌失措。

"这可难说，所以你感到自己要发昏时，最好用橡皮膏把自己的嘴巴贴上。"

王亚东无可奈何地点点头，又急忙嘱咐我说："我跳高的事千万别对别人说。"

瞧，吹牛大王这次也不敢吹了。

袁校长的鼻子发生了奇特的变化。

当然，不是指外形。从外表看，校长的鼻子普普通通，和原来没有多大变化。

我指的是鼻子的内部构造和功能，显然它与众不同，这种变化还是袁校长自己发现的。

袁校长正在礼堂里给全体学生作报告，讲德智体全面发展的问题。

讲着讲着，袁校长突然吸了下鼻子，皱了皱眉毛，停了一会儿才又接着讲。

可没讲几句话，袁校长又连连吸开了鼻子，脸上显出一种十分紧张的古怪模样。

他终于不讲了，几步迈下主席台，和教导主任说了几句，便匆匆冲出门去。大家都莫名其妙，教导主任也奇怪地耸耸肩膀，自言自语地说："袁校长今天怎么了？"他声音挺大，连前几排的学生都听见了。

直到下午，这个谜才揭开。

原来袁校长离开会场后，便骑着自行车，飞快地行驶了十五里路，最后他几乎是冲进自己家住的楼门的。

楼道里烟雾弥漫，几乎看不清人。袁校长撞开邻居的房门，发现电熨斗已经烤焦了桌上的衣服，开始冒出火苗来。原来，这家的主人忘记关电熨斗就上班了。这会儿，整幢楼里都没人，幸亏袁校长及时赶到。

"我在学校礼堂讲话时，就闻到了这股味，而且越来越浓，到最后，我脑子里仿佛出现了电熨斗烤煳桌子的画面。"袁校长惊奇地说，他发现自己的鼻子具有特异功能。

"咦？"袁校长吸着鼻子自言自语，"好像咱们学校食堂炒菜，给学生菜里放的肉和老师菜里放的不一样。"

袁校长到食堂检查，果然炒菜的师傅红着脸承认，他往学生菜里放的是肥肉，给老师菜里放的是瘦肉。

"要一视同仁。"袁校长命令，"肥肉瘦肉，老师学生各给一半。"

袁校长坐在办公室里。五年级宋老师领着一个瘦瘦的大眼睛男孩进来了。

"什么事？"袁校长问。

宋老师说："昨天我们班于敏丢的十五元钱已经查清楚了，是周强偷的。"说着往前推了推周强，周强泪眼汪汪。

"怎么查出来的？"袁校长问。

宋老师说："据同学反映，于敏丢钱的前十分钟，周强曾一个人在教室里待了好半天，而且第二天，同学在周强书包里发现了十五元钱。周强的妈是后妈，根本不可能给他这么多钱。问他哪儿来的钱，他怎么也不说，他以前就偷过同学的铅笔、橡皮，所以肯定是他偷的。现在我已让他写了检查，并让他把钱还给于敏。快！先把你的检查和钱交给校长。"

周强把攥成一团的纸币递给校长，他的眼泪扑嗒扑嗒地掉落下来。

"犯了错误，你还委屈？"宋老师生气地说。

"等一等。"袁校长用鼻子吸了吸裹成一团的纸币，眼里闪出惊疑的神色。

"不对！这钱上的气味和周强的气味有些相似，而且三天以前就有这气味了。"袁校长又说。

"校长，您说这钱不是于敏的？"宋老师脸上显出了迷惑的神色。

"你把于敏的东西拿一件来。"袁校长对宋老师说。

宋老师把于敏的铅笔盒取来了。袁校长抓起铅笔盒放在鼻尖下闻了闻，然后他吸着鼻子往前走，沿着走廊一直走进了五年级二班的教室。

袁校长在讲台桌周围闻着，突然兴奋地低下头去，从讲台桌下面拿出一个小纸卷，打开来，是十五元钱。

"这才是于敏的。"袁校长说。

一直在旁边默不作声的周强突然委屈地大哭起来。他抽抽搭搭地告诉校长，他确实没有拿于敏的钱，自己的那十五元钱是他亲妈妈偷偷来看他时给的，他怕后妈知道，所以不敢说。

宋老师很惭愧，她冤枉学生了。

袁校长说："类似这样的事情可能还不少，我还得用鼻子好好闻闻。"

袁校长的鼻子真灵，他闻出了办公楼的玻璃不是我们踢球碰的，而是风刮碎的；他闻出了许多家长联系簿上都带有孩子的怨恨味，决定取消家长联系簿；他还从作业本上闻出学生打哈欠的味道，知道学生太累，决定少留些作业。

袁校长老是弯着腰去闻，他的腰好酸好酸。

袁校长老得吸鼻子，他的鼻头好累好累。

更难受的是袁校长的舌头。

天很热很热，但袁校长身上硬是不出汗。

袁校长的舌头不由自主伸出来散发热气。这样太有失校长尊严，袁校长忙把舌头缩回来，可舌头还是顽强地耷拉下来，伸得老长老长，实在难看。

我明白了，袁校长沾上了百宝盒里的狗气。狗的鼻子特灵。狗身上没汗腺，靠舌头散热。

我悄悄把兽医院的电话号码告诉了袁校长。但袁校长不肯去医院。他说学校里还有许多"冤案"、"错案"等着他用鼻头去闻呢。

我们班的李军特喜欢玩蟋蟀，可是他爸爸坚决反对，说玩那东西会"玩物丧志"。他还专门给李军讲了个古代皇帝因贪玩蟋蟀而亡国的故事。

尽管李军坚决保证，绝不影响学习，爸爸还是把他那用来捉蟋蟀的小手电筒没收了。

到了晚上，李军只好摸着黑去捉。

我们学校后面是一片正在拆掉的楼房，原来早就听说这儿要盖一座大饭店，不知为什么，两年多了，一直没有开工。

废墟里长满了野草，又没有灯，里面有不少蟋蟀。一到夜晚，到处都唧唧唧地叫个不停。

李军拿着一盒火柴，在一片长着荒草的乱砖堆里摸索。他听见一只蟋蟀的叫声特别响亮，看样子个头一定不小。

李军兴奋地俯下身来，蹑手蹑脚地循声往前，他摸到了两块湿漉漉的空心砖，蟋蟀的叫声好像就是从砖下发出来的。

李军燃着了一根火柴，周围的空间亮了起来，他猛地一掀空心砖，蟋蟀的叫声骤然停止。砖下有一只强壮的蟋蟀，油黑的头，宽宽的翅儿闪着光。

李军赶快用铁网子去扣，蟋蟀猛地一跳。这时，李军左手中的火柴灭了，周围一下子变得黑暗，急得李军直跳脚。

等他再燃着一根火柴，蟋蟀早不见了。

李军生气地直怨他爸爸，要是不没收他的手电筒，蟋蟀绝跑不了。

"唉，要是有一盏灯照亮就好了。"李军嘟囔着，不由自主地拍了一下屁股。

奇怪！他感到周围有股淡蓝的荧光把草地和砖堆照得朦朦胧胧，光虽然不是很亮，看什么东西都像隔着一层浅浅的薄雾，但毕竟比黑暗亮多了。

在淡淡的蓝光下，李军清晰地看见，那只大蟋蟀正一动不动地伏在旁边的一丛草叶上，他激动地用网子一罩，哈！捉住它了。

李军把蟋蟀小心地放进纸筒里，再寻找那光亮。他吃惊地发现：淡蓝色的光竟是他的屁股发出来的，他走到哪儿，那光环便跟到哪儿。他屁股撅得越高，那上面的光环就越亮。

"嘿，我成了萤火虫了。"李军兴奋地想。他明白自己沾了动物百宝盒中的萤火虫之气。

李军撅着屁股走，他身后亮亮的，闪着一圈光，在这片黑暗的废墟中，就像一个亮亮的天蓝色圆环。

蓦地，李军看见前面破楼拐角处也有蓝色的光环闪烁，而且不是一个，是两个。

李军看了一会儿，他忍不住乐了。一定是赵全力和张福，他俩也和他一样钻了百宝盒中同一个小格子。

李军让自己的光圈慢慢地向前飘去。

三个光圈汇集在一起了，果然是赵全力和张福。

他们三个把屁股对在一起，远远看去是三个亮亮的光环，真是好玩。

张福笑着说："听人说，三个小孩屁股是一盆火，咱们的光圈是三盆火呢。"

赵全力也笑着说："要是再来两个光圈凑在一起，形成五个圆环，就是奥运会标志了。"

"不好！有人在看咱们。"李军低声叫。

远处响起了脚步声，他们急忙分散开跑。也许神经一紧张，光源就不足了，跑着跑着，他们屁股上的光暗淡了，光圈消失了。

任他们怎么再拍屁股，屁股也不亮了。他们心里直嘀咕，不知等到什么时候，屁股才能再亮。

第二天，街里的人都在传言，昨晚在废墟里看见了飞碟，三个闪亮的蓝色飞碟，先是聚在一起，后又分散开，最后突然不见了。

他们听了直想笑。

朱竹，你一听这名字，总觉得他应该沾些百宝盒里的蜘蛛气，要是从他嘴里吐出丝来，那一定很好玩。朱竹好像对当蜘蛛也不反感，他自己说："我要是会吐丝的话，我先叫妈妈用我吐的丝织件毛衣，剩下的丝，再卖给人家当钓鱼线。"他倒挺会算计的，他妈妈是个个体小商贩，正好也稍带卖鱼钩鱼线什么的。

可惜，朱竹沾的根本不是蜘蛛之气。

今天上午，我们班去植物园参观，下车以后还要走好远好远。

天又阴又沉，随着一阵阵雷声，下起了豆大的雨点。我们走的马路两边是碧绿的田野，没有房屋，甚至连一棵大点儿的树也没有。看样子只得挨浇了。

大家躲在路边的一排小矮树下面，朱竹挤在我们中间。突然，他大叫一声："哎哟，我的衣服怎么变得这么紧呀?"

大家仔细一看，他的后背鼓起了一个圆包。

几个男同学忙着帮他把衣服脱下来，同学们都愣住了，原来朱竹背上长出了一个大蜗牛壳，又光滑又漂亮。

"你一定沾了动物百宝盒里的蜗牛气。"

"说不定还是蜗牛王的。"

我们说这话可不是夸张，朱竹身后的蜗牛壳一直在往大往宽长。

不一会儿，蜗牛壳已经长得像一间小房子，朱竹像是站在小房子的门口。

这时候，雨哗啦哗啦地下起来。

同学们都喊："朱竹，让我们进蜗牛房子里避避雨吧。"

"不行! 不行! 我这房子太小，只能装一个人。"朱竹连忙摆手。其实

053

他这蜗牛房子挺大，至少能装四五个人，这家伙太小气。

朱竹看见我们班主任王老师也被雨淋着，他热情地说："王老师，您进来吧。"

王老师摆摆手。朱竹便一个人躲进蜗牛壳里了。

雨落在身上，我们成了落汤鸡。

太阳出来了，天又变得很晴朗。

大家排好队，准备继续前进。朱竹却走不了啦。他的身上倒是一点儿没湿，可是他背上的一块肉却连在了蜗牛壳上。那么大的蜗牛房子，他怎么拖得动呢？可是看来朱竹必须拖，你们想想，哪有蜗牛离开自己的壳的。

"老师，我走不动。"朱竹哭了起来。

"我先在这里守着你，让同学们去参观。"王老师的心肠真不错。

我说："王老师，我这儿有兽医院的电话。"我心想，这回电话号码总算用上了。

傍晚，我们参观完植物园，再路过这里时，我们看见一个小型吊车，正把朱竹连同蜗牛房子一起往汽车上吊，他的样子挺可怜的，谁让他那样自私呢。

后来，听说医院给朱竹做了分离手术，把他和蜗牛小房子分开了。朱竹把蜗牛小房子给他母亲摆小摊用，还起了个挺不错的名字，叫做"蜗牛商亭"。据说，因为这蜗牛房子的缘故，生意十分兴隆。

我在商店门口碰见了同学鲁卫。他愣愣地站在那儿，眯缝着眼睛，皱着眉头。

我问："鲁卫，你在干什么呢？"

鲁卫眨眨眼睛，仿佛过了半天才认出是我："噢，是乔宝啊。你看见附近有盲人吗？"

我奇怪地问："什么盲人？"

鲁卫说："不管是男的女的，大人小孩，只要眼睛看不见的就行。"

真是奇怪，我迟疑地说："我在马路那边，看见一个老人倒是瞎子，可是你找他……"

我的话还没说完，鲁卫已经转身走了，他走得很快。

我急忙跟上他，因为我觉得事情有点儿不寻常。鲁卫在我们班里属于淘气的同学，经常喜欢搞些小恶作剧，比如把毛毛虫放进女生的铅笔盒里，把扫帚放在教室的门上，有一次还险些砸着了老师。这一次，他可别拿盲人开心。

我不安地在后面悄悄跟踪他。鲁卫始终没有回头，他过了马路，看见了拄着竹竿的瞎老头。

鲁卫匆匆走向老人，一直走到他跟前，他和老人脸对脸，鼻子几乎贴到了一块儿。当然，老人看不见他。

"阿嚏！"鲁卫朝老人猛打了一个喷嚏，然后一句话不说，转身就走。

老人大约被吓了一跳，嘴里嘟囔着，生气地用竹竿扫了几下，然而，鲁卫却灵巧地躲开了。

哟！这鲁卫可真够坏的！我心里冒上了一股火。平时我觉得鲁卫虽然淘气，心肠并不坏，我曾见他帮助一位老太太搬煤气罐，可现在竟干这种缺德事。

还没等我走上前，已经有一个人抢先拦住了鲁卫，是王老师。

"鲁卫，你怎么这样！专门找盲人打喷嚏，把自己的感冒传染给盲人。"王老师十分生气。

"老师，我不是……"鲁卫十分慌张。

"不是什么？"王老师厉声打断他的话，"昨天，我就听同学反映，你专找盲人打喷嚏，我还不相信，没想到今天正好让我看见！"

"王老师，我这喷嚏……"鲁卫红着脸。

"不用说了。"王老师生气地一摆手，"明天上学到我办公室去。"说完转身走了。显然，她讨厌鲁卫的狡辩。

一脸懊丧的鲁卫看见了我，他像找到了救星："快，乔宝。让我对你打个喷嚏！"

还来不及躲闪，我已重重地挨了一喷嚏。

"你感觉怎样？"鲁卫盯着我问。

"什么怎样？"我嘟囔着，突然觉得有点儿不对劲，我的眼睛变得好像特别怕见光，忍不住眯缝起来，我着急地叫，"我的眼睛怎么怕亮？"

鲁卫说："这就对了，开始我的眼睛什么也看不见，打出了一些喷嚏就变得好多了。"

我恼火地说："闹了半天，你是想把自己的坏眼睛传给别人！"

"不对！不对！"鲁卫大声说，"现在你把眼睛紧闭上，走路试试。"

闭上眼睛走路，那还不摔跟头？

可我还准备试试，最近我碰到的奇怪事太多了。

我闭上眼睛往前迈步。我的嘴唇突然飞速翕动，一种奇异的声波从我嘴里发出去，撞到前面的东西又反射回来，刹那间，我前面的每一个物体我都感觉到了。

毫不夸张地说，我可以闭上眼飞速往前走，而不碰到任何东西。

"这是怎么回事？"我惊喜地问。

"我吸了你动物百宝盒的气。"鲁卫高兴地说，"我估计是蝙蝠的气，因为蝙蝠的眼睛看不见，就靠发射声波辨别前方物体。可是我要了这种蝙蝠的功能，却一点儿用处也没有，反而不愿见光亮。你说这多受罪。后来我才发现用打喷嚏的方法，可以把这功能传过去，我先对我弟弟做了试验，然后再到街上来找盲人。"

我说："盲人有了这会发声波的功能就像有了眼睛一样，你这主意真不错。"

鲁卫说："可是你知道吗，为了能打出喷嚏，我往自己鼻孔里塞了多少胡椒面儿？现在喷嚏都快打不出来了。我估计功能快失效了。"

我急忙说："这能传蝙蝠功能的喷嚏无论如何你要再留一个，咱们赶快去打给王老师。"

"这行吗？"鲁卫迟疑地问。

"绝对行，只有这样老师才会相信你。"我肯定地说，"除此别无他法。"

孙晓十分苦恼。

在我们班他本来个子就最瘦小，胆子也小，偏偏让他沾了动物百宝盒中的兔子气。他的眼睛变红了，到医院检查却不是红眼病。还有，这两天他特别爱吃萝卜、青菜。这是小白兔的食谱。妈妈挺高兴，还以为孙晓改变了挑食的坏毛病。她还一点儿也不知道，她的儿子要变成兔子了。

偏偏孙晓两岁的妹妹还爱唱小白兔的歌：

小白兔，白又白，
两只耳朵竖起来。
爱吃萝卜爱吃菜，
蹦蹦跳跳跑得快。

其实妹妹过去就老唱这支歌，只不过这会儿孙晓的听觉似乎特别敏感，他耳朵老想动，不由自主地蹦跳着走。

他背着书包去上学，一拐进通往学校的那条胡同，他的心便怦怦乱跳。他害怕是有理由的。这条胡同里有两个小流氓，可能是被学校开除的中学生。他们老在胡同里转悠，看见小学生就拦住要钱，不给钱就打。孙晓个子最矮，被要的次数也最多。

孙晓心惊肉跳地贴着墙边走，还好，没有见到两个小坏蛋的影子。他轻舒了一口气，刚想飞快地跑过去，突然，两个小流氓从旁边的门里蹿出来了，一左一右地夹住了他。

"小子，哪儿跑，拿钱来！"

"没钱的话，就把他的书包拿走！"两个小流氓阴阳怪气地吓唬。

孙晓急了，没有书包他怎么上学呀？他趁他们不注意，猛地从他们手里抢过书包，转身就跑。

"追呀！"两个小流氓追过来。

孙晓拼命跑，可是跑得还不够快，两个家伙离他越来越近了。

孙晓觉得他既然沾了兔子气，就不应该跑得这样慢。他生气地说出声来了："我是兔子，快跑快跑！"

"嘻嘻！我们还是鹰呢！"两个小流氓嘲弄地叫着，扑上来抓住了孙晓的衣襟。

这时，孙晓连想都不想，猛地停住，转过身向后一仰，他的后背挨了地，双腿疾速缩起，然后猛地一蹬。

他就像做了一个极高级的武术动作，一下子把两个小流氓蹬倒在地上，哎哟哎哟地大叫"饶命"。

这是怎么回事？孙晓愣住了，但他很快就明白了，这动作叫"兔子弹腿"，他曾在《动物世界》的节目里看过，兔子在最危险的关头，就是这么对付鹰的。

"饶命，下次我们再也不敢了。"

"师傅，教教我们吧。"

两个小流氓换成了奴颜献媚的脸孔。

孙晓轻蔑地唾一口走了，他心里突然明白了一个道理：你越胆小他们就越欺侮你。下次再有人欺侮他，他就给他们来这一下子。

写到这里，你们一定会奇怪，怎么好久不提小糊涂神儿，是不是把他忘了？

我才没忘记他呢，主要是我这一阵子太忙。你想想，我们班这几天出了这么多关于动物的怪事，我总得一件一件写嘛。

当初说好了，小糊涂神儿的迷宫和动物百宝盒只借我玩一天，第二天便还给他。可是这么好玩的东西，玩一天怎么够？

再说，同学们都钻过动物百宝盒了，我却没钻呢。

再说，动物百宝盒丢在迷宫里了，我想进去把它取出来。念了咒语，迷宫可以变大，迷宫的大铜门却紧闭着，进不去了。我总不能只还他迷宫吧？

如此种种，我只好先尽量躲避他。每次进我那小屋子之前，我先趴门缝悄悄向里张望，小糊涂神儿要是在屋里蹦跳呢，我就先躲出去，等妈妈回来再进屋，并且把屋门打开，我发现小糊涂神儿怕见我妈妈。凡是有大人在家，他总老老实实地躲进乌龟壳里。

到后来，我索性把小乌龟壳放在妈妈的床头柜边上，有大人监督，小糊涂神儿更不敢出来了。我想那滋味一定够难受的，就像我在妈妈的监督下做作业一样。

晚上，我舒舒服服地躺在床上，正想着明天班里可能会出现什么怪事，地板上响起了索索的声音。我低头一看，是一只没有头和四肢的小乌龟。糟糕，小糊涂神儿趁我妈熟睡时，从床头柜上溜下来了。

"喂！别来这一套。"小糊涂神儿从乌龟壳里探出了脑袋，随后整个身体也钻了出来，渐渐变大，脚后跟又开始喷气。不一会儿，他已经坐在一个小云团上，伸胳膊动腿，大约在小乌龟壳里待的时间过长，有些难受。

我很不好意思，心想小糊涂神儿一定很生我的气。

"别来打瞌睡这套！"小糊涂神儿说。

"什么打瞌睡？"我不由得一愣。

"瞌睡虫——"小糊涂神儿用嘴朝小乌龟壳里吹一股气，乌龟壳里晕头晕脑地钻出了个小胖虫。

小糊涂神儿指着小胖虫说："这家伙冒充糊涂虫钻进我耳朵里，害得我一天打二十五个小时的瞌睡。"

我乐了，原来小糊涂神儿这几天一直都在睡觉，他根本不是怕我妈妈，自然也没生我的气，我真应该感谢这瞌睡虫。

小糊涂神儿用手指一弹，小胖虫连翻几个跟头，撞在墙壁上。

奇怪，它竟然一下子撞进了墙壁。

我吃惊地问："这瞌睡虫去哪儿了？"

小糊涂神儿大大咧咧地说："它走了，找爱睡懒觉的人去了。你要是在外面发现哪个老头儿一天到晚老打瞌睡，瞌睡虫就一定住在他身上了。"

这时，突然从敞开的窗外飞进来一个东西。起先我以为是只鸟。仔细一看，是那只没有壳的、会飞的小乌龟。

"糟糕，它一定是来要它的龟壳来了。"小糊涂神儿慌忙抱住乌龟壳。可是当他看见小乌龟手里抱着的东西时，他一下子眉开眼笑地叫："啊，你是用这东西来换的呀！"

小乌龟抱着一个特别漂亮的小房子。小糊涂神儿马上把龟壳递给小乌龟，拿过小乌龟抱着的房子。

小乌龟挤挤眼，抱着小龟壳飞出了窗子。

我问小糊涂神儿："这小房子是谁的?"

小糊涂神儿大模大样地说："我的。我先前就住在这房子里。后来，我把它弄丢了，现在小乌龟替我把它捡回来了。"

我说："我在商场看见一种转笔刀，也是小房子形状，当然比这要差很多。可是，我可以告诉别人，这是我买来的城堡形转笔刀。这样，我把它放在我的桌子上就没人注意了。"

小糊涂神儿说："好极了。我把它丢了那么长时间，我得好好享受享受。"说着，他一头钻进了"城堡形转笔刀"。

小糊涂神儿

时光旅行车

星期天，我正在房中看电视。电视里演的是一部科幻片《走向未来》。

我看见屏幕里出现了一辆时光旅行车，这车真是漂亮极了，流线型的车身闪着蓝色的光。我想，我要是也有这样一辆车就好了。

我正在这么胡思乱想，突然旁边有响动，原来是小糊涂神儿从城堡形转笔刀里探出头来。他探头探脑，好奇地看着画面叫："咦，大汽车!"

我告诉他："才不是大汽车呢，是时光车。我要是能到里面坐坐就好了。"其实我只是随便说几句，并没什么别的想法。

可我的话刚说完，小糊涂神儿已经从城堡形转笔刀里蹿出来，口中念着咒语："金糊涂，银糊涂，不如家里有个小糊涂。"他的身体飞快地冲向电视屏幕。一眨眼的工夫，小糊涂神儿的上半身已经钻进了电视屏幕，下半身却留在了电视屏幕外面。显然，他的法术又不太灵了。小糊涂神儿大叫："哎呀，我被卡在这儿了!"他的两条小胖腿在外面乱晃。

我慌忙去拉小糊涂神儿的腿，心想，这回我们家彩电算是完了。我使劲往外拉，连电视屏幕都快拽出个鼓包了。总之，我把吃奶的劲都使出来了。

呼的一下，我向后摔了个大屁墩儿，小糊涂神儿被拽出来了。我吃惊地看见，不光是小糊涂神儿一人，他的手紧紧地拉着一辆蓝色的、极漂亮的车。天哪，他竟然把时光车也从电视屏幕里拽出来了。

我吃惊的表情，你们一定可想而知了。我眼睁睁地看着，像写字台大小的时光车带着惯性向外滑动着，眼看就要将小糊涂神儿撞到墙壁。我不知道怎么办才好。倒是小糊涂神儿有些临危不乱的大将风度，摇头晃脑地念起咒语："变铁头。把我的脑袋变成铁头。"

小糊涂神儿的头咚的一下撞在时光车上，随着响声，小糊涂神儿的头一点也没事儿，时光车却被撞了个大坑，其中一些零件还被从车窗里撞出来，散落在地上。

小糊涂神儿的头闪着亮光，他摸着自己的头惊喜地叫："哈，这回咒语真灵，我的头真变铁头了。"

我说："你的头倒是铁了，可你把时光车撞坏了。"

小糊涂神儿说："没关系，我可以再钻到车里，用头从里面向外撞，再把它撞成原来的样子。"说着就用手去拉车门，想往里钻。

我忙拉住他说："你还没撞够啊？"

小糊涂神儿说："我逗你玩儿呢，刚才我看见车里有个工具箱。"小糊涂神儿打开车门，从时光车里拖出个小工具箱，打开来，里面装满了五颜六色的小工具。小糊涂神儿惊喜地叫道："这些工具正是给我预备的呀！"

我怀疑地说："你会修吗?"

小糊涂神儿说："我可是顶呱呱的修车专家呢。"

我觉得他在吹牛。他连这是时光车都不知道，又怎么会修呢？

小糊涂神儿脱掉鞋子，飞旋起来，他的两只手拿着两个小工具，两只小脚丫夹着两个小工具，嘴巴还叼着一个小工具，在房子里飞旋了一圈，一头飞进时光车的窗子，车子里面传出小糊涂神儿的咒语声。随着咒语，车外散在地上的零件都轻悠悠地飘进车窗内。

时光车里一阵乒乒乓乓乱响，先前被小糊涂神儿撞瘪的车头慢慢鼓了起来，接着时光车发出嘀嘀嘟嘟的响声，小糊涂神儿从车窗里探出头来，大大咧咧地说："修好了，快上来吧。"

我拉开车门上了车，时光车里有许多复杂的仪表，其中有一些歪歪扭扭，我一看就知道是小糊涂神儿刚装上去的。

我怀疑地问："你装的零件对吗？怎么都是歪的呀？"

小糊涂神儿大大咧咧地歪着脖子说："你可以这样看，这么看，就都不歪了。快坐好，我要开车了。"

我忙说："得了，我还是先下去吧。"我急忙跳下了车。

我躲在沙发后面，紧张地注视着。

时光车里，小糊涂神儿手忙脚乱地按各种按钮。

我看见时光车发出轰响、喷气，闪着五颜六色的炫目的光。车子开始悬到半空中，车轮飞速旋转。小糊涂神儿从车窗里探出脑袋，兴高采烈地大叫："飞到五百年后的未来世界去！"喊完他又缩回头去。

但是，时光车在空中抖了一下，却又停止了旋转，慢慢地落到了地板上。

我摇着头说："这车根本没走，你一定是把车修坏了。"

这时，时光车的车窗打开，从里面飘出五根亮闪闪的彩色丝线来。

我奇怪地问："这是什么？"

小糊涂神儿叫道："我的胡子！"他从车窗里飞出来，他的下巴上拖着五根彩色的胡子。

小糊涂神儿惊喜地摸着胡子叫："我们糊涂神儿一百年才长一根胡子，这回一下子就长出了五根。"

我惊奇地问："这么说，你刚才真的一下子就过了五百年？"

小糊涂神儿说："对极了，我已经五百岁了，你快叫我老爷爷吧。"

我不理他，围着时光车转了一圈，皱着眉头思索。我实在不明白，怎么时光车开了半天，没开走，小糊涂神儿却一下子长了五百岁？这是怎么回事？

猛然，我解开了这个谜。我使劲一拍脑袋告诉小糊涂神儿说："我明白了。你刚才乱修理，把这时光车的功能搞乱了，坐在车里，人到不了'未来世界'，年龄却一下子变老了。"

小糊涂神儿吐着舌头说："幸亏刚才我没去按'过去世界'的按钮，要是那样，我就会变成 0.05 岁，我就当不了老爷爷，而会成为小小小小小小糊涂神儿了。"

我高兴地一拍手说："不过，你把时光车弄成现在这样也不错。人坐到车里可以返老还童了。哈，这车太棒啦！既可以使人一下子长大，又可以使人返老还童，小糊涂神儿，你这回糊涂得可真棒。"

"我棒吧？"小糊涂神儿也得意洋洋。

我说："我也来试试。"我一毛腰，钻进车里。

小糊涂神儿在车外面向里看着我说："等等我，咱们一起试。"

我说："这回我一个人先试试。出了问题，你好用魔法帮助我。"

车的方向盘旁边，有两个圆形的带指针的表盘，一个写着"过去世界"，一个写着"未来世界"。我想："我先变到五十岁试试。"这么想着，我把"未来世界"的指针拨到五十，然后开动时光车。

时光车发出轰响，闪着五颜六色的光，我感到全身震颤。我听见车轮在旋转。车身飘起来，又落下去。我的眼前出现了一片彩色的雾。一时间什么也看不见了。彩雾终于散去了，对着车窗，我看见我的样子变了，变成一个小老头，我长出了胡子。我摸着自己的胡子笑嘻嘻地说："哈，真变老了。我再把自己变回去。"我又把"过去世界"的指针拨到五十，然后开动时光车。车子发出轰鸣声，就在这时候，正在旋转的指针开始晃动，好像没有安结实，突然掉了下来。我喊了一声"糟糕"，忙去捡指针。还好，那指针正好掉在我腿上。我抓起指针一把安上去。

安上去的指针飞速旋转，闪光，又是一片彩雾遮住了我的眼睛。

彩雾散后，我看见"过去世界"表盘上的指针指在五十万年的数字上。我大吃一惊："啊？我一下子倒退了五十万年，大概要成猿猴了吧？"

我低头一看，我浑身全是毛。

我惊慌地自语："坏了，指针往回转得太多了，转了五十万年，我成了北京猿人了。"

我觉得这会儿，自己的动作特像猴子，因为我手脚并用地去动指针，想让它转回去。我使劲地往相反的方向拨。

指针发出吱吱怪响，吓得我缩回手。指针又向原方向飞速旋转。

我看见"过去世界"表盘上的指针已经指向"泥盆纪早期"。什么是泥盆纪，我可不清楚。我只隐约记得，我们生物老师提到过，好像比有猿人的时代还要古老许多。

我低头看自己，我好像变成了鱼。因为我坐都坐不稳，并且我的身上生着鳞。我身体的形状也变了。我想张嘴说话，可是发不出声音。

是的，毫无疑问，我已经变成一条形状奇特的鱼——总鳍鱼。我没别的办法，只能甩着尾巴乱动。也许是歪打正着，我乱甩尾巴，倒把小糊涂神儿安歪的零件都碰正了。

小糊涂神儿正傻乎乎地在车外向车里张望。

我听见他说："怎么待了这么半天，还不出来？"他拉开车门，我一下子从车里滑了出来。

小糊涂神儿大大咧咧地说："咦？一条大鱼。"他抱起我，送到屋角的鱼缸，往里一扔，哗地溅出了一些水。

小糊涂神儿又到车旁来找我。他自言自语地说："乔宝一定又抓鱼去了。我去找他去。"说着，他就要往时光车里钻。

我急忙在鱼缸里乱蹦。大约是鱼缸小，我一打挺，就从鱼缸里弹出来，落到了地板上。

"哇，鱼蹦出来了！"小糊涂神儿看见了我说，"大概这条鱼也想坐时光车。"他抱起我钻进车里，说，"怎么仪器都变了位置？一定是那条鱼乱碰的，算了，我也不修理了，凑合着开吧。"他开动车。车子发出轰鸣，闪光，响起一阵美妙的音乐，小糊涂神儿奇怪地说："哪儿来的音乐？"

车窗外，一束束光向后飞驰，我感觉，我们好像进了时光隧道。

时光车在隧道中行驶，周围有光的流动。

我看见车里"过去世界"表盘的指针在旋转，小糊涂神儿得意洋洋，手扶方向盘，嘴里高喊："到过去的世界去！"表盘的指针指在"新生代"。车窗外的情景是：原始森林，正捕捉剑齿虎的猿人。小糊涂神儿大喊："猴子，猴子！"

表盘的指针又转到了"中生代侏罗纪"，车窗外的情景是原始森林，各种各样的恐龙。

表盘的指针又转到了"古生代泥盆纪"，车窗外的情景是：海洋，沙滩上的苔藓植物，还有正从海里往陆地上爬行的总鳍鱼。小糊涂神儿高兴地拍着我的身体叫："外面有许多和你一样的鱼。乔宝也一定来过这儿。"

这个傻小糊涂神儿，我就在他旁边，而他还一点儿不知道。

小糊涂神儿停住了车，刚打开车门，立刻有一条鱼爬进车来，还有许多总鳍鱼正从四面八方向车爬来，吓得小糊涂神儿赶快关上车门，嘴里嘟嘟嚷嚷地说："它们一定是找它们的伙伴了。我这就把它还回去。"说着，他就想把我扔出车去。

我吓坏了，小糊涂神儿要真是把我扔出去，让我留在这古代泥盆纪，可就糟透了。我使劲在车里乱动，用尾巴搔小糊涂神儿的脸。我想让他明白，我就是乔宝。小糊涂神儿抱着我，嘴里叫着："别动别动。我不扔你了还不行？"终于，他把我压在屁股下面，用手去拨动"未来世界"表盘上的指针。

我看见指针旋转，时光车在时间隧道中飞行。等指针指到了"现在"的位置，小糊涂神儿赶忙刹车。

时光车吱的一声停住了。我发现时光车已经停在了我家的房间里。

小糊涂神儿打开车门，下了车，我也跟着爬出来，啪的一声摔在地板上。小糊涂神儿嘟哝着："鱼儿离不开水。"他把我抱起来，放进鱼缸里。

这时，我听见外面客厅里传来爸爸的咳嗽声，小糊涂神儿急忙跑到门口，从门缝里向外望。

小糊涂神儿说："糟糕，他们回来了。可别让他们看见这时光车。"他慌忙把时光车推进了我的房间，把门关上。

爸爸妈妈从外面进来，他们一眼看见了屋角鱼缸里的我。

妈妈惊奇地说："鱼缸里有一条大鱼。"说着跑过去，"这条大鱼样子真有点儿怪。乔宝从哪儿弄来的？这么大一条鱼，咱们吃得了吗？"

我吓了一跳。她竟想吃我。当然，这不怪她，她哪儿知道这鱼就是我啊?

爸爸围着鱼缸转了一圈,仔细地看着我,骤然,他的眼睛瞪大了一圈:"等一等,这种样子的鱼,我好像在一本书里见过。"爸爸走到书柜边,从书柜里拿出一本厚书看,看着看着,他激动起来,大叫,"这是总鳍鱼!"

这下我放心了。爸爸虽然没认出我来,可他知道是总鳍鱼。这回肯定不会吃我了。看来还是学问越高越好。

妈妈不解地问:"总鳍鱼是什么?"

爸爸说:"总鳍鱼是生活在远古泥盆纪时代的生物,据说就是它们经过几千万年的演变,进化成爬行类,再进化成哺乳类,再进化成猿人,最后变成人的。"

妈妈笑问:"这么说,人类最早最早的祖先是条鱼?咱们要是退到泥盆纪,咱们也是总鳍鱼了?"

爸爸说:"当然。"

妈妈说:"我好像听见里屋有喊声。"

爸爸对妈妈说:"你先甭管别的,看好这条鱼最要紧,这可是活化石,全世界也没发现过几条。你一定要看好,千万别让猫叼了去。"爸爸急匆匆出了门。妈妈拿来一把椅子放在鱼缸旁边,坐在椅子上,用眼睛使劲盯着鱼缸里的我。

我的房间里有咕咚咕咚的响声。那一定是小糊涂神儿在为我着急。谢天谢地,小糊涂神儿总算明白总鳍鱼是我变的了。妈妈想去里屋看,走了两步,回头看看鱼缸里的我,又下了狠心,又回到了原处,不错眼珠地盯着鱼缸。

不知过了多久,突然,我看见窗外有个影子在飞。是小糊涂神儿,他怀里抱着一条总鳍鱼。哦,原来他又到远古时代捉了一条总鳍鱼。

我看见小糊涂神儿从另一面窗子飞进了厨房。

妈妈可一点儿都没看见,她只顾盯着鱼缸里的我。

我听见小糊涂神儿在厨房里龇牙咧嘴地学猫叫鼠叫:"喵喵喵喵……吱吱吱吱……喵喵喵喵……吱吱吱吱……"他叫得特来劲。

妈妈侧耳听着，慌了神儿："怎么厨房又有猫又有老鼠？"她慌忙跑向厨房。等我妈妈一出门，小糊涂神儿抱着鱼从窗子里飞进来，迅速用怀里的鱼换了鱼缸里的我，又从窗子飞了出去。我妈妈从厨房回来，看见鱼缸里的鱼没丢，放心地松了口气。

在我的房间里，我看见那辆时光车停在房中间。

小糊涂神儿抱着我团团转，嘴里嘟嘟囔囔："怎么才能使乔宝变回来呢？"

我使劲甩尾巴从他怀里挣脱出来，蹦到时光车头前，用脑袋一下一下撞车头，小糊涂神儿怔怔地看着，傻乎乎地点头说："我明白了，你是让我再用头把车撞成原来的样子，再把你变回去，对吧？"

他飞起来，用脑袋去撞时光车头。"嘭！"小糊涂神儿痛得捂着脑袋坐在地板上，龇牙咧嘴地说："好痛哟，怎么咒语不灵了？为了小宝，疼也得撞。"他又飞起来，连续不断地用头撞时光车。"嘭嘭嘭！"车头又被撞了个坑，车里面又散落出一些彩色的零件，可小糊涂神儿的头被撞出了一个红红的大包。小糊涂神儿疼得眼泪汪汪的。

小糊涂神儿抱着我摇摇晃晃地飞进时光车，念着咒语："金糊涂，银糊涂，不如家里有个小糊涂。"随着咒语声，散落在地上的零件全飞进了车内。

零件又被歪歪扭扭地安装上了，小糊涂神儿用手拨动"未来世界"的指针，他不知道拨到哪儿。但我想应该正好是与泥盆纪相对的位置，便用尾巴指给他看应该把指针对到那儿。

小糊涂神儿开动时光车。时光车喷雾、闪光，冲进时光隧道……

终于，车不动了。我发现我还是在自己的房间里，但又变成我原来的样子。

小糊涂神儿说："是我把你变回来的。"

我看见旁边有一个彩色毛线球似的东西。原来小糊涂神儿浑身上下长满了胡子。

小糊涂神儿说："不行，我得再还原成原来的样子。"

我忙说："等我下车后，你再开车吧。"

偏偏这时外屋传来我妈妈的喊声："乔宝，乔宝。"

我对小糊涂神儿说："你先别开车，我马上就回来。"我跑向外屋。

我看见客厅里有爸爸、妈妈，还有一位陌生人。大概是科学院来的专家。

妈妈一见我就说："乔宝，这条鱼是从哪儿弄来的?"

爸爸也告诉我说："专家已经鉴定了，这是总鳍鱼。"

专家说："总鳍鱼简直可以称做活化石，人们曾认为，这种鱼在五千万年以前已经灭绝，可是在一九三八年，有人在印度洋捕到一尾活鱼，以后发现的数量极少，你这条鱼是在哪儿发现的?"

我吞吞吐吐："我，我，你们等等。"我转身跑向里屋。把门从里面锁上。

我看见已经开动的时光车，喷着气，浮在半空中，发出咝咝的响声。突然，车窗里喷出火星和烟雾，接着小糊涂神儿狼狈地叫着："坏了，坏了。"他全身的胡子像燃着的毛球一样，从车窗里滚出来。

亮光一闪，时光车突然不见了。小糊涂神儿落在地板上，胡子全烧光了，脸和手都被熏黑了。

我奇怪地问："怎么回事?"

小糊涂神儿哼哼唧唧地说："没想到我的胡子会传电，胡子一动，把车里的各种仪表全连上了，一下子着了火，幸亏我逃得快。"

外面妈妈在敲门："乔宝，把门打开。"

小糊涂神儿急忙钻到了床下。

我把门打开。爸爸怀疑地问："你在干什么?"

我哼哼唧唧地说："我在查书，这条鱼好像是一股龙卷风从窗外刮进来的。"天哪，我的脑子好灵，竟然一下子就编出谎话来了。

专家看着我说："我们先把这条鱼拿到科学院进一步研究，谢谢你们，对于你们的贡献，国家会给予奖励的。"

晚上，爸爸一边看电视一边说："咱们看科幻片《走向未来》吧。"

我说："这片子下午已经演过了。"

爸爸告诉我："晚上重播。"他打开电视机。

电视画面里出现了一辆破破烂烂的时光车。

爸爸吃惊地说："怎么这未来的车是破的呀？"

我缩着脖子悄悄吐了一下舌头。心想，时光车为什么变得这么破，只有我和小糊涂神儿知道。

小糊涂神儿

糊涂·小·仙女

门外有人敲门，我一开门，是邮递员。他说："邮件。"他手里拿着一个漂亮的盒子。

我问："是姓乔家的？"

邮递员看着邮件吃惊地自语："不对，是寄给小糊涂神儿的。怎么会有叫小糊涂神儿的？一定是写错了。"

我忙说："是我们家的，你看门牌号码都对。"

邮递员说："可是得用图章。你有小糊涂神儿的图章吗？"

这时，突然从门里伸出一只小手，拿着一个图章，说："图章在这儿。"

邮递员吃惊地说："这手怎么这样小？"

他的话刚说完，那手突然变得特大，吓了邮递员一跳。

我急忙拿过图章，把大手推进了门，随手把门掩上。

等我盖完章，拿了盒子，回到屋里，从门缝中，我看见邮递员还在那里发愣。愣完了，他向门里望了一眼，突然转身，惊慌地跑下楼去。他一定是以为我屋里有妖怪吧。

在屋里，小糊涂神儿兴高采烈地说："哇！还有人给我寄东西。我来看看是什么。"

我吓唬他说："留神是炸弹。"

这时，盒子突然发出声音："叮咚！"

我俩急忙卧倒。

盒子里却像八音盒一样发出美妙的音乐声。

小糊涂神儿叫着爬起来，说："不是炸弹，是八音盒。"他打开盒子，盒子里飞出许多美丽的鲜花来。

我也捡起一朵鲜花，闻了闻，说："啊，这些花真香。"

小糊涂神儿得意地说："是寄给我的。"

他的话刚说完，盒子里突然飞出一串粉红色的心形，一连串地撞在小糊涂神儿的身上，把小糊涂神儿撞了一连串的跟头。

我嘲笑地说："这也是给你的？"

小糊涂神儿兴高采烈地叫："当然是给我的。啊，我太幸福了！"

我问："怎么幸福？"

小糊涂神儿说："这是糊涂小仙女给我寄来的信。"

我惊奇地说："糊涂小仙女？我过去可没听你说过。"

这时，那一串心形突然排成一行。上面显出字来：我一会儿就来看你。

小糊涂神儿高兴地叫："糊涂小仙女一会儿来看我。她过去是我最好的同学。"

我笑着说："她和你一样糊涂吧？并且长得一定也很丑。"

小糊涂神儿说："才不是呢。她长得比白雪公主还漂亮。她的学习特别棒。你想想，不是别人，是她来看我呀。"小糊涂神儿说着看看自己，连连摇头："不行，不行。我这身打扮怎么行，我住的屋子这么乱怎么行？我得好好收拾收拾。"

小糊涂神儿说着，一下子飞起来，飞到大脸盆旁边猛洗脸。

他又拿起我妈妈的大梳子猛梳头。然后，拿一瓶香水猛往自己脸上、身上喷。

他打扮得很认真，也很漂亮，很干净。他得意地照着镜子说："你瞧，我多漂亮。"突然，小糊涂神儿像是想起了什么，他冲进城堡形转笔刀。

城堡形转笔刀里立刻烟雾弥漫，涌出灰尘，飞出杂七杂八的物件……

想不到，一个小小的城堡形转笔刀里竟能飞出那么多东西，在我屋里堆得到处都是。

我急忙用扫帚扫，嘴里说："这小糊涂神儿的家可真够脏的。不知道几百年没扫了。"

小糊涂神儿兴冲冲地从城堡形转笔刀里冲出来喊："我把里面打扫得特干净。"

可我看他身上脸上全是泥，他脏成了土猴，就像从垃圾堆钻出来一样。

我笑着说："你的房间倒是干净了，可你身上又脏了。"

我把镜子对着他。他看着，伤心地大叫："啊，这可不成。我可不能用这副样子见小仙女。"

小糊涂神儿叫喊着，又不厌其烦地在大脸盆前猛洗，拿起大梳子猛梳，往自己头上、身上猛喷香水。我妈妈新买的一瓶香水都被他用光了。

望着小糊涂神儿这忙乎劲儿，我不由得好奇地想："这糊涂小仙女到底有多漂亮，让他这么神魂颠倒呢？"

傍晚时，小糊涂神儿打扮得漂漂亮亮，脸上放出光彩，站在窗前。我站在他旁边，也有一种急切的心情，我想看看，这个让小糊涂神儿如痴如醉的小仙女到底是什么模样。

我问："该来了吧？"

小糊涂神儿兴奋地说："我的心好激动啊。"

窗外有闪光，我说："可能来了。"

小糊涂神儿说："我太激动了。不行，我得闭着眼睛。你替我看看，外面天上是不是有一辆漂亮的四轮小马车？"

我说："看不清，好像有个亮亮的东西。"

小糊涂神儿闭着眼睛问："小马车上是不是镶嵌着星星和月亮？"

我说："看不清，啊！那亮东西飞快地冲过来了。"

我的话还没说完，一个东西风驰电掣般地冲进窗子，一下子撞在小糊涂神儿身上。小糊涂神儿被撞得连连后退，嘴里嘟哝着："哇，好热情。"小糊涂神儿说着抱住了他。

令人惊奇的是，我看见小糊涂神儿抱着的可不是什么小仙女，而是一个秃顶的外国小老头。个子和他差不多，高鼻碧眼黄发，身上长着两个小肉翅膀，衣服脏脏的，脸上的样子狼狈不堪，还是个对眼儿。

我吃惊地问："这就是你说的糊涂小仙女？"

小糊涂神儿睁眼一看小老头，忙松开手，退后大叫："你，你是谁？"

小老头嘟哝了一通外国话。谁也听不懂。

我怀疑地说："他好像是从外国来的！"

小糊涂神儿看着小老头说："这么说，你是外国的神仙了？"

小老头连连点头。接着又拿出一个奶嘴放在嘴上，立刻能说出中国话了。

小老头指着奶嘴说："这是我的翻译器，我戴上它就可以说中国话了。"

小糊涂神儿问："你怎么闯到我们这里来了？"

小老头说："我迷路了。我在外国是一个法力很大的神，叫吉斯吉斯。你们一定听说过。"

我摇摇头："气死，气死，这名字可没听说过。"

小老头说："我飞到中国来看你们的万里长城，没想到飞得太高，翅膀上有个小洞漏了油，我变出多少油就漏出去多少，没有油就飞不动了，就摔到你们这里来了。"

我恍然大悟："啊，闹了半天，你是摔来的。"

小老头连连点头："Yes，yes。是摔来的。"他很高兴我能听懂他的话。

小老头肉翅膀上的小洞还在滴答滴答地漏油。他的身上也沾了许多油。

小老头对小糊涂神儿说："我请求你们帮助，不然我回不去了。"

我对小糊涂神儿说："对外国客人，咱们应该热情帮助。"

小糊涂神儿大大咧咧地说："没问题。我可以修好他的翅膀。"

小老头说："我还想吃点儿饭。我已经一年半没吃饭了。"

我说："没问题。我这就去给你拿。"

小老头说："听说你们中国的针灸特别棒，我还想让你们用针灸治治我的对眼儿。"

小糊涂神儿大大咧咧地说:"这更没问题。我是治对眼大王。"

我担心地说:"小糊涂神儿,我可没听说过你会针灸,你可别乱吹牛,这是外宾,要注意国际影响。"

小糊涂神儿大大咧咧地说:"没问题,你放心好了。我更善于解决国际问题。"

我想起了小老头刚才说一年半没吃饭了,我说:"我去拿饭。"

小糊涂神儿忙说:"等一等。我们应先让他养成讲卫生的习惯。"

他打量着小老头说:"你太脏了,所以应该打扫打扫卫生,干净干净。"

小糊涂神儿从城堡形转笔刀里拿出一个形状古怪的小吸尘器。吸尘器两头都有皮管和喇叭口。他把吸尘器的一个喇叭口对着小老头,一按按钮。

吸尘器沙沙地响了,从喇叭口里却喷出一些脏东西,喷在小老头身上。

小老头说:"怎么越打扫越脏?"

小糊涂神儿说:"啊,我把喇叭口对错了。"他把另一个喇叭口对着小
老头。

"沙沙沙沙……"小老头身上的脏东西全被吸下来了,从吸尘器的另一个喇叭口里喷出。这个喇叭口正在小糊涂神儿的头顶上,灰尘落在小糊涂神儿的身上、头上,可他还一点儿不知道。

小糊涂神儿望着干净的小老头,惊喜地对我说:"你看,他被我吸得多干净啊。"

小老头望着又变脏了的小糊涂神儿说:"可,可是……"

小糊涂神儿打断他的话:"不要可是,一会儿你会变得更干净的。"

我忍住笑,从外屋端来一大托盘各种各样的食物,说:"请吃吧。"

小老头眉开眼笑:"太好啦,我饿坏啦。"他开始狼吞虎咽地大吃起来,一会儿就吃得干干净净。我算了算,小老头吃的食物至少是他体积的三倍。看样子他真是一年半没吃饭了。

小糊涂神儿神气活现地对小老头说:"现在,我来给你针灸对眼儿。"他转着圈念咒语,"金糊涂,银糊涂,不如家里有个小糊涂。针来,针来。"

亮光一闪,屋里出现一根大针,粗得像一根大柱子。

我吃惊得大叫："哇！这么大的一根针啊。"

小老头吓得连连后退："我可不用这么大的针来针灸。"

我连连摇头说："这样大的针，还不把人扎死？"

小糊涂神儿笑嘻嘻地说："神仙针灸和人不一样，是把人放到针里去。"说着，他抱着大针一拧。针被拧开了，针里面是空的，像个大圆盒子。

小糊涂神儿十分客气地对小老头说："请。"

小老头将信将疑地钻进针里。小糊涂神儿把针拧上。

小糊涂神儿围着大针转圈。大针也慢慢跟着旋转。里面传出小老头的声音："真舒服，真舒服。"

终于，大针停止了旋转。小糊涂神儿拧开了针。小老头从里面探出头来。他的眼不对了，还长出头发来了，连头也不秃了。

我高兴地说："眼睛不对了，被针灸好了，还被针灸得长出头发来了。"

小老头蹦出来，兴奋地说："我觉得浑身是劲，啊，翅膀上的漏洞也没有了。太棒了，这针灸技术真是盖了帽了。"

小老头对小糊涂神儿竖起大拇指："你的魔法太棒了。我要热烈拥抱你。"他说着扑上来，正要抱住小糊涂神儿，突然停住，抱歉地说："对不起。你的身上土太多，你刚把我的衣服弄干净。"

小糊涂神儿这才发现自己身上脸上全脏兮兮的。他看着自己，猛然想起，说："糟糕，糊涂小仙女要来，她要是看我这副样子……"

这时，窗外突然一片碎银子似的闪光。

我指着窗外叫："一辆小马车。"

只见一辆极漂亮的小马车从窗外驶过。小马车里传出一个十分动听的声音，我从来没听过这么好听的声音。我想，这一定是糊涂小仙女的声音。

我听见小仙女在说："小糊涂神儿，你太让我失望了。我说过多少次，你怎么还是这么脏兮兮的？我走了。"

小糊涂神儿急忙叫："糊涂小仙女，等一等。"可小马车已经跑远了。

小糊涂神儿失望地低下了头。我安慰他说："没关系，等下次她再来。"

小糊涂神儿哭丧着脸说："那还得再等一百年。"

小糊涂神儿

奇异的空间

这天下午，我和同学一起在操场上踢球，正玩得兴致勃勃，突然下起雨来，而且雨点还挺大。同学们纷纷用衣服蒙着头，背着书包往家跑。

只有我还得回教室，因为我的书包还在位子里呢。

我收拾好书包，外面雨下得更大了。这会儿要是跑出去，非被淋成落汤鸡不可。

同学们都回家了，教室里只有我一个人。我望着窗外的雨，自言自语："要是有个室内球场就好了。"

这时，我的书包里有响声，我知道是小糊涂神儿。最近，他经常躲在我的书包里，陪我一起上学。当然，有人在的时候，他是绝不出来的。你就是把我的书包翻遍，也找不到他。

小糊涂神儿从我的书包里探出头来，叫："有室内足球场，就在你们教室后面。"

我说："你瞎说。我怎么不知道？"

小糊涂神儿说："谁骗你啊？我刚在里面玩完了回来。"他说着，从书包里钻出来，跑到教室后面，手里拿着一个亮亮的金属片，贴在墙上，闭着眼睛，摇头晃脑口念咒语："金糊涂，银糊涂，不如家里有个小糊涂。"金属片突然无声无息地变大，变成了一扇光闪闪的金属门。

我问："这里面是什么？"

小糊涂神儿神秘地说："你进去看，就知道了。"

我跟小糊涂神儿推门进去。

我发现金属门后面，是个奇异的空间。

我一进门便被里面的景象惊呆了：我面前是一个比足球场还大的玻璃大厅。头顶天蓝色的玻璃闪着柔和的光，地上是绿草地、树木和花丛。一条碧绿的小河横在半空中流动着，河水晶莹透明，里面的小虾小鱼和小乌龟就像在空气中漂游，还有几只小鸟在河里穿来穿去。

我兴奋地说："在这里的草坪上踢球太棒了。"

小糊涂神儿说："游泳更棒。"他往上一跃，便进入了空中的小河。我也忙跟着一跃，奇怪的是，我的身体好像变得很轻，一下子跃起很高，轻悠悠地落进空中的河里。

小糊涂神儿在河里游着狗刨的姿势，又滑稽又笨拙。我在他身后游蛙泳。

一些彩色的小鱼从我们身边游过。小糊涂神儿伸手去抓，小鱼都灵巧地躲开，我去抓，小鱼一甩尾巴滑跑了，我们一条也没抓到。

一条美丽的又宽又圆的神仙鱼在前面的水中一动不动。

小糊涂神儿自言自语："我得装成一条小虫引诱这鱼上当。"小糊涂神儿翻过身体，肚皮朝上一动不动，他的鼻头却伸长了两寸，像一只小肉虫一样在水中摇摇摆摆。没想到他还有这一手，会装钓鱼鱼。

神仙鱼傻乎乎地直游过来，张嘴就咬小糊涂神儿的鼻头。小糊涂神儿一伸手就抓住了神仙鱼。

我说："这是一条傻鱼，它太嘴馋了，所以上了鼻头诱饵的当。"

小糊涂神儿攥住神仙鱼的尾巴，神仙鱼突然变了，变成了一面亮晶晶的镜子。

我惊奇地说："这小鱼怎么变成了镜子？"

小糊涂神儿却欢喜得大叫："哇！我找到了好东西。"

我忙问："什么好东西？"

小糊涂神儿说："这是我在神仙小学里时，大家都想得到的东西。"

我奇怪地问："你还上过小学？"

小糊涂神儿说："当然，我上了十七年呢。"

我笑着问："你们上小学时间那么长？在我们这儿，大学都毕业了。"

小糊涂神儿哼哼唧唧地说："我，我是糊涂着上的。就是因为没这镜子，才多上了十六年。"

我说："哇！我明白了，你是留了十六年级。这镜子是干什么用的？"

小糊涂神儿举着镜子说："这叫'考试偷看镜'，考试时想看谁的卷子都行。"

我拿过镜子："我来试试。我想看看算术老师出的考题。"

我的话刚说完，鱼形镜子里晃动了一下，出现了算术老师出考题的情景。我清楚地看见了算术题。

我对小糊涂神儿说："这面镜子可不错，我们正要考试呢，我先用用。"

我把镜子一举，突然发现镜子把上还系着一条透明的细丝线。

我说："这里还有条线。"说着，我把线一拉，发现丝线长长的，连得很远。

小糊涂神儿兴奋地说："我们看看这条线通到哪儿。"

我们顺着丝线去找，出了小河，来到草坪、花丛和树丛，发现细丝线系在一株天蓝色的小蘑菇上。

小糊涂神儿欢呼："哇！又找到一件宝贝。"

我忙问："这天蓝色蘑菇是干什么用的？"

小糊涂神儿说："这叫'偷知识漏斗'。"说着，从我的书包里拿出一本英语书。小糊涂神儿把小漏斗放在我的耳朵上，把英语书放在小漏斗上。漏斗里传出一阵动听的音乐。只见书里的外文字母全都沙沙地掉出来，掉进漏斗里。

奇迹出现了，我连想都没想，一张嘴，口中立刻熟练地吐出一连串英语来："How do you do? We go to school."啊，这正是英语老师今天让我们背的课文。这太棒了！

我兴奋地说："有了这个漏斗，我不用费脑子就可以背外语了。"

小糊涂神儿兴奋地叫："这漏斗也有细丝线连到别处呢，准还有宝贝。"

我才发现，这漏斗上也系着一条丝线。透明的细丝线弯弯曲曲地伸向草丛里。我们顺着细丝线又往前走，绕过一片灌木丛，发现有一块平滑的白石板。石板上有一只两寸多高的机器小鸵鸟，特好玩。它也被连在细丝线上。

小鸵鸟一板一眼地在石板上迈方步，它的脚在石板上写出了一道算术题。

我看了马上说："我知道这小鸵鸟准是做算术题用的。瞧，还有细丝线连向后边呢，咱们快去看。"我拿起小鸵鸟塞进口袋里。

我好高兴。现在我有了三件神奇的宝贝了。它们都可以帮助我学习。这样，一点儿不用费劲，我考试就可以得第一。

我拉着小糊涂神儿往前走，细丝线在草丛中弯弯曲曲，越来越粗了，到后来变得像普通的绳子一样粗了，我兴高采烈地说："看，连绳子都变粗了，后面一定有更好更大的宝贝。"

绳子通往一片树林里，我和小糊涂神儿一走进树林，便被眼前的景象惊愣了：只见绳子上系着一个又胖又丑的老头，背着一个圆鼓鼓的大口袋。

我迷惑不解地问："这是什么宝贝？"

小糊涂神儿怔怔地看了一会儿，忽然恍然大悟地叫道："馋懒大魔包儿！"

胖老头笑嘻嘻地说："嘻嘻，馋懒大魔包儿。"

我问："什么是馋懒大魔包儿？"

小糊涂神儿哼哼唧唧："就是在我们神仙小学门口摆小摊儿的馋懒大魔包儿，他会很多古怪的魔法，他的大口袋里有许许多多怪里怪气的东西，老用一根细丝线拴上一些小怪玩意儿，放在学校门口，引我们上钩。我都上了十六年的当了。"

我恍然大悟："所以你当了十六年留级生。这个馋懒大魔包儿是怎么让你留的级呢？"

馋懒大魔包儿从大口袋里取出一个二尺多长的大漏斗，放在耳朵上，然后他躺在草地上，使漏斗口朝上，又伸出一只手来，他的胳膊一下子变长了，用手抓住我，我使劲挣扎着。

可馋懒大魔包儿抓得很紧。他把我举起来，放在漏斗上边，抖了抖，一些英文字母从我的耳朵里掉出来，掉进漏斗，又顺着漏斗滑进馋懒大魔包儿的耳朵。

馋懒大魔包儿得意洋洋地对我说："就是这么让他留级的，以后你用小漏斗，我用大漏斗，每个月我给你倒一次，你就准得留级。因为你的知识全送到我的脑袋里了。"

我明白了。馋懒大魔包儿给我们宝贝，是为了他自己偷懒。

我忙从书包里取出小漏斗、小镜子、机器小鸵鸟，说："原来这些都是骗人的呀。"

馋懒大魔包儿神气活现地说："不仅是骗人，而且是系列性地骗。"

我说："什么系列不系列的，我不要了。"说完，我把手里的东西一扔，小漏斗、小镜子、小鸵鸟在空中一闪，全不见了。

在一旁的小糊涂神儿丧气地看着我说："你扔了也没用。"

我问："为什么？"

小糊涂神儿说："别的东西，你都能扔得了，可你扔不了馋懒大魔包儿。"

馋懒大魔包儿笑嘻嘻地说："对呀，你扔不走我，我老跟着你，我大口袋里有的是。"他说着，一下子从大口袋里取出一大堆小漏斗、小镜子、机器小鸵鸟，多得都快堆成了小山。

我看得目瞪口呆。

馋懒大魔包儿笑嘻嘻地问："够不够你们全校学生用？我的大口袋里还有的是，不光是学生，还有给老师的，因为我的产品都是系列性的。"他得意洋洋，又从大口袋里取出一台小电视机和一个小盒子，说："这就是给你们老师的。"

我奇怪地问："让我们老师看电视？"

馋懒大魔包儿说："才不是呢，"他抓起小盒子，裂开一条细缝儿。"嗡嗡嗡！"一只小苍蝇从盒子里飞了出来。

馋懒大魔包儿说："看见没有？这是苍蝇形的微型录像机，它飞到哪儿，你就可以从小电视里看到哪儿的情景。"

小糊涂神儿说："要是每个学生都有这样一个小苍蝇跟着，那老师就可以监视学生的一言一行了？"

馋懒大魔包儿兴高采烈地说："对极了，对极了，连吃喝拉撒睡都要监视。"

我说："这么做可够坏的。"

馋懒大魔包儿更加兴高采烈："还有更坏的呢。"他说着，又从大口袋里取出一个小玻璃喇叭。

小糊涂神儿一看玻璃喇叭便慌了神儿，忙叫："快跑！"

我们还没来得及跑，馋懒大魔包儿已经吹起了喇叭。随着哇啦哇啦的响声，从喇叭口里飘出一条亮亮的丝绳。绳子在空中飘着，飞向我和小糊涂神儿，一下子将我们捆了起来。

馋懒大魔包儿说："这是给你们老师用来捆调皮的学生罚站用的，保证能叫学生站得像冰棍一样直。"

我生气地说："我们老师绝不会用这种坏东西。"

馋懒大魔包儿笑嘻嘻地问："你敢保证没人用？你们那个王瞪眼老师没准儿就用。"

馋懒大魔包儿这么一说，我可有点儿泄气。因为他说的那个王登严老师确实特厉害，我们在下面都管他叫王瞪眼。他一瞪眼，大家都怕。我真不敢保证，他不会用馋懒大魔包儿的东西。

馋懒大魔包儿又神气地说："我还有更坏的东西预备着呢。"

他又从口袋里取出一支粗粗的垒球棒。

小糊涂神儿一见又慌了神儿，忙口念咒语："金糊涂，银糊涂，不如家里有个小糊涂。"

他身体一下子变得粗粗的，想把绳子挣断，可是捆着的绳子圈也跟着变大，他仍牢牢地被捆着。

我对小糊涂神儿说："你把身体变细了，也许可以从绳圈里钻出去。"

小糊涂神儿又口念咒语，把身体变得细细的，可绳子圈也跟着变细。

馋懒大魔包儿哈哈大笑："哈哈，我这宝贝捆人索，是挣不断的。"

馋懒大魔包儿的话还没说完，小糊涂神儿突然一低头，使出吃奶的劲儿来，用牙齿狠命一咬。

只听咔嚓一声，他居然把硬绳子一下子咬成四段。

我笑着说："小糊涂神儿，看来，你的嘴比魔法还灵。"

馋懒大魔包儿忙叫："打人棒儿，快给我打他。"棒子立刻飞起来，飞向小糊涂神儿。小糊涂神儿飞到空中，棒子追到空中，紧紧盯着小糊涂神儿，在空中转开了圈子。

馋懒大魔包儿得意洋洋地说："打人棒儿，快记住这家伙的模样，给我老追着打他。"

这时，小糊涂神儿猛然飞到馋懒大魔包儿身边，急速口念咒语："金糊涂，银糊涂，不如家里有个小糊涂。变馋懒大魔包儿。"话音才落，小糊涂神儿变成了馋懒大魔包儿的模样。

我敢说，这是小糊涂神儿魔法最灵的一次。他变得真是像极了。

两个馋懒大魔包儿一模一样，棒子在他们面前晃着，犹犹豫豫，不知打哪个才好。

左边的馋懒大魔包儿说："我是真的，快打他。"

右边的馋懒大魔包儿说："我是真的，快打他。"

棒子围着他们两个转了一圈，仍分辨不出真假来。

我高兴地说："小糊涂神儿，这是你变得最像的一次。"

"真的?"右边的馋懒大魔包儿眉开眼笑地问。顿时他的屁股挨了一棒子，原来他露了馅儿。吓得他顿时闭住了嘴巴，同时拥抱住真馋懒大魔包儿转起了圈子。等转圈子的两个馋懒大魔包儿停下来，我马上指着其中一个馋懒大魔包儿叫："哈! 小糊涂神儿，我又认出你来了。"我的话刚说完，棒子立刻给了那个馋懒大魔包儿一棒，打得那个馋懒大魔包儿晕晕乎乎晃悠着说:"我,我,我……"我马上接着他的话音叫:"是小糊涂神儿,是小糊涂神儿。"棒子又继续猛追猛打那个馋懒大魔包儿,打得他哇哇乱叫,背着大口袋蹿上了空中,棒子紧随其后,越飞越远,最后像两个小黑点儿一样,消失在空中。

我得意地对留下来的馋懒大魔包儿说:"小糊涂神儿,我们走吧。"

那个馋懒大魔包儿奇怪地问:"你怎么知道我是假的呢?"

我不露声色地说:"你转过身去。"

小糊涂神儿转过身来,原来他的裤子后面刚才被棒子打了个圆洞,已经露出屁股蛋儿的肉来。

我笑着告诉他说:"只有你有这样的肉屁股,别人没有。"

小糊涂神儿这才发现,哇地叫了一声,捂着屁股,现了原形,成了狼狈不堪的小糊涂神儿的模样。

小糊涂神儿

异想天开豆

我们学校有一个挺不错的生物标本室，里面有各种各样的动物植物标本。平时，大家不能随便进，只有上生物课时，由老师带领大家参观。

但有一天，我的机会来了，我路过生物室时，看管标本室的王老头对我说："乔宝，你来替我看一下，我去有点事。"

"行，您去吧，多长时间都行。"我痛快地答应着。

现在，整个生物室就我一个人了。我可以随便看，甚至动一下都没关系。当然，我得自觉一点儿。

我看着标本，墙上的玻璃镜框里有许多美丽的蝴蝶标本，个个都十分漂亮，我看得十分入神。

我的书包里传出一个声音："就你一个人吗？"

"当然。"我说，"你可以出来，没人看见。"

小糊涂神儿从我的书包里探出脑袋，看到蝴蝶标本忍不住惊呼："哇！好漂亮啊。"

我撇着嘴："它们原来可是极丑的虫子呢。"

小糊涂神儿怀疑地问："虫子？"

我说："没错，就是虫子变的。"我指着旁边的挂图说，"你看，就是这样的虫子一步步变成的。这叫脱胎换骨。"

挂图上画有蝴蝶演变的过程：虫子——茧——蛹——蝴蝶。

小糊涂神儿羡慕地说："这可是屎壳郎变知了，一步登天呀。太好了。"

"这可不是什么都可以随便变的，这里的知识可复杂呢。你没上过生物课，当然什么也不知道。"我神气地告诉他。

小糊涂神儿显然对什么生物课不感兴趣。他的眼睛只盯着蝴蝶。看了一会儿，他突然问："我可以把蝴蝶拿走一只吗？"

我吓了一跳："什么？你想拿蝴蝶？这可不成。人家会发现的。"

小糊涂神儿狡猾地看着我，鼓着嘴巴说："要是人家发现不了呢？"

我赶紧说："那也不成。现在是我在看守生物室，这不成监守自盗了吗？"

小糊涂神儿满有把握地说："我们可以在你不看守的时候来拿。"

"那也绝对不行。"我断然否定他，"这是偷窃行为，是小偷。懂吗？"

小糊涂神儿看着我，傻乎乎地点点头，但显然他还有点儿不甘心。他的眼睛还恋恋不舍地盯着镜框里的蝴蝶。

幸好，王老头回来了。小糊涂神儿嗖的一下钻进了我的口袋。

我和王老头打了个招呼，就赶紧离开生物室。我怕小糊涂神儿又玩别的花样。

吃过晚饭，我回到自己的屋子里，正坐在桌边看书，忽然，桌上的闹钟后面有响声。

是小糊涂神儿倒退着从城堡形转笔刀里出来，他拖着大葫芦。这葫芦我见过，是装糊涂虫用的。

我警惕地问："你拿装糊涂虫的葫芦干什么？"

小糊涂神儿笑嘻嘻地说："你还记得生物室那美丽的蝴蝶吧？"

我急忙问："你想用糊涂虫把王老头弄糊涂了，好去拿蝴蝶标本吧？那可不成。你要真那么干，我可，我可……"我想吓唬说和他一刀两断，可又怕他真和我断了。

小糊涂神儿满脸委屈地看着我说："你把小糊涂神儿当成什么人了？难道我会去偷？"

我问："那你用这些糊涂虫去干什么？"

小糊涂神儿响亮地说："我是想叫我的这些糊涂虫脱胎换骨，变得像蝴蝶一样美丽。"

啊，原来是我误会他了。可是他想叫他的糊涂虫变成蝴蝶，这未免太异想天开，太不符合科学。并且这糊涂虫也很悬，弄不好会出乱子。

我忙警告他："留神，你要是把糊涂虫乱放出来，它们不但变不了蝴蝶，而且会把一切又搅得稀里糊涂。"

小糊涂神儿大大咧咧地说："这回我的咒语准灵极了。"说着，他已经打开了葫芦嘴儿。

我慌忙叫："等一等，我先躲出去。"我尝过他的糊涂虫的厉害。

我想躲出去，可已经来不及了，小糊涂神儿已打开了葫芦盖。从葫芦嘴儿里钻出一个又一个糊涂虫，共有四个。它们亮闪闪地在空中飘着，发出丁零丁零特好玩的声音，两个飘向我，两个飘向小糊涂神儿。

两个糊涂虫围绕我的头旋转，我立刻变得稀里糊涂起来，嘴里自言自语："嘻嘻，我是一只胖企鹅，我要这样走路去上学。"我像企鹅一样，滑稽地摆着两手，摇摇摆摆地在房间里转起了圈子。我明明知道这么做很蠢，可还是不由自主地这么做。

另外两个糊涂虫在小糊涂神儿头顶上转。小糊涂神儿躲闪着叫："不要缠我，这会儿我需要的是聪明，不是糊涂。"

两个糊涂虫落到他头上。小糊涂神儿眼珠乱转，乱念咒语："让我的魔法乱七八糟，一点儿都不灵吧。咕噜咕噜噜噜噜咕咕……金糊涂，银糊涂，不如家里有个小糊涂。糊涂虫像虫子变蝴蝶一样脱胎换骨脱胎换骨……"他越说越快，一直快到喘不过气来。

糊涂虫的丁零丁零声突然停止，房间里一下子安静下来。

小糊涂神儿清醒过来，惊慌失措地说："怎么了？我怎么念出了这样乱七八糟的咒语？真是糟透了。"

我也清醒过来，望着空中说："可你乱念的咒语好像比不乱念还灵。你瞧，空中响起了美妙的音乐。"

我说的话没错。小糊涂神儿糊涂时念的咒语，好像比他明白时灵。

四只糊涂虫排成整齐的一队，在空中有节奏地画着圆圈，像是跳着各种优美的舞蹈。接着，它们一起飞向窗边。

窗台上，一盆大叶的马蹄莲长得正茂盛。四只糊涂虫落到马蹄莲上，咬下一片最大的叶子，它们带着叶子飘到空中，随着音乐轻悠悠飘来飘去。

乐曲骤然一变，变得轻快而有节奏，糊涂虫有节奏地吃马蹄莲叶子。它们吃得真是巧妙，先是把大绿叶子吃成了正方形，接着又吃成了圆形，接着又吃成了三角形。

我忍不住说："嘿，糊涂虫还懂得几何算术。"

糊涂虫又在三角形的叶子上吃出来几个字：我们要脱胎换骨。

我说："糊涂虫还能写字，它们怎么变得这么聪明？"

小糊涂神儿说："我不是说了，叫它们像虫子变蝴蝶似的来个大变样吗？"他一本正经地说，"它们也要屎壳郎变知了，一步登天了。"

我指着空中说："瞧，它们也吐丝了。"

空中，四个糊涂虫在吐出洁白的丝线，但它们不是各自缠绕自己，而是在编织一个椭圆形的大蚕茧，把自己围在里面。

椭圆形的大蚕茧悬在半空中。

蚕茧里传出了响亮的呼噜声。

小糊涂神儿兴奋地说："瞧，我的糊涂虫打的呼噜多棒啊。"

我说："它们在睡觉，可能一会儿也得变成蛹了。"

椭圆形的大蚕茧里慢慢散出蓝色的雾。

小糊涂神儿吸溜着鼻子说："不好，糊涂虫把糊涂气全散出来了。"

我想打开屋门往外跑。

小糊涂神儿飞快地从城堡形转笔刀里拖出两个防毒面具来："我这儿有防毒面具。"他扔给我一个。

我刚想说，这么小，我怎么戴？防毒面具突然变大了，正好适合我戴，我戴上防毒面具。

蓝色的雾越来越浓，都快充满了房间。

小糊涂神儿说："快打开窗子，把糊涂气放出去。"

我忙阻拦："千万别开窗子，要是让糊涂气散到马路上司机吸了胡乱开车，准要出交通事故。"我这么说，绝不是虚张声势，因为过去在我们教室里就出过乱子。

小糊涂神儿愁眉苦脸："可是这糊涂气越来越多，总得有人吸，才能变没呀。"

我说："要是馋懒大魔包儿在这儿就好了。"

我的话刚说完，墙壁上突然浮现出馋懒大魔包儿的影子。

我惊奇地叫："刚一说他，他就来了。"

馋懒大魔包儿狡猾地说："当然，我的产品是系列性的。只要你拿过一次，我就会老盯住你不放，你一提我的名字，我马上就来。"说着，他背着个大口袋从墙壁上走下来。

馋懒大魔包儿从大口袋里取出二尺多长的大漏斗，对我说："用这漏斗再把你头脑里的知识倒给我一点儿。"他朝我走来，都快走到我面前了，他看见我戴着的防毒面具，奇怪地问，"你戴着这么个傻东西干什么？"

馋懒大魔包儿只顾看着我说，他一点儿也没注意，一股蓝色的雾悄悄地把他包围了，不断飘进他的鼻孔。

小糊涂神儿高兴地说："他吸了糊涂气了。"

馋懒大魔包儿说："什么糊涂气？"他吸了一下鼻子，又一股蓝色的雾钻了进去。

馋懒大魔包儿犯开了糊涂，他龇牙咧嘴，做出一副蠢样："打人的棍子，出来吧。"

一根棍子从他的口袋里飞出来，在空中飘。

馋懒大魔包儿望着棍子迷迷瞪瞪地说："棍子打谁呢？打我吧。"

棍子立刻朝馋懒大魔包儿飞来，狠狠地给了他一下子，疼得他哇哇大叫，赶快躲到蓝色的雾里去。

馋懒大魔包儿在雾里晃晃悠悠，吸溜吸溜，蓝色的雾全被他吸到鼻孔里去了。

我开心地对小糊涂神儿说："馋懒大魔包儿把糊涂气全吸进去了。"

小糊涂神儿说："他得变成超级大糊涂蛋。"

棒子在空中飞着，追着馋懒大魔包儿，敲打着他。

馋懒大魔包儿被棍子打得捂着脑袋叫："一根棍子怎么够用？所有的棍子都出来打吧。"

你瞧馋懒大魔包儿多糊涂。这都是糊涂虫的功劳。

从馋懒大魔包儿背着的口袋里又飞出许多棍子，都朝他打去，他狼狈不堪地乱窜，嘴里却还在喊："快打呀，快打呀。打晚了就打不着了。"

馋懒大魔包儿背着大口袋蹿入了墙壁，棍子也都追了进去。

小糊涂神儿笑嘻嘻地说："糊涂虫把糊涂气全传给了馋懒大魔包儿了。"

他这么一说，我想起了那椭圆形的大蚕茧。不知被包在里面的糊涂虫现在怎么样了。

我对小糊涂神儿说："这回糊涂虫没准真能发生大变化呢。"

小糊涂神儿十分肯定地说："它们一定能变成最美丽的蝴蝶。"

椭圆形的大蚕茧悬在半空中，轻轻地旋转、闪光，里面传出动听的音乐。

我猜测说："糊涂虫醒了。"

小糊涂神儿说："它们该像蝴蝶一样飞出来了。"

椭圆形的大蚕茧上出现了四个圆形的小门，小门缓缓打开。

小糊涂神儿兴奋地叫："哇！它们快出来了。"

随着乐曲，从四个小门里飞出四个粉色的小圆团儿，每个小圆团儿都长着两个肉乎乎的像人手一样的小翅膀，还有两只圆圆的小眼睛。

小糊涂神儿惊奇地说："这是什么蝴蝶呀？"

小圆团儿里都出现了圆圆的小嘴儿，一齐用滑稽的声音说："我们不是蝴蝶，我们是异想天开工程队。"

我奇怪地问："什么？"

四个小圆团儿一齐喊："异——想——天——开——工——程——队！"

我问："异想天开工程队是干什么的?"

四个小圆团儿说："我们这就做给你看。"它们轻飘飘地飞起来,飞向门口,飞向我家的客厅,我和小糊涂神儿也跟了出去。

桌子上摆着一大盘水果,有菠萝、红苹果、葡萄、橘子。

四个小圆团儿飞向水果盘。

我笑着说："它们的异想天开就是吃水果啊,这我也会。"

小糊涂神儿赶快说："咱俩也和它们一块儿去异想天开吧。"

小圆团儿并没有吃水果。它们的翅膀像手一样灵活,它们的身体也像面团儿一样灵巧地变换形状,它们就像四个小人使用各种工具,把水果加工、组装,竟然做出了水果火车头:红苹果是司机驾驶室,绿菠萝是车头,切成的圆橘子片是车轮,葡萄珠是烟囱。做得像极了。

我看着,惊喜地叫:"水果能做成列车,真是异想天开。"

"呜——"水果列车突然拉响了汽笛,葡萄烟囱里喷出紫色的烟雾,哐当哐当开动起来,沿着桌子转了一圈,又竖直沿着桌腿开到地板上,往我的房间里开。

这真是太奇妙了,妙得简直不可想象。我看得目瞪口呆。

我眼睁睁地看着水果列车开进了我的房间,小糊涂神儿抢先追了进去,四个小圆团儿也慢慢地飘进屋去。我愣愣地站了一会儿,也赶快跟了进去。

水果列车还在地板上呜呜呜地开着.但是不冒紫色的烟了,葡萄珠烟囱也没了。

我奇怪地问:"水果列车的烟囱怎么没了?"

小糊涂神儿装傻:"是啊,烟囱怎么没了呢?"

四个小圆团儿又都出现了圆圆的嘴儿,一齐发出火车的汽笛声,小糊涂神儿的肚皮里也有汽笛声呼应,接着小糊涂神儿的两个鼻孔和两只耳朵里冒出了四缕紫色的烟雾。事情再明白不过,小糊涂神儿把葡萄烟囱偷吃了。

我叫道:"小糊涂神儿,原来是你偷吃了火车的烟囱。"

四个小圆团儿都落到了水果列车上,小火车呜呜开着,上了桌子,渐渐地变小，驶进了城堡形转笔刀。

随着呜呜的汽笛声渐渐地远去，小糊涂神儿鼻孔和耳朵里冒出的紫烟也一点儿一点儿减少，直至消失。

小糊涂神儿趴在城堡形转笔刀旁边向里看："没了，它们不知道把火车开到哪儿去了。"

我说："反正小火车的烟囱在你肚皮里呢，你耳朵鼻子一冒烟，它们就得回来。"

小糊涂神儿兴奋地说："我试试。"他转着圈口念咒语，"金糊涂，银糊涂，不如家里有个小糊涂。冒烟冒烟。"

小糊涂神儿的鼻孔和耳朵真的冒出了紫烟，呜呜呜的汽笛声真的又由远而近地响起来了，小糊涂神儿的烟冒得更加起劲。

小火车的头已经从城堡形转笔刀里露了出来。

我指着小火车说："小火车出来啦！"

"阿——嚏！"小糊涂神儿忽然打了一个大喷嚏，正朝着城堡形转笔刀，一下子把小火车喷得无影无踪。

小糊涂神儿

智 慧 草

我爸爸买来了植物娃娃，它是一个小人头的形状，里面是泥和草籽。只要浇水，慢慢就会长出密密的小绿草来。

我爸爸很会挑。买的植物娃娃，样子很滑稽，头光秃秃的，一点儿小草还没长出来，挺像一个秃头博士。

我在自己的房间里欣赏着植物娃娃。小糊涂神儿坐在旁边的城堡形转笔刀上。

小糊涂神儿好奇地打量着植物娃娃："这是什么?"

我说："这叫植物娃娃，你只要往它头上浇水，它头上就可以长出绿色的小草，我们就可以把它剪成各种各样的发型。"

小糊涂神儿问我："你说，剪成什么发型好呢?"

我说："这就需要你好好动动脑筋啦。你知道吗? 这植物娃娃还有一个名字，叫'智慧草'。"

小糊涂神儿问："智慧草? 什么叫智慧啊?"

我说："你连这都不懂? 智慧就是聪明的意思，人有了智慧，脑瓜就会变得特别聪明。"

小糊涂神儿若有所思："噢，我明白了，智慧可真是好东西。"

我说："对极了。"

小糊涂神儿不再做声了。他皱着眉头，好像极认真地想着什么。我也懒得问他，看见小糊涂神儿不声不响地钻进城堡形转笔刀，我关了灯，躺到床上睡了。

半夜里，我在床上睡得正香，忽然被一阵细小的声音吵醒了。我看见月光透过窗子照得桌子亮亮的。那细小的声音正是从桌上传来的。我看见一个小人影一闪，小糊涂神儿从桌子上的城堡形转笔刀里钻出来。

我马上闭上眼睛，装做睡得特别熟的样子。

我眯缝着眼，看见他在桌上轻轻跑着。他跑到植物娃娃跟前，歪着头，转来转去地看着植物娃娃，自言自语："有了智慧就可以变得聪明，我要是吃了这智慧草不就可以变聪明了吗？好像神话里都是这么说的。"

小糊涂神儿说着，把植物娃娃拖到了暗处。

那儿的光线很暗，又有台灯挡着我的视线，我看不见小糊涂神儿在干什么。只有他的说话声，断断续续飘进我的耳朵里来。

"我想，智慧大概藏在泥里。"

"咦？什么也没有，就有一些小芝麻粒。"

我猛然感觉到不对劲。我急忙从床上跳起来，跑到桌边，打开台灯。

我看见包着植物娃娃的布已被打开了，里面的泥土全散开了。

小糊涂神儿嘴巴上全是泥。他正拿起一粒小芝麻放进嘴里，啧啧有声地嚼着，自言自语："嗯，味道还不错。"

一看见我，他飞快地用两只手轮换地拣芝麻粒往嘴里送，速度越来越快。我还没明白过来，他就把所有的芝麻粒全吃光了。

我吃惊地叫："啊，你把草籽全吃啦？"

小糊涂神儿拍拍圆鼓鼓的肚皮，满意地说："是的，全吃光了。"

我生气地看着那堆乱泥说："你把我的植物娃娃弄坏了。"

小糊涂神儿大大咧咧地说："我可以帮你重新弄好。"

他胡乱用布把那堆泥一裹，笑嘻嘻地对我说："你看，和原来一模一样。"实际上，植物娃娃的脸已经变得歪七扭八，像个丑八怪。

小糊涂神儿又睁大眼睛望着我说："我看了，这里面根本没有智慧，只有许多小芝麻粒。"

我说："那不是芝麻粒，那是加了快速生长剂的草籽。"

小糊涂神儿说："可我全给吃了。"

我说："你等着吧。这回植物娃娃头上长不出草，你头上倒要长草了。"
我的话刚说完，小糊涂神儿的头上长出绿油油的草来。

我有点儿吃惊："怎么这样快？真的长出草了。"

小糊涂神儿说："一定是你说的那个加速生长剂起作用了。"

小糊涂神儿头上的草越长越高，慢慢地向四周垂下来，成为一个绿茸茸的大草球，完全把小糊涂神儿包在中间。

小糊涂神儿在里面哼哼唧唧："天呀，我什么都看不见了。快，快把草剪掉。"

我说："这倒不错。这回你成了超级植物娃娃了。"我用剪刀剪断青草，可草很快又长得和原来一样长。

小糊涂神儿皱着眉头："不行不行，草长得太快，我得把我的异想天开工程队叫来帮助剪。"

被裹在草里的小糊涂神儿发出呜呜的声音，草里冒出五股烟雾，是小糊涂神儿的嘴巴、鼻孔和耳朵里冒出来的。

桌子上的城堡形转笔刀里也有呜呜的声音回应，由小而大。小水果列车从城堡形转笔刀里开出来了。

水果列车上坐着四个异想天开豆。它们一齐带劲儿地喊着："异——想——天——开！"飞向小糊涂神儿。

异想天开豆分别变成了剪刀、推子、梳子和吹风机的形状。它们飞快地围着绿草球动作。

异想天开豆喊："披肩发。"

它们把小糊涂神儿的头发做成了披肩发的发型。那样子好玩极了，我忍不住想笑。

小糊涂神儿皱眉挤眼："不行不行。太难看。"

异想天开豆又滑稽地叫："钢丝发。"它们又把小糊涂神儿的头发做成了钢丝发的形状。

小糊涂神儿龇牙咧嘴："哇，更难看啦。简直像鬼。"

我对异想天开豆们说："还是给他剪个分头吧。"

异想天开豆们还真接受了我的意见。小糊涂神儿的头发又被做成了分头。

小糊涂神儿说："这还差不多，再短一些。"

我说："现在板儿寸可更时髦。"

小糊涂神儿的头发又被做成了板寸的形状。

小糊涂神儿说："就这样吧。"

异想天开豆变回了原来的形状，飞到了水果列车上，水果列车呜呜叫着，驶进了城堡形转笔刀。

小糊涂神儿得意地问我："我这发型不错吧?"

我正想说还可以，可是我发现小糊涂神儿头发中间好像还有一根长头发没剪掉。

这是一根又细又长的头发，大约有两尺长。

小糊涂神儿撅着嘴说："准是异想天开工程队成心留下的，来，你帮我把它拔掉。"

我捏着那根长头发开始往下拔，没想到这细头发极结实，拔不下来。

我只好说："你忍着点儿。我用力了。"我使劲拔，都把小糊涂神儿提了起来，头发还不断。

小糊涂神儿疼得哇哇大叫："快松开，还是我自己来吧。"

我一松手，小糊涂神儿一屁股坐在地上。

他看着我说："你看我用魔法去掉它。"

小糊涂神儿在原地转圈口念咒语："金糊涂，银糊涂，不如家里有个小糊涂。头发变……"我也听不清他后面咕噜了一大堆什么。

反正，我看见小糊涂神儿慌忙停住咒语叫："坏了，一糊涂把咒语念错了。"

只见小糊涂神儿头顶中间那根细发渐渐变粗了，上边又分出杈来，变成一棵小树的形状。

我指着他："嘿，你头上长出一棵小树。"

小树长出叶子来了。

我告诉他："小树长出绿叶子了。"

小糊涂神儿愁眉苦脸地望着我。哼哼唧唧地说："长叶子有什么用？"

真奇妙，绿叶子间又开了美丽的花朵。

我又告诉他："小树开花了。"

小糊涂神儿的嘴撅得更高了："开花有什么用？"

我看见他头上的小树上结出了许多果子。一些圆圆的金黄色的果子。

我马上告诉他："小树结果了。金黄色的果子。"

小糊涂神儿一听，眼睛顿时放光了："结果子了？我尝尝什么味道。"他的手突然一下子伸得老长，从自己头上的小树上摘下一个果子来，放进嘴巴里。

小糊涂神儿吧唧吧唧嚼得很响。

我咽了口吐沫，问："香吗？"

小糊涂神儿伸手从他头顶上又摘了一个给我，说："你尝尝。"

我俩一齐用嘴巴嚼。

小糊涂神儿问我："味道还不错吧？"

我点点头说："不错，就是还有一点儿酸，可能还没熟透。"

小糊涂神儿说："我再使劲长长，让它熟透了。"

小糊涂神儿挺胸鼓肚，攥拳头鼓嘴巴。

真灵，小树长大一圈，树上的果子也长大了一圈。

我闻到一股清香，是从小糊涂神儿头顶的树上发出来的。我伸手从树上摘下一个果子尝尝，说："这回熟了，又甜又软。"

小糊涂神儿说："哈哈，以后我每天多多喝水，让果实长得大大的，咱俩每天吃。"

我告诉他说："光有水还不行，树还需要阳光和空气。它们是植物生长的三要素。"

小糊涂神儿一听来了劲："我们马上带着树去晒太阳。"

我忙说："现在是半夜，哪儿有太阳？晒月亮还差不多。要等到明天早上才行呢。"

可是，要是在白天，小糊涂神儿头顶着一棵树在院子里露面，那还不得把全世界的人都吸引来？我想了半天，终于想出了一个主意。我对小糊涂神儿说："干脆，这几天，你躲到我们楼的楼顶上。那儿有一个大平台。谁都不让上。那儿除去电视天线没别的。你在那儿，保证没人发现。"

小糊涂神儿望着我说："我可就待两天。等咱们把果子吃够了。我就把树砍了。"

我点点头说："行。"因为除此之外，我也暂时想不出别的办法。

大清早，别人还都没起床，我便和小糊涂神儿溜上了楼顶的平台。

太阳出来了，小糊涂神儿头顶着果树晒太阳。我坐在他旁边。我发现，这平台并不像我想象的那么安静。这儿倒是没有人，可是有鸟。

两只喜鹊飞来了，落在平台上。一些麻雀飞来了，也落在平台上。

这些鸟先是离我们远远的，后来却越来越靠近，最后竟大胆地落在小糊涂神儿头顶的果树上，不客气地啄起果子来。

我正要轰它们，忽然看见两只奇特的大鸟飞来了，它们也落在小糊涂神儿头顶的果树上，啄着果子。我觉得这鸟很特别，好像在什么地方见过。

"嗒嗒嗒……"大鸟很响地啄着果子。

小糊涂神儿说："这大鸟真馋。"

他的话刚说完，一只大鸟拉下一摊鸟屎。

鸟屎正好落在小糊涂神儿的鼻尖上。

小糊涂神儿生气地大叫："这坏鸟，吃了我的果子，还往我鼻尖拉屎。我非得好好治治它们。"

我忙说："别治，别治。我要仔细看看这鸟。"

我仔细看着，突然想起来了。我在动物园里见过这种鸟。

我兴奋地大叫："这是世界上最稀少的鸟类朱鹮，都快绝种了，全世界才有几十只，都在我国陕西的森林中。它们简直和熊猫一样珍贵。现在跑到这儿来了，它们一定是被你头顶上的神奇的果子吸引来的。太棒了！"

小糊涂神儿哼哼唧唧地问："棒什么？就让它们待在这儿？"

我说："当然。"

小糊涂神儿哼哼唧唧地问："随便吃我头上的果子？"

我说："也只好这样了。"

小糊涂神儿哼哼唧唧地问："连它们在我鼻尖上拉屎也让？"

我无可奈何地说："你就先忍耐一下吧，谁让它们是最稀有的动物呢。"

小糊涂神儿生气地说："可我也是最稀有的呀，全世界不也就一个小糊涂神儿吗？比朱鹮还少。"

他说得倒真有点儿对。世界也确实只有一个小糊涂神儿，他是唯一的。可除去我，谁知道啊？

而此时，两只朱鹮衔着树枝在树上搭起窝来。

我说："啊，朱鹮在你头上搭窝了。"

小糊涂神儿说："那可不行，我要马上把它们轰走。"

我忙说："不要这样。你最好还是先让它们把窝搭好。"

小糊涂神儿说："搭好窝，它们就会飞走？"

我告诉他："不，它们可能在窝里下蛋。"

小糊涂神儿大吃一惊："啊？"随即糊里糊涂地问，"下了蛋以后怎么样？给我吃？"

我说："那怎么行？朱鹮是国家一级保护动物，咱们要尽最大努力，让蛋孵出小朱鹮来，你可就做了一件大好事。"

在我和小糊涂神儿说话的时候，两只朱鹮已经在小树的中间搭了一个鸟窝。它们就地取材，直接从小糊涂神儿头顶的树上找树枝搭窝。

小糊涂神儿愁眉苦脸地嘟哝："既然是一级保护的动物，看来也只好如此了。"看来他还挺懂得保护国家珍稀动物的。

小糊涂神儿顶着树晒太阳。

两只朱鹮绕在他头顶上。一只绕着小糊涂神儿头顶上的树飞翔，另一只则卧在树上刚搭好的鸟窝里。

在我们头顶的高空中，有一只老鹰在盘旋。老鹰发现了朱鹮，俯冲下来，扑向朱鹮。

正在飞翔的朱鹮急忙落到树上。

老鹰已经到了朱鹮跟前。我还是第一次离这样近的距离看老鹰，它的样子很凶，我竟一时不知道怎么办才好。

就在这时，小糊涂神儿突然一仰脸，他头顶上的树一歪，吓了老鹰一跳。小糊涂神儿口中斜射出一颗子弹似的东西，射向老鹰，把老鹰吓跑了。

小糊涂神儿兴奋地叫："咦？我嘴巴能射子弹，天哪，怎么会有这样的魔法？"

就这样，我们从早上一直待到中午。幸亏今天是星期天，我可以不上学，在这里一直陪着小糊涂神儿。

我对他说："我回家吃点儿东西。"

小糊涂神儿忙说："那我呢？我怎么办？"

我说："我给你带好吃的，你等着吧。"我下了平台，又把通往平台的门用小棍别上。我怕别人上来看见小糊涂神儿。

等我吃完饭，悄悄地再溜回楼顶平台时，我看见通向平台的楼梯拐角处有人在抽烟。我仔细一看，是一楼的王大爷。我知道王奶奶不让他抽烟。现在他躲到这儿偷偷抽来了。

我只好躲在楼的另一边，想等他抽完了下楼，我再上去。没想到，他抽个没完。抽完了一根，又拿出一根。拿出来还不马上抽，先拿着烟卷在手心上蹾蹾，再放到鼻子前闻闻，然后又放到手心里蹾。

我急得团团转。最后没办法，我只好想了个坏主意。我跑到一楼敲王奶奶家门，说："王奶奶，王爷爷叫您去最上一层。"

王奶奶吃惊地问："上顶楼干什么？"

我说："我也不知道。"

看着王奶奶上楼了，我觉得很对不起她，可是我没办法。我不好意思地说："我替您叫他吧。"说着，我就往楼上跑。

我听见王奶奶在后面说："这孩子真不错。"说得我直脸红。

果然不出我所料，王爷爷听说王奶奶叫他，慌忙把半截烟撅了，往楼下走，一边走还一边使劲吹气，他想放走烟味。

我匆匆跑上楼顶平台。我想小糊涂神儿一定等急了。

小糊涂神儿一看见我就小声说："乔宝，快来看。"

我问："看什么？"

小糊涂神儿说："我觉得朱鹮好像下蛋了。"

我欠着脚，往树上看。鸟窝比较高，我看不见里面的情景。我说："你最好让树低一点儿。"

小糊涂神儿慢慢地坐在地上，让他头上的树矮一点儿，可我还是看不见。

我说："还得再低一点儿。"

小糊涂神儿只好趴在地上，难受地昂着脑袋。

这回，我看清了。鸟窝里，朱鹮下面，真有一枚蛋。

我告诉小糊涂神儿："真有一枚鸟蛋。你要小心，一定让它们把小鸟孵出来。"

小糊涂神儿问："小鸟什么时候才能孵出来？"

我说："恐怕，你要做好长期作战的准备。因为，即使小鸟孵出来，也得过几天才能飞。我看你至少要在这平台上待一个星期。"

事情果真像我想的那样。小糊涂神儿在平台上足足待了两个多星期。我当然不能老陪着他，我还要上学。我只是每天放学，做完作业后，悄悄溜到楼顶平台上去看小糊涂神儿。

小糊涂神儿够能坚持的。他怕惊动小鸟，顶着树一动不动，树上鸟窝里的小草、鸟粪不断落下来，落在小糊涂神儿的脸上、鼻尖上。

小糊涂神儿哼哼唧唧地说："我绝不能动，它们在孵蛋。"

终于，小糊涂神儿头顶的树上传来了喳喳的鸟叫声。

小糊涂神儿兴奋地叫："孵出来了，孵出来了！"

小糊涂神儿头顶上两只大朱鹮环绕着树飞。

小朱鹮从树上的窝里探出头来向大朱鹮叫着。

小朱鹮终于能飞了，两只大朱鹮带着小朱鹮环绕小糊涂神儿头顶上的果树飞行。

小朱鹮翅膀稚嫩，忽忽悠悠往下落。

小糊涂神儿忙在下面往上吹气，他吹的气还真管用，竟吹出一小朵云彩，把小朱鹮托了上去。

两只大朱鹮同小朱鹮一起环绕小糊涂神儿头顶上的树转着圈子，越飞越高，飞上蓝天。

它们在天空叫着，向我和小糊涂神儿告别。看来它们还挺通人性。

"再见!"小糊涂神儿向天空招手。

朱鹮的影子慢慢消失在蓝天里。

我问小糊涂神儿："你有什么感想?"

你们猜小糊涂神儿说什么？他说的话简直要让人笑破肚皮。

小糊涂神儿十分认真地说："我现在特想做国家一级保护动物。也享受一下一级保护动物的待遇。"

小糊涂神儿

教室里的大鲨鱼

一下课，我们就猛往足球场跑。我们用的简直是百米速度，可是还是去晚了。足球场已被别人占了。

赵全力说："唉，今天球又踢不成了。"

李军恨恨地说："要是老师不唠叨个没完，按时下课，咱们准能占上球场。"

赵全力说："再发牢骚也没用了，反正球场没了。"

我说："没有球场，可以变出个球场。"

他俩一齐嘲笑我说："得了，别大白天说梦话了。"

我一本正经地说："不是说梦话，咱们教室后面就有。"

小糊涂神儿突然从我的书包里跳出来叫："乔宝说得没错。我可以带你们到四维空间里踢。"

李军高兴地看着小糊涂神儿说："啊，这个小人儿又出来了。"他和赵全力一齐伸出手来，想摸小糊涂神儿。

我忙拦住他们说："别动，别动。你们还想不想去四维空间了？"

赵全力问："四维空间在哪儿？"他这么问着，可眼睛还贪婪地盯着小糊涂神儿。他把小糊涂神儿当成了小玩意儿。

"听着。"我板着脸说，"第一，你们不要问我这小人儿是从哪儿来的。

103

第二，不许告诉任何人。第三，我，我想好了再告诉你们。如果你们做不到的话，这小人儿就永远不来了。"我成心吓唬他们。

没想到，他们特怕小糊涂神儿消失，一齐说："行，行。我们听你的。"

李军还讨好地对我说："只要你不叫这小人儿走，叫我干什么都行。"

瞧，我的威信一下子变得这么高。我对小糊涂神儿说："走，带他们到四维空间去。"

小糊涂神儿大大咧咧地说："行啊。"

我们又回到了教室。

小糊涂神儿一指教室后面的墙壁："从这里就可以进去。"

我小声问小糊涂神儿："里面有足球场吗？我记得上次咱们进去，里面不是球场。"

小糊涂神儿大大咧咧地说："里面什么场都有。"他掰着小手指数着，"足球场、篮球场、排球场、网球场、橄榄球场，要什么有什么。"

赵全力说："我们不要别的，只要足球场。"

小糊涂神儿热心地说："要不要足球？要不要国际裁判？"

赵全力说："你连国际裁判都能变出来？"

小糊涂神儿大大咧咧地说："小事一桩。只要裁判在家。"

我笑说："我想那裁判肯定不在家。"

小糊涂神儿惊喜地说："这你也知道？你说得对极了，我十次找他，他十次不在家。"

小糊涂神儿从口袋里取出一个亮亮的小金属片，把它贴在墙壁上，口念咒语。

金属片呼的一下胀大，变成了一扇光闪闪的金属门。

小糊涂神儿得意地说："请进吧，里面就是最好的足球场。"

小糊涂神儿一拉开门，"哗——"门里面涌出蓝色的海水，小糊涂神儿被淋成了落汤鸡。小糊涂神儿急忙把门关上。

我好笑地问："这是怎么回事？"

小糊涂神儿哼哼唧唧地说："这大概是水球场，干脆你们改玩水球吧。"

这时，我发现地上有个口袋，是海水从金属门里面冲出来的。"这是什么？"我拿起口袋。口袋很沉，我打开一看，里面是一些带小氧气瓶的潜水衣。

李军叫："潜水服。"

小糊涂神儿说："准是一个人一件。"

我数着潜水服对小糊涂神儿说："好像都是大号的，只有六件，我们总共七个，还少一件。"

小糊涂神儿马上抢着说："我可以把大号的变小。"他飞快地抓起一件潜水服，急忙念咒语："金糊涂，银糊涂，不如家里有个小糊涂。衣服变小。"

大概他又糊里糊涂把咒语念错了。潜水服没变小，小糊涂神儿身上穿的衣服却一下子变得小小的，他都快成了光屁股。

小糊涂神儿急忙叫："搞错了，搞错了，快变回去。"他又念咒语。

等小糊涂神儿的衣服变回原样，我和同学们已经全把潜水服穿好了，地上一件潜水服也没有了。

小糊涂神儿失望地说："没了，全没了。"

我说："你根本用不着潜水服，因为你会变化，你可以变成一条鱼。"

小糊涂神儿高兴地说："对呀，我怎么忘了？我会变呀，不过，像我这种有身份的人不能变普通鱼。我要变成一条美人鱼。"

小糊涂神儿念咒语，他变成了一条像丑娃娃似的美人鱼。我和同学们都忍不住拍手笑。

墙壁上的金属门上出现了一扇圆形的玻璃窗，可以看见窗里面蓝色的海水。

我试着打开圆窗。里面的海水居然一点儿没流出来，真绝。

小糊涂神儿叫："美人鱼入水啦。"他一头扎进圆窗里。

我和同学们也兴高采烈地叫喊着，一个接一个，钻进了窗内。

在我们身后，金属门消失了，又变成了小金属片。我把小金属片捡起来，问小糊涂神儿："这金属片还有用吗？"

小糊涂神儿说："当然有用，没有它咱们就回不去了。"

我说："没有我，你又得糊里糊涂把它丢了。"说着，我突然想起来，问，"上次，咱们在这里可碰见馋懒大魔包儿了。这次还会吗？"

小糊涂神儿笑嘻嘻地说："难说。咱们要是碰见了，就把他当球踢。"

我说："那只能当水球踢了。"

我说的话一点儿也没夸张。因为现在的四维空间，的确成了一个水世界。

我们像是来到了奇异的海底世界。美丽的海草、游鱼……各种各样的海洋生物。

朱竹说："没想到，教室后面的空间里还有海洋。"

我煞有介事地告诉他："这叫四维空间。每隔几天，就换一个样子。"其实是不是真实，我也不知道。

李军羡慕地说："要是能经常到这里面玩就好了。"

我说："当然可以，只要小糊涂神儿不把进四维空间的门丢了就行。"我无意中说走了嘴，暴露了小糊涂神儿的身份。

李军指着小糊涂神儿说："啊，原来这小人儿叫小糊涂神儿。"看我瞪他一眼，他马上闭上了嘴，哼哼唧唧地说，"我以后绝不再问。"

我们在海洋里自由自在地游泳：一会儿游蛙泳，一会儿游蝶泳，一会儿又游自由泳。

一群扁平的比目鱼游过来了。我们试着靠近它们，它们一点儿也不害怕。

我们大着胆子去摸它们，这些比目鱼居然很老实，它们和普通的鱼是不一样。

于是，我和同学各自跳上一条比目鱼，踩在上面，就像在水中玩滑板，滑来滑去。开始还从上面摔下来，但落到海水里一点儿也不疼。到后来，我们便能踩得很稳了。

小糊涂神儿也想玩滑板，然而，他糊里糊涂，忘了自己还有一条鱼尾巴。他一踩上去，鱼一游，他就一个跟头摔下来。

前面，一群小海豚游过来了。我们又各自骑上一条海豚，排着队往前游。骑海豚好玩极了，比骑最棒的马还好玩。

海豚又温顺又听话，我们让它们排成一行，像一队海底骑士。我在最前面。

小糊涂神儿跟在队尾，笨拙地游着，叫："慢一点儿，等我一会儿。"

我看见前面深蓝的海底有一条沉没的古船，静静地卧在那里，显得十分神秘。

我回头对大家说："我们到古船上去看看。"

大家一齐跳下海豚，游向古船。

海水的颜色越来越深。我们已经看清了古船的轮廓，上面布满了青苔和水草。一群群鱼儿在古船间穿来穿去。

赵全力说："这古船一定沉了几百年了。"

朱竹说："恐怕几百年不止。"

小糊涂神儿说："但它绝没我的年龄大。"

李军问："你多大了。"

小糊涂神儿大模大样地说："三岁半。"

李军还要再问，我忙打断他们说："大家小心，没准儿馋懒大魔包儿在里面呢。"

李军和小糊涂神儿这才不做声了。大家也立刻小心起来。

我们小心翼翼地上了古船，走进第一个船舱，发现这里是驾驶室。

后面的船舱里，我们看到的东西可就多了，有古代的瓷器、罗盘、望远镜、灯烛、木箱……几乎各种各样的东西都有。

就在这时，我们忽然发现船边海草中露出一个弯弯的蓝色的月牙，闪着幽蓝的光。

我问："这是什么?"

小糊涂神儿叫："哈，蓝色的月亮。"小糊涂神儿说着游过去，双手抱着月牙用力往外拉，一边拉一边回头对我们喊，"瞧，我在海底找到了月亮。"

我看见那蓝色的月牙在动，我感觉有些不对劲。那月牙一点儿一点儿被小糊涂神儿从水草里拉出来。我看清了蓝月牙是一条大鲨鱼的尾巴。而小糊涂神儿还不知道，还回头看着我们使劲拉呢。我焦急地喊："小糊涂神儿，快跑。"

　　小糊涂神儿说："这月牙太重，我抱着它跑不快。我再使点儿劲。"

　　小糊涂神儿还傻乎乎地猛用力，他一点儿没看见大鲨鱼凶恶地张着大嘴，弯过身体向他咬来。

　　我们一齐喊："你身后有大鲨鱼。"

　　小糊涂神儿这才回头，好家伙，大鲨鱼的嘴都快咬到他了。

　　小糊涂神儿吓得大叫一声，松开手就跑。小糊涂神儿拼命逃，大鲨鱼在后面猛追。还好，小糊涂神儿没朝我们这边跑，而是朝另一个方向。

　　眼看他就要被大鲨鱼追上了，小糊涂神儿急忙念咒语。

　　小糊涂神儿变成了一只海龟。但只变了一半，他还带着鱼尾巴。

　　大鲨鱼咬海龟，龟壳硬硬的咬不动。

　　小糊涂神儿得意洋洋："哈哈，你咬不动我。"

　　可是他的尾巴还露在外面。大鲨鱼将海龟转着个儿咬，一下子咬到了海龟的尾巴尖。

　　小糊涂神儿大叫一声，现了原形。

　　大鲨鱼又追，两个围着古船跑。

　　眼看小糊涂神儿又要被大鲨鱼追上了，我突然想了一个好主意。我向小糊涂神儿使劲喊："小糊涂神儿，别光逃，变更大的鲨鱼咬它。"

　　小糊涂神儿乱念咒语，他变成了一个特大的鲨鱼嘴，大极了。我敢说，这绝对是世界上最大的鲨鱼嘴王。小糊涂神儿这回变得可真棒。

　　我看见大鲨鱼害怕地想转身逃跑，可是它还来不及逃，便被大嘴吞了进去。我们刚要为小糊涂神儿鼓掌，猛然发现，小糊涂神儿变的只是个大鲨鱼嘴，后边没身体，大鲨鱼刚被吞进去，就又从后面出来了。

　　大嘴赶快又吞，可大鲨鱼又从后面出来。这样，吞了出，出了吞，最后，大嘴和大鲨鱼全累得呼呼乱喘。两个都累得动不了啦。

我们壮着胆子，小心翼翼地靠近大鲨鱼，一齐用棍子将大鲨鱼按住，用从古船上拿来的绳子将大鲨鱼捆得结结实实。

我们拉着大鲨鱼从巨门一样的大嘴穿过。

大嘴哼哼唧唧地说："不行了，再也吞不动了。"说着又恢复了小糊涂神儿的模样，只是嘴还特大，占了半边脸。

我问："小糊涂神儿，你的嘴怎么这样大？"

小糊涂神儿哼哼唧唧地说："刚才吞得太厉害了。恐怕至少需要三天，才能恢复到原来的样子。"

我们拖着鲨鱼往回走，一直来到原来的地方。

小糊涂神儿突然皱着眉头说："糟糕，我把金属门丢了。"

我从口袋里拿出小金属片，说："在我这儿呢。"

小糊涂神儿把小金属片贴在海底的一块石头上，口念咒语。

小金属片立刻变成了金属门。从金属门上的窗子，我们看见里面好像是我们教室。

我们拉开金属门，海水立刻涌向教室，幸亏鲨鱼正好把金属门挡住。

我们一齐喊："一，二，三——"使劲向外推鲨鱼。

金属门被撑得越来越大，"嘭——"大鲨鱼终于被推出去了。我们也一齐跟着拥出去。

墙壁上的金属门消失了。大鲨鱼可还留在教室里。

从外面推门进来的王老师看了大吃一惊："哇，哪儿来的大鲨鱼？"

小糊涂神儿

鸟言兽语

星期天下午，爸爸的老同学要来家里聚会，我就到学校去复习功课。

校园里静悄悄的，我坐在花坛旁边，拿出语文书读。

小糊涂神儿也从我书包里钻出来坐到我身边，大模大样地拿出一本书来读。

我嘲笑他："没想到你也能读书？"

小糊涂神儿笑嘻嘻地说："你不懂，这本书是非读不可的。"

这可引起我注意了。因为小糊涂神儿非读不可的书，一定十分特别。

我说："叫我看看，你读的是什么？"

小糊涂神儿说："叫你看，你也不懂。"

我说："那未必。"我从小糊涂神儿手里拿过书。

书里写的是一些稀奇古怪的文字。我真是一个也看不懂。

小糊涂神儿得意地说："你不懂吧？这是鸟言兽语。"

我看着他问："学鸟言兽语干什么？"

小糊涂神儿得意洋洋："你不懂吧？你们教室后面的四维空间今天变成了野生动物园。"

"什么？什么野生动物园？"我一听顿时来了劲。

"就是非洲的野生动物园。你明白了吧？"小糊涂神儿睁大眼睛望着我。

我知道他是说，四维空间里变成了非洲野生动物园了。可是我故意装做不懂地说："你一定又在吹牛了。"

果然，小糊涂神儿上当了。他说："是不是吹牛，你跟我看看就知道了。"

小糊涂神儿说着，从我旁边飞起来，向教室飞去。

教室里没有一个人。小糊涂神儿拿出小金属片贴在墙上，金属片放大，变成了一扇闪光的门。我跟在小糊涂神儿后面进了金属门。

小糊涂神儿说得果真不错。

四维空间里真成了美丽的野生动物园。辽阔的草原、森林，天上有飞禽，远处有成群的角马、羚羊。

我们旁边是一个水塘。一只大象正慢吞吞地向我们走来。它个子太大了，又没有栏杆围着，我还是第一次碰到这种情况，真有点儿紧张。

我转身想跑，小糊涂神儿却说："你怕什么呀？"

我说："你留神大象用鼻子卷你。"

小糊涂神儿说："我不怕，因为我学了鸟言兽语。"他说着，落下来，不慌不忙地向着大象走去。

他离大象那么近，我真怕大象一抬脚就把他踩扁了。

我看见小糊涂神儿仰着脸，叽里咕噜地对大象说了一通。

大象也发出嘶鸣的声音，然后友善地把一个花环戴在了小糊涂神儿的头上。

我站得远远地问："你在和它说什么？"

小糊涂神儿表情神秘："我告诉它，我可以帮助它。"说着，小糊涂神儿向旁边的树上，发出叽里咕噜的呼唤。

一只啄木鸟飞来了。它在大象的长牙上咚咚咚地啄着。不一会儿，就从象牙里捉出了一条虫子。

我奇怪地问："象牙里还会有虫？"

小糊涂神儿说："一般的大象没有。但这只大象偷吃过麻袋糖，所以得了虫蚀牙。"

我怀疑小糊涂神儿又在信口胡说。

这时，大象看了我一眼，突然生气地甩着鼻子向小糊涂神儿一喷，喷出的气流差点把小糊涂神儿冲了个大跟头，而且它嘴里还发出古怪的声音。小糊涂神儿也忙叽里咕噜了一通，大象才渐渐平静下来，嘴里还发出古怪的声音，像是在发火。

小糊涂神儿又忙咕噜了一通，大象才安静下来。

我问小糊涂神儿："大象刚才发什么火？"

小糊涂神儿说："它说家丑不可外扬。我不应该把它的丑事告诉别人。"

"那你说什么，他就平静下来，而且对你还挺好？"

小糊涂神儿笑嘻嘻地说："我告诉它说，你偷过两袋糖。"

这时，大象朝我伸出鼻子。我吓得向一边躲。

小糊涂神儿笑着说："别躲啊，它想和你握手呢。"

大象真的用长鼻子和我握手了。别看它鼻子这么大，灵巧着呢，它还能轻轻抚摩我的小手指。

我高兴地说："这大象挺够哥们儿的。"

小糊涂神儿笑着说："它也认为你是它哥们儿，因为你们俩都偷过糖。"

我这才明白是上了小糊涂神儿的当。我笑骂小糊涂神儿："你这个坏家伙。"

小糊涂神儿慌忙躲开。

我说："快教我几句鸟言兽语。"

小糊涂神儿问："你也想学？"

我说："对。这样我可以直接和动物交流，省得你老胡乱当翻译。"

小糊涂神儿说："行啊，先从最简单的学起。"

于是，小糊涂神儿叽里咕噜了几句，我也跟着叽里咕噜。我发现鸟言兽语并不难学。

我看见两只猴子在树上跳来跳去。

我便走过去，用刚学的兽语和猴子讲话。

两只猴子立刻爬到香蕉树上，摘来一大串香蕉，送到我的面前。

看来这现买现卖的兽语还挺管用。我接过香蕉，剥开皮吃，高兴地说："这倒不错。"可紧接着，我看见两只猴子都向我伸出手来。

我奇怪地问："它们要什么?"

小糊涂神儿说："它们要巧克力，因为你刚才说用巧克力换它们的香蕉。"

我说："可是你告诉我，那兽语的意思，是向它们要香蕉。"

小糊涂神儿狡猾地说："那只是一半意思。另一半，我忘记翻译给你了。"

这时两只猴子已不由分说跳到我身边，从我口袋里翻出巧克力，并分给小糊涂神儿一半。

我哭笑不得："原来你和它们串通好了骗我呀。不行，我也得懂这鸟言兽语。快把你那本书拿来，一句一句教我，我绝不再上当。"话虽然这么说，可我心里明白，弄不好还得接着上当，谁让我一点儿兽语都不懂呢?

小糊涂神儿说："你要是叫我老师，我保证好好教你。"

然而，我看他这保证一点儿都不牢靠。因为，还没开始教，他就把书丢了。

我嘲笑他："哪有这样的老师啊，净顾了吃，把书都丢了。"

小糊涂神儿忙乱不堪地翻自己的口袋，从口袋里掏出了许多乱七八糟的东西，终于找出一本皱巴巴的书来。

我觉得这本书和它先前看的书不一样，便告诉他："好像不是刚才那本书。"

"是吗?"小糊涂神儿皱着眉头看着，胡乱翻了翻，然后大大咧咧地说："没关系，反正都是书，我看写的也好像是鸟言兽语。"

我叮嘱他："你再仔细看看，内容和原来一样吗?"

小糊涂神儿装模作样地看着，简直是一目二十行。

没等我开口，小糊涂神儿肯定地说："我看内容差不多。好像这本旧书没翻译过来。没关系，看原版更能显出学问高。"

我疑惑地问："没翻译过来，你哪儿懂是什么意思啊?"

小糊涂神儿大大咧咧地说："没关系，你可以先学着，然后再查字典。"，

我想，碰上这么个糊涂的老师，只好凑合了。因为除去他，别人谁也不懂鸟言兽语。

小糊涂神儿说："我教了，你可要记住。"

小糊涂神儿叽里咕噜："咕咕咕咕嘎嘎嗷嗷哟哟……"我也认真地一字一字地跟着重复。

我们一点儿也没注意到，我们头顶的树丛中吊着一个小录音机，在偷偷给我们录音。

我们刚念了十几句，小糊涂神儿就说："该下课了。"

我问："怎么这样快就下课？"

小糊涂神儿说："因为我们马上就要去参加鸟兽联欢大会。这里的飞禽走兽一年大聚会一次。"

这时，我发现了吊在我们头顶上的录音机。我刚要伸手去抓，那录音机嗖的一下缩到树丛里。

我告诉小糊涂神儿："上面好像有人。"

小糊涂神儿飞到上面，围着树转了一圈，说："什么也没有，准是你眼花了。"

我对小糊涂神儿说："你现在来查查字典，看看咱们学的这些鸟言兽语是什么意思。"

小糊涂神儿翻着口袋对我说："糟糕，字典也丢了，没法儿翻译了。"

我说："只好去和鸟兽直接对话，叫它们告诉咱们了。"

小糊涂神儿高兴地说："这主意倒不错，走。"他带着我向原始森林深处走去。

我们走着走着，突然听到前面有说话的声音。我们躲在树后。只见前面是一片碧绿的草坪，草坪中间有个人影，是馋懒大魔包儿。我看见他脖子上挎着的东西，不由得吃了一惊。那是个录音机，正是刚才我学鸟言兽语时看见的那个。

我急忙告诉小糊涂神儿："馋懒大魔包儿把咱们学的那些兽语都录了音。"

小糊涂神儿惊慌地说："那可糟了。他会用兽语把动物全骗走的。"

我们看见馋懒大魔包儿把捕兽器在草丛里围了一圈，又把录音机放在圈中间。他得意洋洋地说："哈，一会儿鸟兽们听了这录音机里的鸟言兽语，就会乖乖地到捕兽器中来。我一按电钮，就可以捉住它们。这太好啦，太好啦!"他高兴得手舞足蹈。这时，我们突然听到呼啦啦的响声。只见空中有许多飞鸟，地面上有许多走兽都向着草坪的方向来了。

我和小糊涂神儿慌忙躲到树上。

馋懒大魔包儿看见鸟兽们来了，他在录音机前面还放个大喇叭。他笑眯眯地叫："快来呀，快到这圈里来。里面有许多伙伴在欢迎你们呢。"说着，他打开录音机，大喇叭立刻发出我和小糊涂神儿说的鸟言兽语。

我说："这回野兽都得上馋懒大魔包儿的当。"

小糊涂神儿说："还会把好吃的东西都给馋懒大魔包儿。"

奇怪，我们吃惊地看见，野兽们听了我们的录音，变得都很愤怒。它们一齐向馋懒大魔包儿冲来。地面上，是狮子、老虎、大象，各种各样的走兽；天空中，是各种各样的鸟。它们一齐扑向馋懒大魔包儿。

馋懒大魔包儿惊慌失措地叫："这是怎么回事？怎么这些鸟言兽语不管用?"

我在树上也惊奇地问小糊涂神儿："这是怎么回事?"

小糊涂神儿也糊里糊涂："就是啊，怎么回事?"正说着，从他衣服里掉出一本小厚书来。

我说："一本书掉出来了。"

小糊涂神儿捡起一看，说："是鸟言兽语字典。"

我说："那你快查查字典，看看咱们刚才学的那些话是什么意思。"

小糊涂神儿用字典和那本皱皱巴巴的书对照。他皱着眉头，哭丧着脸说："这本书里净是骂人的鸟言兽语，全是坏话。我是够糊涂的。"

我笑着说："这次你糊涂得还不错。歪打正着，把馋懒大魔包儿治了。

不过，咱们还得赶快去刷牙，免得那些骂人的话弄脏了咱们的嘴。"

我们看见，前面草坪上，怒吼的野兽们都冲到馋懒大魔包儿跟前了，他只好自己跳进圈里，按动电钮。

"刷——"捕兽器一下子打开了，把馋懒大魔包儿捕在里面。

小糊涂神儿

超级球星

我是第一次来五环体育场。这个体育场真大，设备全新，是去年刚修好的。今年正好足球热，大街小巷里都在谈足球，买足球票的更要大清早就得去排队。

我弄到了一张足球票，这是人家给我妈的，我妈不爱看给了我爸，我爸又碰巧没时间，把票给了我。你说弄这么一张票多不容易。

当然，也许我可以叫小糊涂神儿给我变一张。可是那么做太不道德。再说，小糊涂神儿那么糊涂，他就是真给我变出球票，说不定到了球场，又会变成白纸，叫我出丑。反正我也有了一张球票了，老老实实去看吧。

我坐在看台上，一问旁边的人，是中国国家队对某外国队。真是太棒了。

看台上都坐满了人。几乎每个人手里都拿着东西，小喇叭、小旗子，还有拿小鼓、小哨子的。大家一块儿给中国队助威。

我很后悔，什么也没拿。看见我旁边两个小姑娘喝完了可乐，不知把空罐往哪里扔，我灵机一动，说："我替你们扔。"

她们把空罐给了我，还直说谢谢。等我拿着空罐带劲地敲着，为中国队呐喊助威时，她们才明白过来，立刻后悔得不得了。

我们使劲喊着："中国队加油！"

球场上，国家队的队员踢得倒是很勇猛，可是技术差，看着他们满场飞地追球，可球老在对方的脚下。

倒是外国队的 5 号球星，一个大胡子、秃顶的家伙，带球连过三人，一直带到禁区内，一个倒钩脚，将球踢进中国队的大门，而守门员还在那儿傻乎乎地发愣。

记分牌上显示出 1∶0。

还没过两分钟，外国队的另一个球星又射进一个球。

记分牌上显示出 2∶0。

国家队踢得真是太水了，太笨了。

看台上的人都鸦雀无声了，大家都伸长了脖子，皱着眉头。

等记分牌上显示出 3∶0 的时候，看台上便有些乱，有人起哄地吹口哨。我也忍不住跟着吹了两声。这可不是不爱国，是太搓火，让人恨铁不成钢。

看完这场球，我别扭得连晚饭都少吃了一个馒头。我就不明白，我们中国有十几亿人口，怎么就出不来几个球星！

我坐在桌子旁边，看一些世界球星的画片。我正看得入神，小糊涂神儿从城堡形转笔刀里探出头来："乔宝，你在看什么？"

我告诉他："我在看世界球星的照片，唉，我要是能成为一名球星就好了。"其实我只是这么说说而已，并没有太往深处想。

小糊涂神儿却大大咧咧地望着我说："没问题。你可以成为超级球星。"

我说："别开国际玩笑了，那简直是异想天开。"

小糊涂神儿傻乎乎地说："对，咱们可以把异想天开工程队叫来。"

我听了一愣："异想天开工程队？就是那几个胖乎乎的小肉球？"

"没错，就是它们。"小糊涂神儿认真地点点头。

小糊涂神儿说着，嘴里发出火车汽笛的呜呜声，可是小火车并没有出来。

我说："我记得，上次你鼻子冒烟，小火车才出来。这回你鼻子和耳朵都没冒烟，小火车怎么能出来？"

小糊涂神儿说："我这就制造一点儿烟雾。"他手里拿着一支烟卷和一个小打火机。

我吃惊地问："哪儿来的?"因为我们老师规定,小孩是绝不能拿打火机和烟玩的。

小糊涂神儿说："捡来的。"

我忙警告他："你可不能抽烟。"

小糊涂神儿大大咧咧地说："我不抽。我们可以用它来制造烟雾。"说着,他点燃了烟卷,放在嘴边吸了一口。

小糊涂神儿的耳朵和鼻孔里立刻冒出了浓浓的烟雾。我被烟呛得咳嗽起来。

我说："我可和你说了,不许抽烟,烟里有害人的尼古丁。你知道,坏孩子才干这种事呢。"

小糊涂神儿满不在乎:"甭管什么烟,反正能把异想天开小火车引出来就行。"他刚说完,屋子里响起了噜噜的声音。

小糊涂神儿得意洋洋:"你看看,我把它们引来了吧。"

我怀疑地说："我听这声音有点儿不对。"因为我觉得这种怪声和上次小火车出来时不一样。

噜噜的声音越来越响,我睁大眼睛看着城堡形转笔刀,里面没有一点儿动静。连个小火车的影子也没有。

使我吃惊的是,墙壁上倒是出现了一个影子,却不是小火车,而是一辆破破烂烂的垃圾车的影子,还隐约可以看见垃圾堆上坐着馋懒大魔包儿。

我急忙叫道："不好,小糊涂神儿,你把馋懒大魔包儿招来了。"

没等我的话说完,一阵乱响,破烂垃圾车已经摇摇晃晃驶出了墙壁。

馋懒大魔包儿坐在垃圾堆上,他变得面黄肌瘦,活像个大烟鬼。他的嘴巴耳朵鼻孔全都插满了冒着烟的烟卷,哼哼唧唧地说:"谁捡了我的烟卷和打火机啦?"

啊,原来小糊涂神儿捡的烟卷和打火机是馋懒大魔包儿丢的呀。

我听见馋懒大魔包儿得意洋洋地叫:"嘻嘻,又有一个小烟鬼上当了。

快上车，快上车。"

馋懒大魔包儿邪恶地笑着，向小糊涂神儿扑来。小糊涂神儿惊慌失措地躲闪，馋懒大魔包儿开着破垃圾车在后面追，他的垃圾车太破了，摇摇晃晃。

突然，馋懒大魔包儿晕晕乎乎地从垃圾车上跌下来，脸色青青的，如同死了一样。我过去一看，说："他是吸烟太多，尼古丁中毒。"小糊涂神儿也小心翼翼地过来看。

这时，摇摇晃晃的垃圾车也晃散了，一下子散成了许多碎块儿。

小糊涂神儿说："这垃圾车也一定是尼古丁吸得太多，中毒了。"

我看着一动不动的馋懒大魔包儿说："他可能要死了，不能让他死在这儿。"

小糊涂神儿说："那就赶快送医院。"

小糊涂神儿在原地飞快地转圈，口念咒语："金糊涂，银糊涂，不如家里有个小糊涂。把馋懒大魔包儿送医院，送医院。"

一阵旋风过后，馋懒大魔包儿和破烂垃圾车全不见了。

小糊涂神儿兴奋地说："这回我的魔法多灵，一下子就把他送到医院了。"

我说："你心肠还不错，你把他送到哪个医院？"

小糊涂神儿一本正经地说："兽医院。"

这时候，城堡形转笔刀叮咚响了一声，四个小圆团儿十分费力地推着水果列车从里面出来。

我奇怪地问："怎么推出来了？开不动了？"

小圆团儿一齐说："我们的总经理不给燃料，水果列车当然开不动。"

我好奇地问："你们的总经理在哪儿？"

小圆团儿一齐指着小糊涂神儿："我们的总经理在那儿。总经理不冒烟，我们什么事情也干不了。"

我惊奇地看着小糊涂神儿："你是异想天开工程队的总经理？"

小糊涂神儿迷迷瞪瞪地说："啊，啊，大概是吧。"他拿不准地问我，

"你看我像吗?"

我果断地说:"我看你不像。"

小糊涂神儿又怀疑地问小圆团儿:"他可说我不像。"

小圆团儿们一齐喊:"你就是总经理,因为我们是你制造出来的。"

小糊涂神儿得意洋洋地对我说:"你听见它们说的了吧?"小糊涂神儿又问小圆团儿,"快告诉我,怎么才能冒烟?"

小圆团儿们一齐说:"吃葡萄,葡萄烟囱冒葡萄烟。"

小糊涂神儿乐得眉开眼笑地指挥我:"你快去多拿些葡萄来。"

我慢吞吞地往客厅走。心里说,当这样的总经理可真不错。

小糊涂神儿叫住我:"等一等。"

我忙站住:"你不吃葡萄了?"

小糊涂神儿转身问小圆团儿们:"要是吃巧克力,冒巧克烟也行吧?"

小圆团儿回答:"当然可以。"

小糊涂神儿笑嘻嘻地对我说:"我不吃葡萄了,改吃巧克力了,快去拿吧。"

我一边往外走一边嘟嘟囔囔:"当这样的吃巧克力的总经理,我也会。你们还要不要副总经理,我可以当。"

我拿来一大块巧克力,这是我一直留着舍不得吃的,现在为了小火车,只好奉献出来了。

小糊涂神儿香喷喷地大吃巧克力,耳朵和鼻孔突突突地往外猛冒巧克力烟。水果列车立刻拉响了汽笛,开动起来,小圆团儿也欢快地飞动起来。

小糊涂神儿大声说:"异想天开工程队,总经理命令你们,把乔宝制造成足球明星。"

小圆团儿们答应着:"好啊好啊。"它们唱着一支滑稽的歌曲,听起来又可笑又古怪。

小圆团儿们一边唱,一边在墙壁上画出了一个大屏幕。大屏幕渐渐地亮了起来,上面出现了一个高大的足球运动员的影子。

小圆团儿们一齐发出声音:"金靴。"它们在空中组成一条穿足球鞋的腿，落到屏幕影子的腿上。

影子上的金鞋立刻闪闪发光。

小圆团儿们飞到空中，又一齐发出声音："金球。"它们又在空中组成一个足球的形状，落到屏幕影子的手中。影子手中的足球又闪闪发光。

小圆团儿又一齐发出声音："足球先生。"它们在空中又组成足球运动员脑袋的形状，落到屏幕影子的头上。

我正傻乎乎地看着，小圆团儿们突然一齐飞向我。我来不及躲闪，已被它们抓住身体，带到半空中。它们一齐发出声音："球王乔宝。"

小圆团儿们叫喊着把我推向屏幕。我觉得我的脑袋马上就要撞在屏幕上了。屏幕里却发出声音："条件不够，请退回。"

我又被屏幕撞了回来。

小圆团儿们奋力把我重新推进屏幕。屏幕里又发出声音："条件不够，请退回。"又把我推了出来。这样让它们推来推去，真够难受的。我嘟哝着说："算了吧，别勉强了。"

小糊涂神儿飞起来叫："我来帮你推。"他用双手使劲推我的屁股，他使的力气很大，我都觉得自己被顶进柔软的屏幕了。可刚推进去，又被一股力量顶了出来。就这样进进出出，相持不下。

小糊涂神儿急了，用头使劲顶住我，口念咒语："金糊涂，银糊涂，不如家里有个小糊涂。顶进去。"

小糊涂神儿和我一同撞进了屏幕，小糊涂神儿在下面，用头驮着我，我们正好重叠进屏幕中的影子里。

屏幕的影子闪闪发光，发出声音："条件完全符合。"

屏幕消失了，我站在墙边。发现自己已变成一个英俊的足球运动员。我的身体还有些透明，里面透出小糊涂神儿的影子。他像是在下面驮着我。

小糊涂神儿在下面喊："你好重哟，快下来，我受不了啦。"

小圆团儿们一齐发出声音："新球王已经诞生。"它们落到小火车上，水果列车呜呜叫着开进了城堡形转笔刀。

我发现，我的身体已变得不透明了，但还是足球运动员的样子。我的球衣上出现的号码是8号，是蓝色球衣。

我不慌不忙地走出屋门。

以后的情景，你们一定可以想象到。

五环体育场上正在进行着激烈的足球比赛。中国队对世界明星联队。

比赛十分激烈。世界明星联队已经打进了一个球。记分牌显示1：0。

世界明星联队的另一个球星一个倒钩，又将球射入中国队球门。

看台上的观众连连摇头。

世界明星联队的队员挺胸昂首，得意洋洋。

中国队教练席上，我就坐在主教练旁边，已经换上了中国队的队服。教练虽然还不知道我叫什么名字，但他知道我是中国人，并且了解我的球技。我在赛前的表演，已使整个教练组都目瞪口呆了。

中国队教练向裁判举手示意，准备换人："7号下。"说完，他转身对我说，"请您上吧。"

怎么说呢？我在球场上简直如鱼得水。

我用头连续顶球过人，从中场一直带到对方球门前，一个漂亮的倒钩，球飞入大门。

记分牌显示1：2。

我从后场一个大脚，将球踢出。

足球划过空中，已经飞过对方球门，却又突然转弯，飞入球门。

记分牌显示2：2。

看台上的观众狂热地为我加油。

世界明星联队的队员都看傻了。

我又将球带到距对方球门四十码的地方，在空中翻了个跟头倒钩。足球突然分成两半，从左右两个方向飞向对方球门。

世界明星联队的守门员愣呆呆地看着半个足球从两边射进球门，不知扑哪半个球好。

两个半拉的足球射进球门后，又合成了一个完整的足球。

记分牌显示3：2，中国队胜了。

裁判吹响了终场的哨子。

全场的人热烈欢呼。

一个小姑娘跑进球场内向我献花。

记者群围着我拍照，镁光灯乱闪。

一个小男孩递上一个红苹果："叔叔，请您吃苹果。"我笑眯眯地接过红苹果。

一个小女孩送上一块巧克力："叔叔，请您吃巧克力。"我笑眯眯地接过巧克力。

一个记者送上一支点燃的烟卷："先生，请吸烟。"

我正不知道该不该接这支烟卷，我的肚皮里突然发出哇的一声叫喊，我的下半截身体把上半截身体顶了起来，露出了小糊涂神儿，他把我顶了个跟头，我变成了自己的样子。

所有的人都吃惊地看着我们。他们一定奇怪至极：怎么一个人又变成了两个？

我不知道怎么办才好，我听见小糊涂神儿喊："快跑。尼古丁来了。"

小糊涂神儿拉起我一阵风似的冲出了人群，边跑边叫："快跑，快跑，烟来了，害人的尼古丁来了。"

原来他被烟卷吓坏了。

小糊涂神儿

变色龙

我背着书包穿过街心公园去上学。这个街心公园不大，可修得很漂亮：有假山石，有花坛，还有一个小亭子，亭子上爬满了青藤。

我正在石子路上走，小糊涂神儿从书包里探出头："旁边没人吧？我出来坐一会儿。"

我向四周望了望，说："正好没人，你出来吧。"

小糊涂神儿跳出来坐在书包上。

我指着前面一块圆圆的假山石说："小糊涂神儿，你看那像什么？"

小糊涂神儿说："像馋懒大魔包儿。"

我说："才不像呢，像一个大馒头。"

小糊涂神儿望着前面的天空，叹口气，说："好长时间没看见馋懒大魔包儿了，也不知道他现在怎么样了？"

我奇怪地说："你还想他？我可不想再提他的名字了，一提他又该来了。"话虽然这么说，可不知怎么搞的，我也冒出这样的念头：不知道馋懒大魔包儿现在在哪里，他在干什么。

小糊涂神儿笑嘻嘻地说："我不想他。不过，我们现在可以看看他。"他手里突然多了一面鱼形的镜子。

我一怔："考试偷看镜，这不是馋懒大魔包儿的吗？怎么到你的手里了?"

小糊涂神儿说："上次他追我时，掉到了地上，让我捡到了。"

我赶快提醒他："你怎么忘了？馋懒大魔包儿说过，他的产品都是系列的，你拿他一件东西，他就会老盯着你。"

小糊涂神儿听了慌张地说："对，是这么回事，我得赶快把它扔了。"

这时，<u>鱼形镜子一闪光</u>，里面突然出现了馋懒大魔包儿的脸孔。他在镜子里狡猾地咧嘴笑着说："不错，谁拿了我的东西，我就缠住谁不放。但这回可以例外。"

我警惕地问："你不盯着小糊涂神儿了？"我觉得馋懒大魔包儿在说谎话。

馋懒大魔包儿说："真的。"

我又一次追问："你真的不盯着小糊涂神儿了？"

馋懒大魔包儿狡猾地望着我说："对，我不盯着他了。我光盯着你。"

我大吃一惊："啊？盯着我？"

馋懒大魔包儿从镜子里跳出来，他背着一个更大的口袋。

他得意地对我说："我不仅盯着你，我还盯着你们学校。我又有了更新的产品，送给你们学校老师每人一个。"

我焦急地说："啊？你又想到我们学校去使坏，我可绝不带你去。"

我说着，转身往回走。我宁可不上学，旷一天课，也不能把馋懒大魔包儿带到我们学校去。

馋懒大魔包儿得意洋洋："你不带也没关系，我有狗的鼻子，我可以闻你过去的脚印。"

小糊涂神儿怀疑地盯着馋懒大魔包儿问："你也和我一样。有狗的鼻子？"他眼睛瞪得老大，几乎都快瞪出眼眶来了。

我忙对小糊涂神儿说："你甭信他的，他在吹牛。"

馋懒大魔包儿赌咒发誓地说："谁吹牛是孙子。我刚在兽医院打过狂犬疫苗，连狗的嗅觉也打进来了。"

馋懒大魔包儿像猎狗一样趴在地上，用鼻子东闻闻西闻闻，突然惊喜地叫："哈！乔宝昨天上学的脚印在这儿。"馋懒大魔包儿边闻边往前走，不一会儿便走出好远。他真的在朝我们学校的方向走去。

我急忙对小糊涂神儿说："糟糕，这家伙真有狗鼻子。小糊涂神儿，你快想办法拦住他，千万别让他到我们学校去。"

"我有办法了。"小糊涂神儿满有把握地说。

小糊涂神儿在原地猛转圈，口念咒语："金糊涂，银糊涂，不如家里有个小糊涂。快变个捕兽笼来。"

小糊涂神儿手里突然有了一个小笼子。可这笼子太小了，才有拳头大。

我说："不成，这笼子太小，装蛐蛐还差不多，哪能装馋懒大魔包儿？"

小糊涂神儿说："你不懂，我这笼子是带弹性的。"

他拿着小笼子飞起来，追上去，飞在馋懒大魔包儿的头顶上空，把小笼子往下一扔。

小笼子一下子变大，正好把馋懒大魔包儿罩在笼子里。

我赶上去，看着笼子里的馋懒大魔包儿说："这回你出不来了吧？"

馋懒大魔包儿挤挤眼："谁说的？别忘了，我除去是大魔包儿之外，还是有名的大懒虫。我可以变条虫爬出去。"

说出来你也许不相信，馋懒大魔包儿真的变成了一条大胖虫，就像我们从白菜里抓出的那种绿虫，可是比绿虫要大多了胖多了。

我们眼睁睁地看着这只大胖虫笨笨拙拙地从笼子缝里爬出去，又恢复成馋懒大魔包儿的模样，继续往前走。

这时，我突然想出一个巧妙的办法，我对小糊涂神儿说："你快用魔法变出一支大烟卷。"

小糊涂神儿一听吓得一哆嗦，说："那可不行，我怕尼古丁。"

我说："你怕，馋懒大魔包儿也怕。你忘了？他上次就是尼古丁中毒，被送到兽医院了。"

小糊涂神儿愁眉苦脸："金糊涂，银糊涂，不如家里有个小糊涂。变一支大烟卷和一副防毒面具。"

一支燃着的大烟卷刚一出现，小糊涂神儿马上把它推向我。他自己飞快地躲得远远的，并且戴上一副防毒面具。

这可苦了我了。我一手捂着鼻子，一手握住这一尺多长的大烟卷，冲向馋懒大魔包儿。

馋懒大魔包儿瞪大眼睛："甭用烟来吓唬我，自从上次尼古丁中毒，我早戒烟了，并且当了这个——"他举起了一块牌子。我看见牌子上写着：动物戒烟委员会主席。是自封的吧。

别看是自封的，这牌子还挺管用。馋懒大魔包儿一挥手中的牌子，燃着的大烟卷一下子飞得无影无踪。

馋懒大魔包儿神气十足："瞧，大烟卷被吓跑了吧？"

我和小糊涂神儿互相看着，谁也说不出话来。

馋懒大魔包儿背着大口袋往学校方向走，我和小糊涂神儿无可奈何地在后面跟随。

我们经过一座又一座楼房，已经看到我们学校的大门了。

我说："小糊涂神儿，快想办法，绝不能让他进学校门。"

小糊涂神儿皱着眉头："那就只有把校门挡住。"他突然眉开眼笑，"哈！我有办法了。"

我问："又有什么办法？别想得挺好，又不管用。"

小糊涂神儿神气活现："你放心，这回准灵。"

小糊涂神儿飞起来，飞速超过馋懒大魔包儿到了学校门口。他取出一个小盒，我看像是动物百宝盒。他不是早把这百宝盒丢了吗，怎么又有了？甭细想了，反正他干什么都糊里糊涂。

我看见小糊涂神儿把动物百宝盒放在地上，自己把身体变得小小的，钻进动物百宝盒中的一个小格子中。不知他在搞什么名堂。

我看见小糊涂神儿钻进去之后，动物百宝盒突然变大了。

小糊涂神儿从动物百宝盒里出来，已经变成了一头大象，他的身体是大象，头可还是小糊涂神儿的脑袋。大概咒语又没念好，变得半生不熟的。

虽说小糊涂神儿变得四不像，可他的身体却是绝对大。他一下子坐在学校门口，屁股朝外，把校门堵得严严实实。

我记起来了，过去在我们家，他就想给李奶奶来这一手，现在是故伎重施。

我看着，高兴地喊："好极了，大象的屁股推不动。"

我兴奋地超过馋懒大魔包儿，跑到学校门口，回过头说："馋懒大魔包儿，看你怎么进来？"

馋懒大魔包儿却不见了。

我自言自语："这家伙哪儿去了呢？"我觉得有点儿不妙。馋懒大魔包儿别从另外的地方进去！

我沿着围墙向左一看，馋懒大魔包儿的影子在拐角处一闪。我这才想起，我们学校还有后门。我赶忙跑过去。

我看见馋懒大魔包儿背着大口袋站在我们学校后门门口。

我急忙大声喊："小糊涂神儿，馋懒大魔包儿走后门了！"

馋懒大魔包儿嬉皮笑脸："嘻嘻，我一向是最爱走后门的。"他向我扮了个鬼脸，进了后门。

我看见馋懒大魔包儿刚进了后门，与正迎面飞来的小糊涂神儿撞在了一起。小糊涂神儿向后跌倒，口袋里的动物百宝盒掉在地上。馋懒大魔包儿看到了动物百宝盒，他的眼珠都放光了。

馋懒大魔包儿兴奋地叫："哇！动物百宝盒！"他一下子缩小身体，钻进了动物百宝盒。

我跑进后门。

小糊涂神儿从地上爬起来问："馋懒大魔包儿呢？"

我指着地上的动物百宝盒说："他钻到这盒里了。馋懒大魔包儿要是变成小乌龟就好了。"

小涂神儿皱着眉头，糊里糊涂地问："是吗？"

小糊涂神儿向着动物百宝盒里喊："馋懒大魔包儿，你要再不出来，你就会变成乌龟蛋了。"

动物百宝盒旁边的灰砖地上传来馋懒大魔包儿嬉皮笑脸的声音："我才没那么傻呢，嘻嘻，我钻的是变色龙的格子。瞧，我已经出来了，你们还一点儿没看见。"

我忙瞪大眼睛朝灰砖地上看。灰砖地上什么也没有。可是我听见了馋懒大魔包儿得意的笑声。

我向笑声传来的方向仔细看，才隐约看见，灰砖地上显出一条灰色的变色龙的淡淡的影子。

小糊涂神儿也看见了，他朝灰砖地上一指："馋懒大魔包儿在这儿。"我急忙伸手向灰砖地上一抓。变色龙的影子一晃不见了。

这时，我听见远处有人叫我："乔宝。"

"不好，你们同学来了。"小糊涂神儿慌忙抓起动物百宝盒钻进我的书包里。来找我的是李军、赵全力他们几个。

李军问："你在干什么呢？"

我脱口而出："我在抓馋懒大魔包儿。"

赵全力奇怪地问："什么馋懒大魔包儿？"

我说："就是，就是，反正一句话也说不明白，反正是一个很坏的家伙。他现在变成了一只变色龙。你们就帮助抓一只变色龙好了。"

可他们根本不相信我的话。

李军笑着说："得了，你又在瞎编什么童话吧？"

赵全力也一拍我的肩膀说："准是没睡醒吧？"

他这一拍，我肩膀上突然传出馋懒大魔包儿的叫骂声："他妈的，你拍我的尾巴了。"

赵全力吃惊地说："你肩膀上好像有个东西？"

我说："是变色龙吧？快抓住它！"

李军也吃惊地叫："啊，真有个变色龙，和你衣服颜色一模一样的变色龙。"

我又叫："快抓。"

赵全力和李军的手一齐伸向我的肩膀。

蓝白色变色龙一晃不见了。

我说："它跑不远，快在附近找。"

赵全力指着旁边的一棵小树叫："它跑到树上来了。"果然，旁边的绿树叶间，显出一条绿色的变色龙。

几只手伸到树叶中一抓。绿色的变色龙一晃不见了。

李军喊："它躲在这儿呢。"花坛里开着一蓬蓬红艳艳的串红。串红中间显出一条红色的变色龙。

我们还没来得及伸出手去，红色的变色龙一晃不见了。

一个一年级小学生端着纸篓倒垃圾，路过这里，问："你们干什么呢？"

我说："没你的事，你先去倒垃圾。"我怕他添乱。

这个小孩拿着纸篓朝前走了。一边走一边回头看。

大家继续寻找，却再不见变色龙的影子。它到底藏到哪儿去了？

我正皱着眉头，不知道下一步该怎么办才好。我的书包里突然传出小糊涂神儿的喊声："傻瓜，还不去看看那个纸篓。"

赵全力看着我的书包说："你的书包里有声音。会不会在那里面？"

我说："绝对不会。快去看那个小孩拿的纸篓。"

大家赶忙去追那个一年级小学生。我们紧紧围住小学生，小学生吓得脸都白了，几乎要哭。我们几只手同时去翻纸篓里的垃圾。

一条颜色杂乱的变色龙从纸篓里蹿出来。

我们几乎同时喊："抓住它，别叫它跑了。"

颜色杂乱的变色龙沿着水泥地向学校办公楼跑。我们跟在后面猛追。在办公楼门口，我们马上就要追上了，变色龙一晃又不见了。

我们东张西望。猛然，我看见校长室门口晃动着馋懒大魔包儿的影子。

我泄气地说："糟糕，馋懒大魔包儿去校长办公室了。"

李军不明白地问："去校长室又怎么了？"

我说："你去看看就知道了。"

从窗缝里，我们看见袁校长正坐在办公桌后面写东西，馋懒大魔包儿背着个大口袋坐在对面的沙发上。

袁校长问："请问，您有什么事？"

馋懒大魔包儿笑眯眯地说："我是来向您推销最超级的新产品的。"

袁校长说："对不起，我们学校最近不准备增添新设备。"

馋懒大魔包儿说："我的这个产品是专门为老师预备的。"

袁校长问："什么东西？"

馋懒大魔包儿从大口袋里取出厚厚一沓五颜六色的小方块胶布，得意洋洋地说："这叫'封嘴胶布'，我白送每位老师五十贴。老师一进教室，随手一扔，封嘴胶布就会自动飞到每个学生面前，把他们的嘴堵上，保证一节课没一点儿声音。"

袁校长吃惊地问："有这样的胶布？"

馋懒大魔包儿说："当然。我这儿还有呢。"他又从口袋里掏东西。

在窗子外面，我对赵全力和李军说："这回，你们该明白，我为什么非要抓住他了吧？"

李军说："糟糕，校长好像有一点感兴趣了。"

"是吗？"赵全力一听，立刻伸长了脖子。

我也急忙趴着窗缝向里看。

馋懒大魔包儿又兴致勃勃地从口袋里掏出一个小巧的"大哥大"，说："这个小玩意儿叫'告状大哥大'，您用它可以随时向每个家长告学生的状，电池永远用不完。不过您要记住，可只能告状用，打别的都不通。"

袁校长说："叫我看看。"

我们在窗外听了立刻慌了。我说："要是袁校长真给每个老师一个，可就糟了。"

赵全力也哭丧着脸说："校长说过，咱们学校要更新教学设备，原来是这么更新啊！"

我们一齐使劲向里望，脸都贴在窗子上了。

我们看见，馋懒大魔包儿在屋子里，更加兴高采烈地向袁校长推销："您要是全包圆了，我可以在价钱上便宜点儿。"

馋懒大魔包儿把封嘴胶布和告状大哥大全送到袁校长手中。袁校长特别认真地看着。馋懒大魔包儿笑得合不拢嘴。

我们在外面可都愁眉苦脸，慌得不得了。我悄悄地低头对书包里说：

"小糊涂神儿，快想点儿办法。"

书包里没有声音。

我又对书包里讲："喂，小糊涂神儿，你听见没有？"

书包里还是没有声音。倒是李军问我："乔宝，你被吓傻了吧？怎么老自言自语的？"

我听见赵全力说："我看袁校长的样子是想买。"

"真的？"我吃惊地问。

赵全力恨恨地说："骗你是孙子。"

这时，李军一边向屋里看，一边向我挥手，说："别讲话。快听，袁校长在和馋懒大魔包儿谈价钱呢。"

我们又急忙一齐向里看。

袁校长看着手里的封嘴胶布和告状大哥大，问："这些东西怎么使用呢？"

馋懒大魔包儿殷勤地说："只要用手指按一下胶布中心的小圆点儿，发命令就行。"

我急得龇牙咧嘴："坏了，袁校长真按胶布上的按钮了。"

我们一听，都想跑。因为我们都怕被胶布贴住嘴。

我们刚跑出两步，就听见袁校长说了一句让我们吃惊的话。

袁校长的话是对馋懒大魔包儿说的："我看你不像是好人。"

这回轮到馋懒大魔包儿大吃一惊，他忙说："我可是大好人啊。"袁校长说："好人不会净出这样的馊主意。你的这些东西，任何一位老师都不会用的，因为当教师的，最起码的一条是要爱护学生。所以，你还是自己用最合适。"

袁校长用手指按动封嘴胶布中心的按钮。封嘴胶布噬噬一阵响动，飞离袁校长的手，在空中散成五六十块彩色胶布，一齐飞向馋懒大魔包儿。吓得馋懒大魔包儿哇哇叫着躲闪，彩色胶布从四面八方包向馋懒大魔包儿，把他连同告状大哥大一起包在中间。馋懒大魔包儿呜呜叫着，滚进墙壁消失了。

我们在外面看得都开心地哈哈大笑。听见袁校长在屋里问："谁在外面？"我们才撒腿跑了。

　　我一直跑得喘不过气来，才停住脚。

　　我听见我的书包里，小糊涂神儿叫："哎哟，你的书包老颠，都快把我颠熟了。真不像话。"

　　我说："真不像话的是你。刚才我叫了你那么半天，你躲到哪儿去了？"

　　小糊涂神儿从我书包里探出头来，满脸委屈地说："你还说呢，要不是我在书包里做法术，让袁校长听我指挥，把馋懒大魔包儿赶跑，你早就被胶布贴住嘴了。"

　　"刚才你在施魔法？"我怀疑地问。

　　"你简直想象不出，我施魔法有多累。"小糊涂神儿表功地说，"不骗你，我累得腰都直不起来，都快晕过去了。"说着，他低头弯腰，好像马上要倒下了。

　　我忙扶住他，问："你说的是真的？"

　　"不信？我现在表演给你看。"说着，他精神抖擞地从我书包里跳出来，一点儿也不像要晕倒的样子。

　　小糊涂神儿盘腿坐在地上，摇头晃脑，口中念念有词，唾沫星子乱喷。那样子活像是跳大神儿的。

　　我仔细听，才发现，他嘴里是在胡乱嘟哝："吃葡萄不吐葡萄皮，不吃葡萄倒吐葡萄皮……"

　　啊，这小家伙在骗我呢。

小糊涂神儿

世界偷王

我在小胡同里走，小糊涂神儿从我口袋里探出头来东张西望。

今天，我突然发现这条胡同有点儿特别。因为我看见在胡同中间有一个路口，又多出了一条又窄又细的小胡同。过去我每天放学都经过这条胡同，从来都只是一条笔直的胡同，从来没看见过其中有什么小胡同。

时间已是黄昏，又是阴天，因此胡同里显得很暗。整条胡同也没有一个人。

我站在拐弯处，望着两边都是高墙的小胡同，不知道该不该进去看看。

我对小糊涂神儿说："怎么这里还有一条小胡同？过去我可从没见过。"

小糊涂神儿说："那就进去看看，里面没准儿有好东西。"

我犹豫了一下，不由自主地拐进小窄胡同。因为这太奇怪了，我想看看里面有什么。

小胡同两面都是高墙，中间的路很窄，仅容一人通过。我往前走，又弯弯曲曲地拐了好几个弯儿。

我只是看见高墙，看不见一个门。我皱着眉头自言自语："这胡同真有点儿怪，怎么连个门都没有？"

小糊涂神儿也皱着眉头："我也感到有点儿怪，因为有一股熟悉的味道。"

我问："什么味道?"

小糊涂神儿吸溜着鼻子说："好像是臭豆腐味,但肯定不是臭豆腐。"

我问："为什么?"

小糊涂神儿说："臭豆腐闻着臭,吃着香。这东西吃着也一定臭。"

我们说着已经走到了小胡同尽头,这是个死胡同。墙下有个垃圾桶。垃圾桶后面正袅袅冒出五颜六色的气体。我好奇地走过去,发现气体是从垃圾桶下面冒出来的。

我把垃圾桶拉到一边。桶下是个地道,有台阶通往地下。

小糊涂神儿兴奋地说："快下去看看。"他从我口袋里跳出来。

神秘的小胡同,神秘的地道,这一切都太吸引人了。

我和小糊涂神儿一步一步沿着台阶走下地道。我的心中充满神秘感。彩色气体不断从下面飘上来,从我们身边慢慢飘过。

我们顺着地道拐了两个弯儿。发现前面有一座门,彩色气体从门缝里飘出。

小糊涂神儿吸溜着鼻子说："我好像闻到了我丢的炼丹炉的气味了。"

我奇怪地问："你的炼丹炉怎么比臭豆腐还臭?"

小糊涂神儿哼哼唧唧地说："我的炼丹炉是香的,一定是被什么东西熏臭了。"

正在这时,我听见门里面有声音。

我忙压低声音说："嘘,小声点儿,里面好像有人。"

我和小糊涂神儿都不做声。我们蹑手蹑脚地到了门前,扒着门缝向里面张望。我吃惊地睁大了眼睛,因为我真的看见了小糊涂神儿的炼丹炉。

炼丹炉在屋子中间闪着亮光,从炉里飘出五颜六色的气体。馋懒大魔包儿滑稽地披着八卦衣,扭来扭去,口中念念有词:"呜噜呜噜……"

小糊涂神儿在门外看着,生气地叫:"啊,我的炼丹炉被他偷去了。"

我慌忙捂住小糊涂神儿的嘴:"小声点儿。别叫他听见。"

我看见馋懒大魔包儿像是在跳大神儿。他口中念唱着:"壁虎尾巴、蚯蚓肚皮、蜣螂爪、火鸡羽毛……"一面把各种东西扔进炼丹炉里。炼丹炉里燃着火焰，不断腾起各种颜色的火光。

我惊奇地问小糊涂神儿："他怎么用这些东西炼飞升丹？"

小糊涂神儿吃惊地说："他大概把我的炼丹炉给改装了。"

我说："说不定，他想把炼丹炉改装成火箭。"

我这么说可不是胡乱猜，因为我看见炼丹炉的旁边连接着一个亮闪闪的人造卫星。

馋懒大魔包儿手舞足蹈围着炼丹炉跳大神儿。

我指给小糊涂神儿看："你瞧，他不知从哪里偷来个人造卫星，而人造卫星得用火箭发射。"

"不。"小糊涂神儿望着我说："我猜他想炼出一颗特大飞升丹。"

馋懒大魔包儿扭得更疯狂了，炼丹炉也随着扭动，发出滑稽的音乐声。馋懒大魔包儿口中乱唱："天灵灵，地灵灵……"

馋懒大魔包儿突然掀开炼丹炉的顶盖，一下子跳了进去。

我吃惊地说："馋懒大魔包儿怎么往炉里跳？难道他想把自己炼成飞升丹？"

小糊涂神儿说："你要吃掉这样大的飞升丹，你准可以飞上十八重天。"

炼丹炉闪光，发出滑稽的声响。接着，炼丹炉盖子被弹到半空中。五颜六色的焰火从炼丹炉里喷出。随着烟火，先飞出两条腿，然后是手、身体，最后是头。它们在空中飘飘悠悠，然后像搭积木一样，重新组合在一起，但是一只脚的位置放得不对，放到了头顶上。就这样，它们又重新组装成一个歪七扭八的馋懒大魔包儿。

馋懒大魔包儿嘟哝一声："该死。"他用手把脚从头顶上拿下来，安装在正确的位置。然后，他向门外喊："两个傻瓜，进来吧！"原来他发现我们了。

我和小糊涂神儿走了进去。

馋懒大魔包儿笑嘻嘻地说："嘻嘻，两个傻瓜，快向我祝贺吧，我终于练成了超级分身法。"

我问："什么是超级分身法？"

137

馋懒大魔包儿得意洋洋："我的身体随时可以分开，就像这样。"说着，他的头、身体、四肢，一下子分散开来。他的头在空中飘着，十分滑稽，十分可笑。

　　我不明白地问："这分身法有什么用呢？"

　　小糊涂神儿望着我说："这你都不明白？当然有用啦，比如，他的耳朵可以飞到音乐厅去听音乐，眼睛可以到电影院看电影，他的脚可以去踢足球，他同时可以做许多事情。"

　　馋懒大魔包儿嬉皮笑脸地指着小糊涂神儿说："你这个小傻瓜，你别说啦。我才不干这些傻事情呢，我要当世界偷王。"

　　"世界偷王？"我和小糊涂神儿一齐问。

　　"你们想不到吧？这样的聪明主意，只有我馋懒大魔包儿才能想得出来。我要用分身法，把身体分散到各处去偷，偷好多好多钱，再吃喝玩乐。"

　　我听了忙对小糊涂神儿说："快抓住馋懒大魔包儿，别让他去干坏事。"

　　我俩一齐向馋懒大魔包儿扑去。可是来不及了，馋懒大魔包儿的身体又分散开了，分成许多部分，在空中向门外飘。

　　我和小糊涂神儿急忙分头去追。

　　小糊涂神儿去追馋懒大魔包儿的两只手臂。馋懒大魔包儿的两只手臂做出击拳的姿势，向小糊涂神儿的头打来。小糊涂神儿一下子闪开，他飞起双脚踹馋懒大魔包儿的拳头，把拳头踹飞。

　　馋懒大魔包儿的手臂趁机飞出门。小糊涂神儿又去抓馋懒大魔包儿的头。馋懒大魔包儿的头却来个超低空飞行，一下子向我的裤裆钻来。我分开双腿，憋足了劲儿，准备夹住馋懒大魔包儿的头。眼看馋懒大魔包儿就要穿过了，我狠命把腿一夹。不料，馋懒大魔包儿已经抢先从我的裆下钻了过去，正巧在后面追击的小糊涂神儿经过，我的双腿一下子将小糊涂神儿的头夹住了。

　　"好疼啊！"小糊涂神儿龇牙咧嘴地大叫。

　　我忙松开双腿，说："对不起。"

等小糊涂神儿钻出来时，馋懒大魔包儿的各部分都飘出门去，仅剩一条腿飘到门边。

小糊涂神儿大叫一声："啊!"箭一般飞过去，抱住了馋懒大魔包儿的脚。

小糊涂神儿兴奋地大叫："哈，我抓住啦!"

我佩服地说："这回，你的动作可够快的。"

"当然。"小糊涂神儿的话还没说完，馋懒大魔包儿的脚却从袜子里滑出，小糊涂神儿手里只抱住一只臭袜子。

小糊涂神儿连连皱鼻子："好臭，好臭，他这袜子大概十多年没洗了。"他被熏得眼一闭，倒在了地上。

现在空空的地下室只剩下我和小糊涂神儿了。

我说："咱们必须赶快抓住馋懒大魔包儿，制止他干坏事。"

小糊涂神儿马上把馋懒大魔包儿的袜子递给我，说："闻他的气味去找。"

我被那股臭味熏得差点背过气去。我使劲扭着脖子说："我的鼻子不灵，不像你的鼻子，嗅觉超过猎狗一千倍。"

小糊涂神儿哼哼唧唧地说："我这鼻子灵也不是闻臭袜子的，是为了闻烧鸡烤鸭的。"

话虽然这么说，但他还是苦着脸，像猎狗一样伏在地上，吸溜着鼻子闻起来。

小糊涂神儿闻着，出了屋子。

小糊涂神儿像小狗一样边闻边走。我紧紧跟在后面。

我们出了地道，沿着小胡同向外走。小糊涂神儿东闻西闻，越走越快。他兴奋地说："你瞧，我鼻子多灵。"

我说："不是你的鼻子灵，是馋懒大魔包儿的袜子太臭，臭得我都能闻出。"说着，我试着闭着眼睛，往前闻着走。

我觉得我的鼻子好像也变神了。那股味我闻着那么强烈。

小糊涂神儿在我后面叫："站住，快站住。走错方向了。"

我睁开眼睛，才发现，我差点儿撞上一辆大粪车。小糊涂神儿在离我三十米的地方站着呢。

我跟在小糊涂神儿后面走。走着走着，我觉得有点儿不对劲。我站住，问："你怎么往我家走？"

小糊涂神儿认真地说："馋懒大魔包儿的臭袜子味是往你们家去的。"

我大吃一惊："啊，他去我们家了？"

这个馋懒大魔包儿可够坏的，做偷王，先偷我们家的东西。我急忙往楼上跑，小糊涂神儿在我头上飞。

在我们家的屋门口。我看见馋懒大魔包儿的两条腿正在踢我家的门。

小糊涂神儿大喊："啊，它想溜门撬锁偷东西！"

我急忙扑上去，一下子将馋懒大魔包儿的两条腿抱住，叫道："快拿绳子！"

小糊涂神儿落到地上忙乱不堪地掏自己的小口袋，他从口袋里掏出许许多多的小东西：稀奇古怪的瓶子坛子罐子，三角形圆形正方形长方形的东西，都快把自己埋住了。

我使劲抱住馋懒大魔包儿的腿："快呀，我快抓不住了。"

小糊涂神儿满头大汗，终于，他从兜里又掏出一个小口袋。他兴高采烈地大叫："哈，人种袋！"

小糊涂神儿口念咒语："金糊涂，银糊涂，不如家里有个小糊涂。快装到口袋里去。"

小口袋一下子变大，向我们罩来，我还来不及躲闪，大口袋已把我和馋懒大魔包儿的腿一齐装了进去。

我急得在口袋里叫："装错了，别装我啊！"

小糊涂神儿急忙又念咒语。

也不知道他念的是什么，反正这次倒是很灵，一股力量把我从口袋里推出来，馋懒大魔包儿的腿还在口袋里乱动。

小糊涂神儿拿出一个小瓶，把瓶里的药粉全倒进口袋。里面立刻安静下来。

我问："你倒的是什么药粉？"

小糊涂神儿大大咧咧地说："超级安眠药。我们再去捉馋懒大魔包儿身体的另外的部分。"

我把馋懒大魔包儿的袜子放到他的鼻子面前，说："你还得接着闻，接着找。"

我背着口袋在商店大厅里走，小糊涂神儿从我的衣袋里伸出头来吸溜着鼻子说："往前走，还往前走。"

前面是卖各种各样糖果的橱窗。

小糊涂神儿说："向放巧克力的橱窗前进。"

我有点不放心地说："你可别馋嘴，抓馋懒大魔包儿要紧。"

小糊涂神儿委屈地说："你别冤枉我，我在大事上可不糊涂。馋懒大魔包儿的气味就在那儿。"

我们来到陈列巧克力的橱窗前，里面放着各种各样的巧克力。可我现在关心的不是巧克力，是馋懒大魔包儿。我使劲盯着橱窗，看有没有馋懒大魔包儿的蛛丝马迹。

一个女售货员注意地看着我："小朋友，你买什么？"大概她觉得我的眼光有点儿不正常。我摇摇头，只是使劲盯着。

这时，我看见有一只手从下面悄悄伸进橱窗，拿里面的巧克力，这正是馋懒大魔包儿的手。

我急忙低声对小糊涂神儿说："快张口袋。"

我的话刚说完，一股吸力一下子将馋懒大魔包儿的手臂吸进我背着的口袋里。小糊涂神儿这回干得还挺利索。

女售货员揉揉眼睛，犹犹豫豫地说："我刚才好像看见一只手臂在飞。"

我笑着说："您眼花了吧？我怎么没看见？"

女售货员不好意思地说："就是啊，怎么会有一只手臂飞？一定是我眼花了。昨天没睡好觉。"

我大模大样地背着口袋走了。

"喂——"女售货员叫住我。

我故意不慌不忙地问："有事吗?"

女售货员慌忙看橱窗里的巧克力，看完了又看钱箱。全看完了，她才呆呆地说："没事。"

以后整整两天，我利用放学的时间都去捉"贼"。

我看见，一个行人在走。馋懒大魔包儿的另一只手臂从后面伸进他的衣袋里掏钱包儿。行人回头，馋懒大魔包儿的手狡猾地随着转到他身后，拿着刚偷来的钱包晃动。

小糊涂神儿口念咒语，我张着口袋。馋懒大魔包儿的手臂嗖的一下被吸得飞过来，落到口袋里。事情就这么简单。

当然，我还得从口袋里拿出钱包，对那边的行人喊："你的钱包丢了。"

在银行。我跟在吸溜着鼻子的小糊涂神儿后面，穿过大人的腿往柜台前走。

柜台里面。收款员正要将一大捆钞票装进身后的保险箱里。

我和小糊涂神儿一齐在柜台外面大声喊："那个保险箱是假的!"

收款员一怔。他面前的保险箱忽然变成了馋懒大魔包儿的身体。小糊涂神儿口念咒语，馋懒大魔包儿的身体被吸进了我拿着的口袋。收款员这才发现，真正的保险箱已经被推到了一边。

小糊涂神儿变出的"人种袋"已经鼓鼓的了。

小糊涂神儿满意地说："馋懒大魔包儿身体的各部分都被我们捉住了。"

我说："不对。还差一个最重要的东西。"

小糊涂神儿问："什么东西?"

我说："馋懒大魔包儿的脑袋。"

这时，我听见小糊涂神儿在说："你真是个笨蛋。"

我生气地问："你为什么骂我?"

小糊涂神儿说："我没骂你，是你在骂我。"

我正要说："我根本没骂。"可是我分明听见我的声音在说，"小糊涂神儿是小驴粪蛋儿，耗子屎。"

我大叫："有人在冒充我的声音!"

小糊涂神儿也说："有人也在冒充我的声音。"

我俩脸对脸，互相瞪着。

这时，我们头顶上突然传出讥笑声。我们向上一看，馋懒大魔包儿的头在我们头顶上得意洋洋扮着鬼脸。啊，原来是这个坏家伙在捣鬼。

我和小糊涂神儿几乎异口同声地念咒语："金糊涂，银糊涂，不如家里有个小糊涂。快抓住这坏脑袋。"

馋懒大魔包儿的头嗖的一声被吸进了口袋。

我望着口袋说："怎么处理馋懒大魔包儿呢？他的身体都散了架了。"

小糊涂神儿说："可以让异想天开工程队给他重新组装。"于是，我背着口袋赶快回家。

在我的房间里，小糊涂神儿学火车汽笛声："呜——"他的口鼻都冒出烟来。

呜呜的汽笛声由远而近，小水果列车从城堡形转笔刀里开了出来，上面坐着四个异想天开豆。

我打开口袋嘴儿，馋懒大魔包儿身体的各部分纷纷飞了出来。

异想天开豆一齐喊："异——想——天——开。"它们从水果列车上飞起来，在空中转着圈，馋懒大魔包儿身体的各部分也都随着旋转，越旋越快，旋成一片色彩斑斓的雾。

彩雾消失后，馋懒大魔包儿的五官和四肢全被安得错了位，成了一个丑八怪。

我忍不住说："果然是异想天开，把他弄成了丑八怪。"

我只顾开心，一点儿也没注意馋懒大魔包儿正往墙缝里钻。

"快抓住他。"小糊涂神儿扑上去。他又抓住了一只臭袜子。馋懒大魔包儿已消失在墙壁里。

我望着小糊涂神儿说："这只臭袜子，再加上原来的那只，正好可以凑成一对儿了。"

小糊涂神儿

神 灯

我在看《一千零一夜》。这是一部阿拉伯的著名民间故事集，有全是文字的书，有带画的。我看的是带画的那种。

小糊涂神儿无聊地坐在城堡形转笔刀上。他问我："你在看什么？"

我说："阿拉伯神灯。"

小糊涂神儿凑过来，边看边问："什么是阿拉伯神灯？"

我说："讲的是一个士兵得到一盏神灯。他一摩擦这神灯，就出来一个神仙。你让他干什么都行。"

小糊涂神儿不以为然地说："就这个呀，容易极了。"

我讥笑他说："别吹牛了。"

小糊涂神儿大大咧咧地说："不是吹牛，这样的灯，有的是，要多少有多少。问题是，你得把样子给我看看。"

我把书递给他："就是书上画的这样。"

小糊涂神儿看了一眼说："这个，容易透了。"说完，他撅着屁股，钻进了城堡形转笔刀。等他再从城堡形转笔刀里倒着退出来时，他手里拉出了一串神灯，都和画书上的一模一样。

我欢喜地问："这么多？"我拿起一盏神灯，这神灯才有核桃大。我用手指摩擦灯壁。

小糊涂神儿奇怪地问："你在干什么?"

我说："我刚才不是讲过,用手一摩擦,灯里就会飘出一个神仙,你让他干什么,他就会干什么。"

小糊涂神儿说："你摩擦没用。我这灯里没神仙。"

我嘲笑他说："光有灯没神仙,算什么神灯啊?"

小糊涂神儿说："你说得不对。咱们又有灯又有神仙。"

我东张西望地看,问:"在哪儿?"

小糊涂神儿在我面前一挺胸,说:"我不就是现在的神吗?"

我一愣:"你?"

小糊涂神儿又一挺胸脯:"当然,就是糊涂一点儿。我可以钻到这神灯里装做灯神,你可以拿给同学去看。"

我说:"那灯神会变成烟雾,钻进神灯里。"

小糊涂神儿说:"这不新鲜,我也会。"

他匆匆忙忙把别的神灯全塞进城堡形转笔刀,只留下一盏。然后,他在原地转圈,口念咒语。他慢慢变成了一股烟钻进了神灯。

我说:"我来试试。"我用手摩擦神灯壁。

一股烟雾从神灯里冒出来,在空中变幻着形状,变成了一个胖乎乎的神。

胖乎乎的神说:"我的主人,你要我干什么?"

我迟疑地说:"你,你给我变出一条鱼来。"我很怀疑小糊涂神儿能变出来。

可胖乎乎的神的手往空中一伸,已经拿着一条冻鱼。

我问:"真变出来了,还是冻鱼,是从北冰洋来的吧?"

胖乎乎的神说:"不,这是从你们家的冰箱里来的。"

我哭笑不得:"从我们家冰箱里往外变鱼我也会。只不过你用的是障眼法,别人看不见。"

小糊涂神儿笑眯眯地望着我说:"对,障眼变化法。要是我不告诉你,你就不知道了吧?"

我突然想起来，小糊涂神儿要是光把我们家的东西变来变去，还问题不大。他要是变别人的东西可就不好了。

我忙嘱咐他："在外面，你可别把别人的东西也变给我。"

小糊涂神儿认真地说："当然，我知道拾金不昧，我只把你们家的东西变给别人。"

我赶快说："也别那样，你只要表演一下，让我的同学感到神奇就行。咱们再来一遍。"

小糊涂神儿变成了一股烟雾，钻进了神灯。

突然，一个东西从窗外飞来，打碎了一块玻璃。碎玻璃碴儿溅得满地都是。

我急忙跑到窗口去看："是谁那么坏，从楼下砸石头？"

我好像看见一个影子躲到了楼下的树后面，我想，那家伙也许不知道我已经发现了他。我现在就去捉他。

我跑出屋子，蹑手蹑脚地下了楼。等我绕了个大圈子，从后面包抄过去，才发现，那根本不是人，而是一个稻草扎成的人。我感觉有些不对劲，可别中了什么小偷的调虎离山计。没准儿有人看见小糊涂神儿的神灯表演，想偷走神灯。

我急忙往楼上跑。等我气喘吁吁地跑回自己的屋子。还好，神灯还在桌子上。可是，我闻见屋子里弥漫着一股酒味。

我在桌子底下找到一个空酒瓶。我想，楼下的那个坏蛋可能就是用的这个空酒瓶砸的玻璃。其实，我完全猜错了。可我当时一点儿不知道。

我把地上的玻璃扫净后，拿起神灯，说："小糊涂神儿，咱俩再试验一回。"

我用手摩擦着神灯。

随着难听的呜呜声，一股黑烟从神灯里冒出来。黑烟在空中变幻成胖乎乎的神，但和先前的模样大不相同：长得又粗又丑，口歪眼斜，五官都挤到了一起。

我吃惊地问："小糊涂神儿，你怎么变成这副样子了？"

胖乎乎的神问："哪点变了？"

我说："刚才你的嘴可不是这样歪，眼也不斜，也不是塌鼻子。"

胖乎乎的神忙说："我是在这神灯里面挤的。你看……"他一边说一边用手揪自己的鼻子捏自己的脸。

一揪一捏，胖乎乎的神的脸变得漂亮多了。

胖乎乎的神说："我的主人，你命令我干什么？"

我说："你能将打破的玻璃修补好吗？但记住，不许用障眼法去偷别人的玻璃。"

胖乎乎的神说："能修，能修。"他飘过去，用手在破玻璃上轻轻一抹。破玻璃马上变成了好玻璃。胖乎乎的神又钻回神灯里。

我拍着手说："还真灵。"

我对神灯里说："小糊涂神儿，你能在这灯里待两天吗？"

"干什么？"小糊涂神儿在灯里问。

我说："我想把这神灯带到学校去。"

"没问题。我正求之不得呢。"小糊涂神儿在灯里笑着说。

我把神灯带到学校去了。当然只带了两天，只是让大家看看，我还有这么个好玩儿的东西。

我拿着神灯在操场上，我们班的同学围着我。我故意神秘地告诉他们："这是阿拉伯神灯，里面有个胖神仙，他可以按照你的命令去做任何事情。"

一个男同学说："你又在编童话吧？"

我说："是不是童话，你们看看就知道了。我一念咒语，里面的胖灯神就会出来，听我指挥。"

我说着，故意装模作样地口念咒语。其实念什么我自己也不知道。等念得嘴皮子都发麻了，我再用手摩擦神灯。

一股烟雾从神灯里冒出来，还带着一阵哟哟的声音。这声音在家演示时可没有。我心说，小糊涂神儿挺会做戏的。

烟雾在空中幻化成胖乎乎的神，在空中飘着，嘴里发出声音："我的主人，你命令我干什么？"

我对同学们说："听见了吧？现在每个人可以提一个愿望，你们可一定要认真考虑好。"大家都做出认真思考的样子。

我看见胖乎手的神飘在我们的头顶上向下看着，露出狡猾的笑容。我觉得这笑容有点儿怪，好像在哪儿见过。

胖乎乎的神叫道："你们想好了就快说吧，要什么？要糖果，要钞票，要小汽车，我都可以弄来。"

我问："你从哪儿弄来？"

胖乎乎的神满脸狡猾地说："这你就甭管了。甭管是哪儿，给你弄来就成了呗。"

不对，在家里，我明明和小糊涂神儿商量好了，叫他只变些小东西。而且变每个人自己的东西，绝不拿别人的。现在他怎么变主意了？显然一定是哪儿出了毛病。

我看见胖乎乎的神正在问孙小玲："你想要什么？要漂亮的衣服，或一辆山地车，我都可以马上拿来。"

孙小玲犹犹豫豫："我想，我想……"她不知道要什么好。

我想，幸亏碰上了没主意的孙小玲。趁小糊涂神儿没给大家变东西时，我得抢先制止他。

可我还没来得及说话，我就听见王东叫："你给我变出一辆汽车，要凯迪拉克的。"

王东这家伙真财迷，竟敢要小汽车，还要的是最名贵的。

我看见胖乎乎的神眉开眼笑地说："小汽车来。"

他用手一招，一辆漂亮的小车出现在空中，慢慢地落下来。

"啊！这小糊涂神儿真敢变。"我吃惊地想，"这会儿，马路上一定有一辆凯迪拉克小汽车不翼而飞，因为它被小糊涂神儿搬到我们这儿来了。"

我看见大家都向小汽车围了过去。王东跑在最前面，还使劲叫："这是给我变的。"

我也挤上去。我可不是为了要小汽车。我想看看，小汽车里有没有司机。如果小糊涂神儿连司机一起从马路上搬来，就该热闹了。

小汽车里没有司机，然而却使我更为吃惊。因为，我看见小汽车里装满了考试偷看镜、偷知识漏斗。我一下子明白了。这胖乎乎的神根本不是小糊涂神儿，而是馋懒大魔包儿。虽然，我还不明白是为什么，但这肯定是馋懒大魔包儿了。

我想，要是大家拿了这些东西，可就糟了，以后都得受馋懒大魔包儿控制了。

不行，我要赶快想办法制止。我的脑子也够快的。

我看见了锅炉房旁边的那一大堆烧过的炉渣。我大声说："大家等一等。先不要动汽车。"

王东忙瞪着我问："为什么？"

我不理王东，仰着脸对胖乎乎的神说："我很怀疑这小汽车是你变的。"

胖乎乎的神瞪大眼睛问："你不相信？"

我说："我不相信你有那么大力量，能搬得动一辆汽车。你要是真有魔法，请你把楼旁边那一大堆垃圾运到垃圾场去。"

锅炉房旁，炉渣、垃圾堆得高高的，像一座小山。

胖乎乎的神望着，吃惊地睁大了眼睛："啊！那么多。"

我说："前面修路，垃圾车进不来。你是神仙，一定运得了吧？"

人家一齐看着他问："你行吗？"

胖乎乎的神苦着脸："没问题，没问题。"

胖乎乎的神拿出个大口袋飞向垃圾堆，我认出，那口袋正是馋懒大魔包儿的。

胖乎乎的神张开大口袋嘴儿，一股气流把垃圾吸向口袋。胖乎乎的神在旁边嘟哝．也听不见他在说什么。可是我猜想，他一定在说："天呀，我的偷知识漏斗、考试偷看镜、打人的棒子都在口袋里呢，可别被垃圾压坏了。"

胖平乎的神背着装满垃圾的、沉重的大口袋在空中飞行。

大家在下面欢呼："真棒，真棒。"

这会儿，我可顾不得说"棒"。我紧靠着小汽车的门，着急地想："这小糊涂神儿，到底跑到哪儿去了呢？"

胖乎乎的神把大口袋里的垃圾倒向垃圾场，飞起的烟尘弄得他浑身是土，狼狈不堪。胖乎乎的神背着大口袋在空中飞，冒着大汗。几次从我头顶上飞过时，都狠狠地瞪着我。我想，他一定恨死我了。

眼看着楼旁边的垃圾堆已经被清理得干干净净，我想，这下坏了。馋懒大魔包儿一定该把小汽车里的考试偷看镜和偷知识漏斗分给大家了。而大家也一定会要了。

胖乎乎的神满面灰尘，累得气喘吁吁，但满脸得意地落到地面上，向小汽车走来。

我一点儿办法也想不出来了。这回彻底糟了。

就在这时，我突然看见小汽车底下钻出一个小东西。啊，是小糊涂神儿。我刚要喊他，小糊涂神儿却使劲向我摆手。我赶快闭住了嘴。

我看见小糊涂神儿从裂开的车门缝里钻进了汽车。

我听见胖乎乎的神笑嘻嘻地说："我在汽车里还放了一些特别棒的宝贝。有了这些宝贝，你们不用动任何脑子，就可以学习第一。"

"是吗？"大家立刻大感兴趣。

我看见胖乎乎的神得意地打开汽车门。我想，这回小糊涂神儿该行动了。可是，汽车里没一点儿动静。胖乎乎的神已经从车里拿出了考试偷看镜，说："你们只要看这面镜子，就能知道考试的内容。"

胖乎乎的神说着，按动考试偷看镜的按钮。这时，镜子里突然迸出电火花，都迸到了馋懒大魔包儿的脸上。他惊慌失措地大叫："该死的小糊涂神儿，他往我的考试偷看镜上撒了尿，造成短路了。"他的话还没说完，镜子砰的一声爆炸了。

镜子碎片炸到胖乎乎的神的脸上，他大叫一声，现了原形，变成馋懒大魔包儿的模样。

大家一看，都吃惊地叫："啊，馋懒大魔包儿！"

小糊涂神儿从汽车里飞出，指着馋懒大魔包儿叫："快抓住这个坏蛋！"

大家一齐扑向馋懒大魔包儿。

馋懒大魔包儿大叫："倒霉倒霉。"他慌慌张张地飞到空中逃跑了。

小糊涂神儿叫喊着："追呀，追呀！"飞快地追去。

我们也正要跟着追出去。突然听见有人喊："我的汽车怎么跑到这儿来了?"原来司机来找他丢的汽车了……

晚上，临睡觉前，我问小糊涂神儿："馋懒大魔包儿怎么钻到神灯里冒充你的?"

小糊涂神儿说："有人打玻璃，你下楼去看。这是馋懒大魔包儿使的计策。他趁机溜进屋，把一瓶酒倒进神灯里。"

我问："酒把你淹着了?"

小糊涂神儿不好意思地说："那倒没有。我把酒全喝了，不能动了。馋懒大魔包就把我扔出窗外，自己钻进了神灯。"

我听了大笑："原来你成了醉鬼了。"

小糊涂神儿

圆桶婆婆

我回到自己的房间。

小糊涂神儿一看见我就使劲吸溜鼻子，大声说："啊，好香好香啊。你们家一定炸小肉丸子了。"

我说："没错。你鼻子可够灵的。"

小糊涂神儿说："我早就跟你说过，我的鼻子超过猎狗一千倍。可你总是忘记。"

我说："我没忘。"

小糊涂神儿撅着嘴说："不，你忘了，你要是没忘，你早就把肉丸子拿来了。"

他这么一说，我忙跑到厨房去拿。

我端着一盘香喷喷的炸丸子进来，说："刚出锅的炸丸子，香极了。"

"这得尝一尝才知道。"小糊涂神儿急不可待地伸手去抓小丸子。他的手被烫着了，但仍没有松开肉丸子。

他只是大叫："好烫啊！"他把丸子在空中扔来扔去，不时地用嘴咬一口，烫得他又扔向空中，他的样子十分可笑。

我说："你别着急，丸子有的是。喂，我告诉你，隔壁搬来个新邻居，是个特胖的老婆婆，她说她叫圆桶婆婆。"

正在吃丸子的小糊涂神儿吓了一跳："啊？圆桶婆婆？"

我说："是啊。"

小糊涂神儿瞪大眼睛问："是脑袋特圆、身体特圆、老是笑眯眯的胖婆婆？"

我说："没错，你认识她？"

小糊涂神儿马上惊慌失措起来，他在桌上走来走去，连手中的小肉丸子掉了也不知道。他嘴里嘟嘟囔囔："坏了，坏了。她来了，我得走，我得马上搬家。"说着，他背起城堡形转笔刀就要走。

"等一等。"我忙拦住小糊涂神儿，我不明白他为什么怕这老婆婆。我看那老婆婆并不可怕。虽然她自称是圆桶婆婆，这有点儿怪。

我奇怪地问："你为什么怕她？她是坏人？"

小糊涂神儿连连摇头："不不不。"接着，他又瞪大眼睛对我说，"她可是大好人，我不许你说她坏。"

我更奇怪了："她是好人，你怎么还躲着她？"

小糊涂神儿结结巴巴："这个，这个问题复杂至极，她还跟你说过别的吗？"

我随意说了一句："她好像什么也没讲。只是她说要打扫卫生。"在我看来这也是很平常的事，谁新搬到一个地方，总要打扫一下房间什么的。

小糊涂神儿听了却泄气地把城堡形转笔刀往桌子上一放，说："得，走不了啦。"

我乐了，高兴地问："为什么？"

小糊涂神儿哼哼唧唧："因为我跑到哪儿，她都要追着检查我的卫生。所以，在她检查之前，我自己先打扫一下。"

我还没听明白他的意思，小糊涂神儿已飞快地钻进城堡形转笔刀了。

城堡形转笔刀里先是发出翻东西的声音，接着从城堡形转笔刀的门里像鼓风机一样喷出许多尘土，满屋飞扬，呛得我捂着嘴连连后退。

我说："你的房间从来没打扫过吧？怎么这么多土啊？"

城堡形转笔刀的门里又像喷泉一样喷出各种各样的果皮、糖纸，各种各样的水果、点心，各种各样的脏衣服、脏鞋子。

我吃惊地叫："啊，这么多乱七八糟的东西！"我没想到，一个小小的转笔刀里竟能装那么多东西。

城堡形转笔刀还在接连不断地往外喷东西：许许多多的书，还有各种各样的机器零件、电脑电视的零件，还有小书架小箱子……几乎堆了我的半个房间。

我还没有来得及问小糊涂神儿这是怎么回事，城堡形转笔刀里又喷出一阵烟尘。"呜呜呜!"水果列车歪歪扭扭地从城堡形转笔刀里开出，满是灰尘，车上的四个异想天开豆也都蒙满灰尘。

小糊涂神儿泥猴似的跟着跑出来，他手里拿着鸡毛掸子。

小糊涂神儿用掸子飞快地把水果列车和异想天开豆掸干净，嘴里嘟哝："干干净净，干干净净。"

他用手一推，变得干净的水果列车呜呜叫着，载着异想天开豆开回了城堡形转笔刀。

小糊涂神儿又飞快地把一本本书上的土吹干净，飞快地在书架上放好，嘴里说着："整整齐齐，整整齐齐。"

他把一个个小书架又推回了城堡形转笔刀。紧接着，他又飞快地跑出来。

小糊涂神儿望着地上一堆机器零件自言自语："圆桶婆婆要是看见我这样对待她送给我的电脑，她一定会特伤心的。"

那圆桶婆婆还送给过他小电脑？难道她也不是普通人？

我这么想着，听见小糊涂神儿念着咒语，他的手脚飞快地动着，一眨眼的时间就把一套电脑组装成了。

小糊涂神儿兴奋地叫："瞧，我是个多么聪明的电脑专家呀！电脑专家可不能穿这样的脏衣服。"小糊涂神儿飞快脱掉脏衣服，推着小电脑跑进了城堡形转笔刀。

等小糊涂神儿再出来时，他已经换上一身干净的衣服。

我屋子的地上还剩下许多垃圾，都是小糊涂神儿从城堡形转笔刀里打扫出来的。

我发愁地问："剩下这乱七八糟的垃圾怎么办?"

小糊涂神儿望着我说："我要通通藏起来,一点儿不能让圆桶婆婆发现。"

他又在地上转圈念咒语。这会儿,他的咒语似乎格外灵,地上的东西一下子飞起来像旋风似的,转着转着就不见了。

小糊涂神儿拍拍手,说:"完事大吉。"

这时,门开了。你们猜是谁? 是圆桶婆婆。虽然我们是邻居,可她是新搬来的,我们还不太认识,她怎么没请就来了?

但事情就是这样古怪,我还来不及奇怪,她已经出现在门口,而且直接和小糊涂神儿打招呼。她的头和身体都是圆乎乎的,加上肥肥的衣服,一点儿不像老太太,倒像个胖娃娃。她的腰间系着白围裙,围裙上有六七个口袋。我真不明白,她为什么要这么多口袋。

小糊涂神儿一看见她,似乎变得特规矩。恭恭敬敬地鞠了个躬说:"圆桶婆婆好。"

圆桶婆婆笑眯眯地说:"小糊涂神儿,你这个小淘气儿,小调皮鬼儿。"

看来他们真的认识,并且很熟。

小糊涂神儿做出正儿八经好孩子的模样说:"圆桶婆婆,我一点儿也不淘气,我也不乱吃零食,我每天都在读书,还学习电脑。请您到我的房间去看看。"小糊涂神儿做出了个请圆桶婆婆进城堡形转笔刀的手势。

我想,这回圆桶婆婆该出丑了,她这么圆,这么胖,和大汽油桶差不多,哪儿进得去呀?

我笑着说:"圆桶婆婆,您这样胖,能进得去那么小的城堡吗?"

圆桶婆婆笑眯眯地说:"小我倒不怕,可是我得小心你这个房间里的机关枪炸弹地雷什么的。"

我有点儿吃惊。我看小糊涂神儿好像也很吃惊。我俩几乎一齐问:"那里面真有地雷?"

小糊涂神儿还撅着屁股,小心翼翼地向城堡形转笔刀里看。

圆桶婆婆笑眯眯地说："是啊，刚埋上的。所以我得预防着点儿。"

我看见她从围裙上的口袋里拿东西。她拿出的是一把小绿伞和一个小铝锅盖，都才有手掌那么大。可不知怎么搞的，她只那么一晃，就都变大了。

圆桶婆婆左手举着一把张开的小绿伞，右手拿着一个白晃晃的像盾牌似的大铝锅盖，双脚一并，来了一个蛤蟆跳，向前蹦了一步。那样子滑稽极了。

我看着，忍不住笑，说："这老婆婆真逗。"

圆桶婆婆一本正经地说："炸弹来了。"

天花板上突然落下许多鞋子、水果，一只鞋还差点砸在我的脑袋上。我急忙钻到桌子底下。我看清了，掉下的东西都是小糊涂神儿刚才藏起来的。

圆桶婆婆用小绿伞左顶右顶，落下的东西打在伞上，然后滑向一边。

圆桶婆婆又说："机关枪来了。"

我一听，吓了一跳，本能地捂住脑袋。我看见从两边的墙壁里，突突突地射出糖果和果核来，这也是小糊涂神儿刚才藏起来的。

那些东西左射右射，圆桶婆婆用铝锅盖左挡右防，发出清脆的金属撞击声。这锅盖真管用，"子弹"一点儿没打着她。

小糊涂神儿可倒霉了，尽管他捂着脑袋跳来跳去，可是果核还是乒乒乓乓地打在他的头上，疼得他龇牙咧嘴地乱叫。

"子弹"雨总算射完了，小糊涂神儿狼狈不堪地坐在地上。

圆桶婆婆又说："还有地雷。"

圆桶婆婆的脚下突然出现一堆脏衣服，她一屈身，在空中翻了个跟头，正好翻到我和小糊涂神儿跟前。

圆桶婆婆望着小糊涂神儿叹了口气，说："唉，你还像原来那么不讲卫生，还得让我给你收拾。"

我这才有点儿明白，原来圆桶婆婆是来检查小糊涂神儿卫生的。

我笑着说："这次小糊涂神儿的卫生又不合格。"

圆桶婆婆说："是啊，是啊，还把脏衣服藏起来。"

圆桶婆婆的话刚说完，我床上的枕头底下，突然钻出两只脏袜子来，像小人一样沿着床边走。我一看，脸马上红了，我认出那是我的脏袜子。

我马上过去，我还没来得及抓住脏袜子，从床底下又飘出三只脏球鞋来。

脏鞋和脏袜子就在我的面前跳舞，还散发出不太好闻的味。

我没别的办法，只好装做没看见。

圆桶婆婆好像没看见这些，她只对小糊涂神儿说："看来，我搬到这家的隔壁做邻居还是对了，这样可以更好地教你怎么做一个干净的小糊涂神儿。"

圆桶婆婆把小伞、铝锅盖全塞进围裙上的口袋里，又从另外的口袋里取出一个小吸尘器、一个小冰箱、一个小洗衣机和一个小鞋箱。啊，她口袋里的东西真多。

我看见圆桶婆婆嘴唇飞动，不知说了什么。反正不像是念咒语，可没想到比咒语还灵。

只听一阵刷刷的声音，尘土和垃圾飞进了吸尘器，脏衣服飞进了洗衣机，糖果和水果飞进了电冰箱。圆桶婆婆像变魔术似的，到跟前用手一拍，那些东西就变小了。她把这些东西全放进围裙的口袋里。

她做这些事时，我只是目瞪口呆地看着，一句话也说不出来。

圆桶婆婆四下望望："屋子现在总算干净些了。"她走到小糊涂神儿跟前说，"现在我来告诉你，一个好的小糊涂神儿第一要做的事情是什么。"

小糊涂神儿忙说："这个我知道，第一要刷牙，瞧，我已经刷得很干净了。"他龇着牙齿给圆桶婆婆看。

圆桶婆婆说："还可以刷得更干净些。"说着，她从围裙上的口袋里取出一把牙刷。

牙刷在圆桶婆婆手里变得特大特大。我吃惊地说："啊？这样大的牙刷！刷整个脸都够了。"

圆桶婆婆认真地看着我说："牙刷大，刷得干净。"

圆桶婆婆双手举起大牙刷，小糊涂神儿刷的一下被吸到空中的牙刷头上。

圆桶婆婆快活地舞着大牙刷唱着滑稽的刷牙歌："刷刷刷，刷牙牙，一刷刷掉虫蚀牙，二刷刷掉大包牙，三刷刷掉小虎牙，四刷刷掉奶牙牙，五刷刷什么也没刷掉，牙儿都被刷没啦。"

我紧张地说："您把小糊涂神儿的牙全刷掉了？"

圆桶婆婆的大牙刷停止了舞动，小糊涂神儿从牙刷上飞下来，他露出一嘴亮亮的小白牙。

我笑了，闹了半天，这老婆婆是在吓唬人。

圆桶婆婆笑眯眯地看着小糊涂神儿，又问："一个好的小糊涂神儿该做的第二件事情是什么？"

小糊涂神儿赶快回答："是管好糊涂虫，我一直把糊涂虫管得很好。并且，我还把四个糊涂虫变成了特棒的异想天开豆，不信您看。"说着，小糊涂神儿发出小火车的呜呜声。

随着一阵叽里咣当的破车响声，一列破水果列车从城堡形转笔刀里开出来了。车上的异想天开豆变成了四个调皮捣蛋的小脏人，一齐向圆桶婆婆扮鬼脸。

小糊涂神儿大吃一惊："咦，你们怎么变成这模样了？我不是刚把你们打扫干净吗？"

四个小人一齐说："我们是异想天开工程队，我们就喜欢异想天开。"

小糊涂神儿哭丧着脸："你们异想天开，我可惨了。"

圆桶婆婆笑眯眯地说："看来，我不在你身边就是不行。不过，以后好了，我住在你隔壁，可以经常照看你了。"圆桶婆婆笑眯眯地说完，缩起一只脚，像玩跳房子游戏的小孩一样，单脚跳着，跳到门口才放下腿，一本正经地走了。

小糊涂神儿生气地问异想天开豆："你们为什么变成这样子捉弄我？"

异想天开豆和水果列车刹那间又变成了原来漂亮的样子，它们一齐说："因为我们喜欢圆桶婆婆，愿意她留下来。"

我说："我也觉得这个圆桶婆婆挺好玩的。"说着，我伸手去拿桌上盘子里的小肉丸子。

小糊涂神儿叫："小心！"可是我的手已经接触到丸子，啪的一声，丸子放出电火花，吓得我缩回手去。

我吃惊地问："怎么回事？"

小糊涂神儿狡猾地笑道："你的手刚才摸过脏鞋子了吧？就等于你的手指接上了小雷管，只要你不洗干净手，拿什么吃的东西你的手都会被电痛。"

我问："这是圆桶婆婆干的?"

小糊涂神儿笑道："大概是吧，你说她好还是不好呢?"

我犹犹豫豫地说："这，这，我也说不准。你告诉我，这圆桶婆婆是哪儿来的，你怎么认识她的?"

小糊涂神儿狡猾地说："这个，我也说不准。"

小糊涂神儿

十万火急日记

我和小糊涂神儿在街上走。忽然，一个圆乎乎的东西从我们眼前飞速划过。速度快得我们都没看清。

我说："好像是个汽油桶在飞。"

小糊涂神儿说："你看错了。不是汽油桶，是圆桶婆婆。"

前面那东西放慢了速度。啊，真是圆桶婆婆。不过，这个老婆婆的样子实在特别。因为，她正踩着滑板，挎着买菜的篮子，在街上飞快地跑呢。

圆桶婆婆就像玩滑板的顶尖高手一样，时而滑上台阶，时而滑上栏杆，时而做些惊险的特技表演……

我和小糊涂神儿都看呆了。

我说："圆桶婆婆滑得真棒。她那滑板也特棒。"

小糊涂神儿问："你喜欢那个滑板？"

我说："喜欢也没用，那是圆桶婆婆的交通工具，她不会借给咱们。"

小糊涂神儿狡猾地眨着眼睛，看着我说："可是，她万一要把滑板丢了，正好让咱们捡到了呢？"

他一说，我就明白他的意思了。我哼唧着说："别，我虽然喜欢滑板，我可没让你去拿。"

"谁说去拿了？"小糊涂神儿翻着眼看我，"我说是丢。"

我反驳他："圆桶婆婆踩在滑板上呢，她怎么可能丢呢?"

小糊涂神儿肯定地说："不，她正在丢。"

我忙抬起眼看。那边，圆桶婆婆已经下了滑板，在一个菜摊前，和小贩比比画画。她把买的菜放进篮子里，然后挎起篮子往前走了，滑板被她丢在地上了。

"怎么样? 我说得对吧?"小糊涂神儿得意地说。

我看见圆桶婆婆已经拐了弯了，滑板还在原处，她真的把滑板丢了。

"还愣着干什么?"小糊涂神儿说着，使劲往前跑。

我一边跑一边犹豫地说："可是老师说捡了东西应该还给人家，咱们捡了还要还给圆桶婆婆。"

"还给人家?"小糊涂神儿的速度顿时放慢了，嘟哝着说，"那咱们还跑什么呀?"

我说："对。没必要使劲跑。"

小糊涂神儿转着眼珠，突然兴奋地叫："可是，你们老师并没有说马上还给人家。咱们可以先玩够了滑板，然后再还给圆桶婆婆。这也算听老师的话了吧?"

咦? 他这个主意我倒没想到。我说："这倒也行。"

我们两个气喘吁吁地跑到滑板前，那滑板真是漂亮。我对自己说："我玩一会儿就还给她。"我刚要伸手去拿滑板，滑板突然又向前滑动起来，吓了我一跳。我仔细一看，原来滑板上还拴着一根透明的线，线的另一头在圆桶婆婆的手中。圆桶婆婆就像放风筝一样，把滑板又拉走了。

我泄气地说："这老婆婆一点儿也不糊涂。我看她是成心逗咱们呢，她的滑板根本丢不了。"

小糊涂神儿说："用糊涂虫就可以丢。"

我说："这个圆桶婆婆不是普通人，你的糊涂虫对她不一定管用。"

小糊涂神儿说："管用。我把糊涂虫撒出去，糊涂虫一落到圆桶婆婆身上，她就会犯糊涂，就会丢东西。"小糊涂神儿说着，撒出一个小糊涂虫。

小糊涂虫像小蜜蜂一样，轻盈地在空中兜了个圈子，向圆桶婆婆飞去。

糊涂虫落在圆桶婆婆身上，一闪亮，消失了。

小糊涂神儿高兴地叫："行了。"

圆桶婆婆眼睛一怔，好像真的犯开了糊涂。她正收拾篮子里的东西，刚放进去又拿出来，摸着脑袋思索，又把东西放回篮子里。

小糊涂神儿兴高采烈地说："瞧，她犯糊涂了。我的糊涂虫一向是最灵的。圆桶婆婆肯定会忘记拿滑板的。"

然而，小糊涂神儿说错了。

圆桶婆婆没有忘记拿滑板，却忘记把一个本子放进篮子里，任凭本子丢在地上。她提着篮子，踩上滑板，优哉游哉地滑走了。

我哭笑不得地说："圆桶婆婆没有忘记滑板。"

小糊涂神儿眨眨眼睛说："可是她忘记别的东西了，说明我的糊涂虫还是很灵的。"

望着那边地上的小本子，我突然想了个好主意。我对小糊涂神儿说："我们快把本子还给圆桶婆婆。说不定她一高兴，会让我们玩滑板的。"

小糊涂神儿也来劲地说："而且，说不定，圆桶婆婆的小本子里记的全是高级的魔法，她一高兴会教你两手呢。"

我们赶快跑上前，捡起小本子追圆桶婆婆。可是等我们拐弯时，圆桶婆婆已经上了滑板，而且在滑板上来个燕式平衡动作。她的滑板跑得飞快，眼见着离我们越来越远，最后变成一个小点子消失了。

我终于停住脚步说："圆桶婆婆跑远了。"

小糊涂神儿说："我们想还给她本子也得过一段时间了。"

这时，小本子突然发出嘟嘟的警报声，封面上还出现了亮闪闪的字：十万火急日记。

小糊涂神儿说："我们快看看里面写的是什么？"

我有些迟疑："偷看别人日记可是违法的。"

小糊涂神儿问："要是偷看十万火急的日记呢？"

我说："这我就不知道了。"

小糊涂神儿马上说："那我们就看好了。"

小糊涂神儿打开本看，我不好意思地斜眼看。只见日记本上写着：雨点胡同十五号胡大爷的煤气忘记关了，十万火急；李军一个人在家洗澡，不知道他家的煤气热水器在漏煤气，十万火急；三号楼201家的鱼缸的水快漏光了，金鱼要干死了，十万火急……

看着看着，我就觉得太糟糕了。都是十万火急的事，而且也让我知道了，知道了就不能袖手旁观了。

我焦急地说："这么多十万火急的事，我们得赶快找到圆桶婆婆。"

小糊涂神儿说："可是我们找不到她。"

我说："找不到也得找。"

小糊涂神儿说："也得找，也还是找不到。"

我说："这么紧急的事，你还说绕口令？"

小糊涂神儿说："不说绕口令，怎么办？"

我说："那，只好我们去替她十万火急了。"

小糊涂神儿兴高采烈地叫："好嘞！"

我叫："快去李军家。"说着拔腿就跑，小糊涂神儿在后面飞着追。

我拼命跑，小糊涂神儿在后面叫："跑得棒极了，比圆桶婆婆的滑板还快。"

我跑进李军住的楼房。他住在八楼，还偏偏电梯坏了。

我气喘吁吁地上了八楼，看见李军家的门虚掩着，我推门进去，直奔浴室。一进浴室，迎面扑来一股水汽。我看李军晕晕乎乎地原地乱转，还傻乎乎地哼着歌。

李军一看见我，晕乎乎地叫："你，你是谁？怎么看别人洗澡？"这家伙被煤气熏得连我都不认识了。

我忙冲过去，关掉煤气热水器。喷头里的水把我的衣服全淋湿了，可这会儿我也顾不得了，救人要紧，我急匆匆打开门窗，把煤气和水汽放出去。

"你，你这是干什么？"李军结巴着问。

我说："你煤气中毒了。"

"没错。你煤气中毒很厉害。"小糊涂神儿飞在空中叫。

李军一听，顿时晃晃悠悠，身体软软地晕倒在地上。

"啊！他晕了。"小糊涂神儿兴高采烈地叫。

我一边去抱李军，一边对小糊涂神儿说："你别傻高兴，快打电话叫救护车。"

小糊涂神儿说："不，应该高兴。他晕了，说明他没死，只是晕了。"

小糊涂神儿飞到外面屋子里打电话。我听见他嘴里喊着："一，二，三，四，五，六，七，八，九……"两只小手像弹钢琴一样乱按键盘。

哪儿有这么打电话叫救护车的？我忙站起身跑过去。

奇怪，我刚抓起话筒，里面就有声音："我是救护站……"

叫完了救护车，我想起应该给李军做人工呼吸。我又跑进淋浴室。

糟糕！李军的呼吸好像极微弱。我骑在他身上使劲抬他胳膊，抬起来，再放下……结果，他的呼吸好像更弱了。

"你在干什么？"小糊涂神儿看着我问。

我说："我在给他做人工呼吸。可是不管用。"

小糊涂神儿骄傲地说："你们的人工呼吸不如我们神仙的人工呼吸管用。"

我问："你们神仙的人工呼吸怎么做？"

小糊涂神儿说："容易极了。"

他飞到李军旁边，挥动小手啪啪打了李军两个嘴巴。李军忽然哼了一声，长出了一口气。

我看得目瞪口呆。没想到他的人工呼吸方法是这样，而且居然很灵。

这时，窗外有救护车的声音，我们看见一辆救护车开进了院子。有了救护车，李军肯定没问题了。我和小糊涂神儿悄悄溜出了屋子，急匆匆奔向圆桶婆婆小本上记着的另一个地方。

我们汗水津津地跑进雨点胡同十五号的院子。一进院，我便吸溜着鼻子说："煤气味。"

小糊涂神儿侧着耳朵听着，说："我听见咝咝的声音，是北屋的煤气没关。"

北屋的门上挂着锁，情况紧急，不容我过多考虑，我从地上捡起一块砖头，刚要敲开北屋的门，一个老头从院外冲进来，没等我开口，伸手就打了我一巴掌。

老头瞪着我，怒气冲冲地骂道："鬼东西，是来偷东西的吧？老远我就看见你愣愣地冲进我家院子，就不像好人。"

这老头真不讲理，打人还不算，还愣说我不像好人。我捂着脑袋哭丧着脸说："你们家煤气没关。"

老头向屋里一看，吃惊地叫："啊？"他撞开门冲了进去。

我对小糊涂神儿说："走吧，还等着干什么？也让他打你嘴巴？"

小糊涂神儿一听，忙捂着自己的脸，嗖的一声，飞出了院子……

我们又跑到了圆桶婆婆日记里提到的第三处。这里好像是一个机关的会议室。我们看见，在会议室角落，一个大玻璃鱼缸里的水都快漏光了。鱼缸里的金鱼都躺在鱼缸底上喘息。

我把一条条金鱼从鱼缸里拿出，放进有水的盆里。金鱼欢快地游了起来。

小糊涂神儿说："瞧，金鱼又活了。"

我狼狈不堪地说："可我都快累成鱼干了。"这会儿，我才感到了累。

我们听到门外有响声。

小糊涂神儿紧张地说："咱们快溜吧，别又来一个不讲理的，打咱们嘴巴。"

他的话还没说完，一个滑板嗖地从门外滑进来，在我面前一下子定住。滑板上站着圆桶婆婆。

她看见我们，奇怪地说："啊，你们又走在了我的前面。你们全把好事替我干了。"

小糊涂神儿遗憾地对圆桶婆婆说："在上一家，您要早点儿来就好了。"

圆桶婆婆问："为什么？"

小糊涂神儿笑嘻嘻地说："您要早来，也会挨那个老头的嘴巴。"

我问圆桶婆婆："您的十万火急日记不是丢了吗？怎么还能找到这儿？"

圆桶婆婆笑眯眯地说："我这儿还有一本复印件。"她又拿出一本相同的日记本来。

我泄气地叫："闹了半天，您还有一本。我们白干了。"

小糊涂神儿却瞪大眼睛问："什么是复印件？"

我说："就是按原来的样子，再印出一份来。"

小糊涂神儿撇撇嘴："日记本要复印件干吗？要是您那滑板有个复印件还差不多。"

圆桶婆婆笑眯眯地从身后拿出一个滑板，说："嘿，还真的有一个复印出的滑板，可以送给你们玩。"

我和小糊涂神儿一下子蹦起来，喊："哇，太好啦！"

我终于有了一个滑板了，而且是特别棒的。

小糊涂神儿

嚼舌小·妖

　　蓝蓝的天，白白的云。我正在向窗外望，小糊涂神儿从我身后探出头来，说："天真不错，真是飞行的好天气。"

　　小糊涂神儿飞到空中，在天空中自由自在地飞，特像一只鸟，这使我羡慕极了。我想，我要是有一对鸟的翅膀就好了。我正在呆呆地胡思乱想着，突然听见小糊涂神儿的叫喊声。

　　我看见天空有一股龙卷风卷过来。龙卷风中有一个漂亮的小箱子。小糊涂神儿喊着向龙卷风里飞。小糊涂神儿终于冲进了龙卷风。他虽然被刮得团团转，可还是把小箱子抱住了。

　　小糊涂神儿抱着小箱子，飞了回来，钻进窗子，落到我面前。他兴高采烈地说："我捡了个箱子，从龙卷风里面捡的。"小木箱子上雕着花纹，古色古香的。箱盖上写着：不要打开。

　　小糊涂神儿认真地念着上面的字："不要打开。"

　　我说："上面既然这样写着，所以你最好先别打开。没准儿里面有什么可怕的东西。"

　　小糊涂神儿不甘心地围着箱子转了一圈，他坐到了箱子上。等他再起来时，他的屁股上沾着一个"不"字，是从箱子上沾下来的。箱子上就剩下"要打开"三个字了。小糊涂神儿看着箱子上的字欢呼说："啊，要打

167

开。我马上就打开它。"说着，不等我再发话，他就急急忙忙地去掀箱子盖。

小糊涂神儿一打开箱子，箱子里传出了鼓声，吓得我连忙趴在了地上。

我惊奇地看见，从箱子里飘出了一只漂亮的鼓、一副鼓槌，还有一身漂亮的鼓手服装。它们都在半空轻悠悠地飘着。

小糊涂神儿说："多漂亮的鼓，多漂亮的服装啊。我来穿上它。"

我说："等一等。"

小糊涂神儿问："为什么？衣服有炸弹？"

我说："不是，你看那衣服，大小也许适合我穿。"

小糊涂神儿明白了："是你想穿那件衣服啊。行啊，小事一桩。"他痛快地答应了。

我跳起来，用于一抓，漂亮的鼓手服装立刻落到我手里。它又光滑又柔软。

于是，我开始穿它。我刚穿上一只袖子，鼓手服装立刻动了起来，自动穿到了我的身上。啊，这衣服太妙了。

更妙的还在后面。等我把衣服裤子全穿上之后，一件意想不到的事情发生了。我竟然飘了起来。我突然感到浑身特别轻，可以自由地在空中飘来飘去，我的头都快碰到天花板了。

我高兴地叫："穿上这衣服能飞，我会飞了！"

小糊涂神儿也飞起来，凑到我跟前说："太棒了。乔宝，你不是一直想飞吗？这回真的飞起来了。"说着，他高兴地围着我转，他突然指着我的衣服说，"哇，衣服上还有字呢。"

我低头一看，果然，鼓手服装上写着："嚼舌小妖。"

小糊涂神儿傻乎乎地笑着说："嘻嘻，你成了嚼舌小妖了。"

我说："只要我有飞的本领，当嚼舌大妖都没关系。"

我在屋顶转了两圈，那好玩劲儿就别提了。我飘到窗口，我想飞出去。可一看下面，吓得一哆嗦。哇！那么高，万一这飞行服一失灵，我从楼上掉下去，还不得摔个半死。我还是小心点儿为妙。

我从窗口退了回来。

小糊涂神儿奇怪地问："你怎么不到外面去飞啦？"

我不好意思地笑着说："我从楼梯下去，到外面去飞。"说着，我往门口走。我刚到门口，那空中飘着的鼓飞到我旁边，鼓带挎到了我的脖子上，两只鼓槌也立刻飞到我的手中。

我高兴地说："瞧，这鼓都是自动的。看来还得让我带着鼓飞。"

我飘出了门，顺着楼梯向下飘。小糊涂神儿跟在我后面，终于到了楼外面。

现在要是有人看见我在院子里飞就好了，我离地面两米多高，飘来飘去，特像一只大鸟。

我想飞得高些，便使劲扇动双臂，可还是两米高。也许是身体重的缘故吧。不过，这也不错，我也很心满意足了。

我的两只手握着鼓槌，我想，我可以在空中打鼓。这个念头刚一冒出，我的两手不由自主地动着，打起鼓来。我打得还很有节奏。

小糊涂神儿听着，说："这鼓声好像有点儿怪。"

"是吗？"我侧耳细听。可能鼓离我太近，我只听到一片乱哄哄的声音。

我发现小糊涂神儿用一种奇怪的眼光看着我。

我问："我怎么啦？"

小糊涂神儿说："你的耳朵变大了。"

我想放下鼓槌去摸耳朵。使我吃惊的是，两个鼓槌好像粘在我手上了。我吃了一惊，心想："要是老粘着，我可怎么吃饭啊？"

我不用手摸，也知道我耳朵变大了。因为我从地面上看见了我耳朵的影子。那是一对滑稽的大耳朵，竟有手掌那么大。

我吃惊地说："我的耳朵怎么变得这么大？我……"后半句话我没敢说出来，我发现我突然想偷听别人讲话。

这会儿，我感觉我的耳朵不仅大，还挺特别，好像雷达一样，收集到旁边飘来的声波。而且，我不由自主地顺着声波方向飞行。小糊涂神儿急忙在后面跟着我。

我是往学校的方向飞的，一直飞到校园里。我看见孙小玲正和赵全力在操场上聊天。

孙小玲说："今天李军又没参加早锻炼。"

赵全力说："他准是又起晚了，他特爱睡懒觉。"

赵全力说："李军本来就胖，再不锻炼，就该成小猪了。"

当时，我正飘在他们头顶上，这些话都一点儿不差地送进我的耳朵里，我突然不由自主地打起鼓来。

我大吃一惊。天哪，我怎么打起鼓来了？难道这鼓有魔力？

鼓带着我向另一个方向飞跑。我的手离不开鼓槌，我只能不停地敲着，跟着飞。就这样，我不停地敲鼓，一直飞到李军的头顶上空。他正往操场走。

我敲着鼓，嘴里的大舌头突然乱动地说："李军，赵全力说你是猪。"

该死，我怎么胡乱传舌？我慌忙用左手捂住自己的嘴，可是我右手拿鼓槌狠狠打自己的左手，疼得我把左手从嘴边拿开。

我的嘴又接着乱说："赵全力说你是猪……"

李军好像没看见我。他净顾着生气了。他使劲骂："他说我是猪，那他就是猴。"

这些话又一点儿不差地送进了我的耳朵。

还没等我反应过来，我身上的鼓又呼的一下带着我飞跑了。飞到赵全力的头顶上空。我又开始一边敲鼓，一边挑拨是非："赵全力，李军骂你是小瘦猴，骂你是小瘦猴……"

赵全力一听就火了，说："他骂我？那他就是大肥猪。"我敲的鼓好像有魔力。我一敲，赵全力马上就发火。

我又飞到李军的头顶上说："赵全力说你是大肥猪。"

自然，我一边说时，一边用力敲鼓。可这都不是我愿意干的，我中了魔。我干这些事时，小糊涂神儿一直傻乎乎地跟着我，他都看愣了。

我听见李军又生气地骂："那他就是大乌龟。"

于是，我又飞到赵全力头顶上空说："李军说你是臭乌龟，说你是……"

我看见赵全力头顶上气得都冒出火星来了。真的，我真好像看见他冒出火星。他开始跺脚骂："那他就是……"

我就这么被鼓拖着，不停地飞来飞去，嘴里不停地传舌，累得浑身冒热气……

赵全力和李军头顶上生气的火苗也越来越高。最后，他们两个终于从两边跑到一起，争吵起来，打了起来。

这时，我才明白，那鼓手服装上写的"嚼舌小妖"是什么意思。我羞愧地跑到一旁，狼狈不堪地骂："这该死的魔鼓，净叫我干坏事。快滚吧！"

小糊涂神儿也恍然大悟地说："看来这鼓是坏东西，净教你拨弄是非。你快把它扔掉吧。"

我说："要能扔，我早扔了，鼓槌粘在我手上了。"

小糊涂神儿说："我念咒语，让它离开你。"

听小糊涂神儿念着咒语，我使劲把鼓槌一甩，鼓槌居然离开我的手，飞了出去。

"看，我的咒语多灵啊！"小糊涂神儿兴奋地叫。

他的话还没说完，鼓槌又像"飞去来"一样，在空中敲着，转了一圈，向我们飞来了。

小糊涂神儿慌忙一低头，鼓槌擦过他的头顶落到我手上。

小糊涂神儿慌张地说："糟糕，摆脱不了它了。"

我慌了："那可怎么办啊？"

小糊涂神儿哼唧着说："我也没办法，只好把我的糊涂爸爸请来试试。"

我奇怪地说："你还有糊涂爸爸？"

小糊涂神儿说："当然，我不光有爸爸，还有爷爷。"

说着，他呜里哇啦，不知念的什么古怪的咒语，反正是我从来没听过的。

我的眼前闪过一片银光，突然出现了两个小老头。一个黑胡子，一个白胡子，但身材和模样都特像小糊涂神儿，个头也都只有半尺高。我一眼就看出，这肯定是他的爸爸和爷爷。

小糊涂神儿看见他们，激动地叫："哇，我念咒语，只叫一个，怎么两个都来了？"

黑胡子老头说："我迷了路了，正找不到家，一听你念咒语，就来了。"

白胡子老头说："我倒没有迷路。可我忘了自己是谁了，正在着急，一听你念咒语，我来这里，才想起来。"

我心想："看来他们比小糊涂神儿还糊涂。"

小糊涂神儿指着黑胡子小老头对我说："这是我爸爸老糊涂神儿。"又指着白胡子小老头说，"这是我爷爷老老糊涂神儿。"

这时，两个老糊涂神儿才转过脸来看着我说："啊，这儿还有一个人。"老老糊涂神儿吃惊地对我说："你怎么穿着嚼舌小妖的服装？"老糊涂神儿也吃惊地说："你怎么敲起了嚼舌小妖的鼓？"

我的毛病立刻又犯了，一边敲鼓一边胡乱指着他们说："他说你是猪，他说你是猴，他说……"

两个老糊涂神儿听了我的鼓声和挑拨的话，倒没有吵架。

老老糊涂神儿指着我说："他又在嚼舌了。"

老糊涂神儿说："我们快来把这嚼舌鼓毁掉。"

老糊涂神儿和老老糊涂神儿一起念咒语："火来，火来。"

我的身边突然冒出一股火焰。火焰向我挎着的鼓烧去，那鼓在火里一点儿事也没有，我却被烤得够呛。

老糊涂神儿说："我们再让火大些。"

我忙说："再大我就该被烤熟了。"

老老糊涂神儿说："火不行，那我们就用雷吧。"

我吓坏了。天呀，雷比火不是更厉害吗？可我还没来得及说话，两个老糊涂神儿已一齐念咒语了："雷来，电来。"

"咔啦啦！"雷闪从空中打下来，正打在鼓面上。

鼓面没事，雷闪却从鼓上反射到我的嘴上。

一个响雷在我嘴前爆开，我觉得嘴麻酥酥的，我大叫一声，晕了过去。

我醒来时，听见小糊涂神儿说："你的嘴被打歪了。"

可不是，我发现，我的嘴歪得话说不清，像是嘟噜嘟噜说外国话。

小糊涂神儿看着我说："你像是在说外国话。"

我嘟噜着说："这下惨了。"

小糊涂神儿说："不惨，我可以给你胡乱翻译。把嚼舌话翻译成好话。"

我身上挎着的鼓又带着我开始飞了，小糊涂神儿急忙跟在后面。我飞到正在互相虎视眈眈的李军和赵全力头顶。我看见他们头上都冒着怒气，他们好像看不见我。我又是一阵敲鼓乱嘟噜。

我听见小糊涂神儿对赵全力翻译说："李军向你道歉，他说他刚才说得不对。"

赵全力的脸色一下子缓和了。

小糊涂神儿又向李军翻译："赵全力说向你道歉。"

李军听了，头上的怒气减少了许多。他不好意思地说："我应该向他道歉。"

这时，我感到我挎着的鼓在胀大。

小糊涂神儿说："这鼓被气得肚皮都胀了。"

我又一阵嘟噜，我自己知道这都是骂人的话。其实我一点儿都不想骂，是我挎着的鼓在捣鬼。我拼命想闭住嘴，但是闭不住，反而把鼓敲得更响。

小糊涂神儿嘴皮乱动，胡乱翻译："他在说'对不起'。"

在我们下面，李军对赵全力说："对不起。"

赵全力对李军说："应该我说'对不起'。"

在他们说的过程中，鼓皮一点儿一点儿胀大，终于砰的一声爆开了，我的衣服被炸得破破烂烂。可是我一点儿也不疼，那感觉就像一个气球在嘴边爆炸。奇妙的是，我发现我的嘴也被炸得正过来了，说话利落多了。

我告诉小糊涂神儿："我的嘴被炸得正过来了。"

小糊涂神儿说："可你的衣服被炸破了，你再也飞不起来了。"

我说："我宁可不飞，也不做乱传话的嚼舌小妖了。"

我问小糊涂神儿："是谁给你出的主意胡乱翻译我的话？"

小糊涂神儿笑嘻嘻地说："是我爷爷和我爸爸。"

我怀疑地问："是吗？"

小糊涂神儿肯定地说："绝对是。不然，他们用雷把你的嘴打歪干吗？"

他虽然这么说，可我还是有些怀疑。因为我觉得，两个老糊涂神儿比他还糊涂。

小糊涂神儿

二十二度恒温

我病了，一连三天躺在床上，发着烧。

妈妈端来一碗西红柿鸡蛋面，说："乔宝，你吃一点儿。"

我说："我不饿。"

同学们来看我了，买了许多水果，都放在桌子上。老师也来看我了，对我说："你先好好休息，先不要去上学，作业也等病好了再做。"

老师和同学都走了，屋里只剩下我一个人。

小糊涂神儿从城堡形转笔刀里钻出来，一看见桌上那么多东西，他眼睛放光了，背着手，在桌上踱来踱去，一会儿闻闻鸡蛋面，一会儿看看水果。他终于忍不住了，吸溜着口水对我说："我可以尝尝吗？"

我说："可以。"

小糊涂神儿立刻奔到那碗西红柿鸡蛋面前。吸溜，吸溜，他吃得很快，一碗面，一眨眼就被他吃光了。他舔舔嘴，又抓起一个苹果，咬了一口，说："医生说，饭后吃苹果，有益健康，我要遵医嘱。"

我望着他那圆鼓鼓的小肚皮说："你可别把肚皮撑破了。"

小糊涂神儿说："破不了，我的胃比肚皮还大。"

他又看着桌上的那些东西："还是得病好。"

我问："得病怎么好？"

小糊涂神儿说："得了病不用做作业。大家都对你好，还给你买许多好吃的。"

我说："你得病试试，可不好受呢。"

小糊涂神儿一本正经地说："我现在就想得病。"

我告诉他："那你首先要发烧，至少要三十七度以上。"

小糊涂神儿说："我来试试表。"他跑到我的床边，拿起体温表夹在自己的小胳膊下。

桌上的表滴答滴答地走着。我说："都过了十分钟了，我来看看。"我接过体温表一看，笑着说，"才二十二度，是低温。差得远呢。"

小糊涂神儿皱着眉头，认真地问："非要三十七度？降低点不成？"

我说："那不成，降低了，就不叫发烧了，那叫退烧。"

小糊涂神儿忙说："那我就退烧。让你的同学快来给我买吃的。"

我说："退烧，就是病好了，就用不着买吃的了。"

小糊涂神儿听了，似乎有点儿生气，他恨恨地说："反正我一定想办法要发一次烧，得一次病。"

几天后，我的病好了，我背着书包去上学。小糊涂神儿问："你的病好了？"

我说："都一个礼拜了，还不好？"我嘲笑地问他，"你还没想出发烧的办法吧？"

小糊涂神儿说："我保证会想出来的。"

中午，妈妈打开电冰箱的冷藏室，发现小糊涂神儿在里面，浑身是冰霜。妈妈吃惊地叫："哪儿来的小人儿？怎么在这儿？"她把小糊涂神儿从冰箱里拿出来。小糊涂神儿已经被冻得硬邦邦的。妈妈用勺子一敲，都当当地响。

我吃惊地问："啊，冻死啦？"我急忙把小糊涂神儿拿到我屋里。

小糊涂神儿眨巴眼睛望着我，结结巴巴地说："没，没，快量量体温。"

我忙给他量体温。我拿出体温表看了看，说："二十二度。"

"啊，还是二十二度？"小糊涂神儿泄气地奄拉下脑袋。

晚上，我和爸爸、妈妈坐在桌边准备吃饭。

爸爸问："烤鸡烤熟了吧？"

妈妈说："我去看看。"她来到烤箱旁边，打开烤箱的门，一股烟从里面冒出来。我听见妈妈吃惊地叫："啊，又是那个小人儿。"

我急忙跑过去。我看见烤箱里面，小糊涂神儿坐在烤鸡旁边，他身上的衣服都已经被烧煳了，头和脸被熏得黑黑的，衣服还冒着烟。糟糕，可别把他烤熟了！

我急忙把小糊涂神儿身上的烟弄灭。小糊涂神儿狼狈不堪地低声对我说："快，快量量体温。"

等我从小糊涂神儿腋下又拿出体温表来，看着说："还是二十二度。"

"啊？还没发烧？"小糊涂神儿呻吟着，他失望极了。

我把他带回我的房间。小糊涂神儿在桌上皱着眉头走来走去。他停下来，开始转着圈念咒语。

我刚要问他念咒语干什么，一片闪光，老糊涂神儿和老老糊涂神儿出现了。

小糊涂神儿说："我想发烧，得一次病。"

老糊涂神儿说："这种事可难办，因为我们糊涂神儿的体温一直是二十二度。"

老老糊涂神儿说："不过，最近我看了一本书，说是摩擦可以生热。我们可以试试。"老糊涂神儿拿出一块狗皮。

小糊涂神儿说："这是什么皮？可别是国家保护动物的。"

老糊涂神儿说："你放心，这是狗皮。动物保护法我懂。"

两个老糊涂神儿把狗皮铺在桌子上，让小糊涂神儿躺在上面。他们把小糊涂神儿拉来拉去，越拉越快，都蹭出火星来了。我想，小糊涂神儿一定很难受。

老糊涂神儿说："我觉得狗皮已经很烫了。"

老老糊涂神儿叫："看，都摩擦出火苗来了。"狗皮真的冒出了火苗。

我想，这么用力地摩擦，小糊涂神儿大概也得热了。

小糊涂神儿屁股被摩擦得红红的，急忙跳起来，捂起屁股叫："快量体温。"我赶快送过体温表。

老糊涂神儿从小糊涂神儿腋下拿出体温表，看着说："二十二度。"

小糊涂神儿生气地叫："啊，还没变。"他瞪着我问，"你这体温表是不是伪劣产品？要是的话，咱们就摔了它。"

我忙说："别摔，这绝对是正品。"

看着小糊涂神儿那副伤心的模样，我想，他那么想发烧，看来我得想个办法帮帮他。

晚上，我坐在桌边，望着手里的体温表，我想出了一个好主意。我要是偷偷把体温表的二十二度改成四十度，小糊涂神儿就会以为自己是发烧了。

正在这时，桌上的城堡形转笔刀突然慢慢亮了起来。我惊奇地站起来看着，因为这种情况过去还从来没有过。

我看见城堡形转笔刀越来越亮，像烧红了一样。我凑近了看，我感觉城堡形转笔刀热得烤脸。

我正在吃惊，小糊涂神儿从里面走出来了，他全身红亮亮的，发着光。原来是他身上的光把城堡形转笔刀映亮的。

小糊涂神儿兴奋地叫："我发烧了，这回真的发烧了。快拿体温表。"

我忙叫："不用拿了，你的脚把桌子都烫着了。"

真的，小糊涂神儿脚踩的桌面，都被烫得冒出烟来。

小糊涂神儿忙升到半空，嘴里还叫："拿体温表来。"

我拿着体温表想递给小糊涂神儿，可小糊涂神儿像一块烧得通红的铁，没等我靠近他，我便感觉烤得厉害。我被烤得直向后退。

我叫着："你好烫，这回绝对发烧了。"我把体温表扔给小糊涂神儿。

小糊涂神儿的手刚一抓住体温表，体温表上的水银便急速上升。啪，体温表竟被他的手烫炸了。

我说："小糊涂神儿，你烧得真厉害。"

小糊涂神儿兴高采烈地说："是的，我发高烧，我病了。快叫你妈妈给我做鸡蛋面！快叫你的同学送给我水果和好吃的东西！快叫你们老师来，不让我做作业，要好好休息！"

我说："可是，你那么烫，谁敢接触你呢？"

这时，在半空的小糊涂神儿离窗帘稍近一点儿，窗帘立刻冒烟了。

我急忙叫："快离开那儿，你都把窗帘烤煳了。"

小糊涂神儿慌忙向旁边躲，可把旁边花盆里的花都烤得耷拉下来。

我又叫："快躲开，花也被烤蔫了。"

小糊涂神儿又急忙躲开，嘴里叫着："这可怎么办？"

我说："你必须降温，不然，你哪儿都不能待了。"

小糊涂神儿惊慌失措地嘟哝："真糟糕。"他念咒语，两个老糊涂神儿来了，可也都无法靠近小糊涂神儿。

老糊涂神儿说："他的体温至少得有一千度。"

老老糊涂神儿说："一个糊涂神儿发这么高的烧，是因为他过去积存的东西太多的缘故。"

老糊涂神儿说："就像一个小孩吃多了，胃积食一样。"

老老糊涂神儿说："所以，他必须把积攒的东西送出来。"

小糊涂神儿听了吃惊地叫："啊？把我过去一直舍不得吃，留下来的好东西全拿出来？"

两个老糊涂神儿一齐说："没办法，不把那些东西拿出来，它们会一直聚在一起，使你不断热下去。"

小糊涂神儿伤心地呻吟着："这回可惨了。"

我真没想到，小糊涂神儿这么一惨，我可来劲了。为什么呢？你看下面的情景就明白了。

在我们学校校园的草地上，全校的同学围成一大圈，小糊涂神儿飘在圈中间，他旁边是城堡形转笔刀。

小糊涂神儿嘴里嘟哝着，从城堡形转笔刀里像雪片一样源源不断飞出各种各样的糖果，以及其他好吃的东西。飞出的东西真多，在草地上几乎都快堆满了，而东西还在不断地往外飞。在飞的过程中，小糊涂神儿身上的闪光在慢慢变淡，他的体温也在一点儿一点儿下降。

我们兴高采烈地吃着，说："小糊涂神儿存的东西真多。"

小糊涂神儿哭丧着脸说："你们别都吃了，也给我留一点儿。哼，你们这是把自己的幸福建立在别人的痛苦之上。"

小糊涂神儿

地遁术

傍晚，又是我一个人在屋子里时，小糊涂神儿从桌上的城堡形转笔刀里出来，狡猾地对我说："我想做一个实验，需要一个得力的助手。"

我说："你是不是想让我做你助手？"

他跳到我的肩膀上，用小手指头敲敲我的脑袋，说："不行啊，你不够条件。"

我问："你是说我不够聪明？"

"不是，不是。"小糊涂神儿连连摇头，说，"当我的助手不需要聪明，傻一点儿更好。"

我笑着说："那我肯定当不了了。"

小糊涂神儿响亮地说："没错。所以我得叫我爷爷来。"

我和小糊涂神儿一起出了院子，来到草地上。他对我说："你最好先躲起来。我爷爷自从把你的嘴弄歪过一次之后，他觉得很过瘾，还想弄一次。"

我摸了摸自己的嘴巴，赶快到了楼后面。我看见，小糊涂神儿手里拿着一把小木槌，兴高采烈地念咒语。

一阵闪光，老糊涂神儿、老老糊涂神儿出现了。

小糊涂神儿一见他们就叫："我叫一个，却来了俩。"

老糊涂神儿问："是不是那乔宝的嘴又歪了？"

老老糊涂神儿说："这回我带来了个铁钩子，一钩就可以把他的嘴钩过来。"

我一听连忙把身体藏得更隐蔽些。心想，看来小糊涂神儿刚才还没瞎说。不过，我实在不相信，两个老糊涂神儿会真这么干，因为我看他们还是挺面善的。

我听见小糊涂神儿笑嘻嘻地说："这回乔宝的嘴没歪。"

两个老糊涂神儿一齐撅着胡子问："那你找我们干什么？"

小糊涂神儿高兴地叫："告诉你们，我研究出地遁术了。"

老糊涂神儿问："地遁术？就是可以在地底下随意钻来钻去的法术？"

老老糊涂神儿说："这是我们糊涂神儿家族研究几辈子都没研究出来的呀。"

小糊涂神儿得意洋洋地说："可现在叫我研究出来了。"

老糊涂神儿、老老糊涂神儿一齐说："啊，你真有出息。快讲给我们听。"

小糊涂神儿举着手中的小木槌说："就用这个木槌，一敲脑袋，就可以钻到地里去，就可以在地下随便走。"

看着他手中的木槌，我这才明白，小糊涂神儿为什么说我不能当他的助手了。大概他觉得我的脑袋还不够硬。

两个老糊涂神儿似乎不怕敲脑袋，而且还跃跃欲试。老老糊涂神儿说："我们来试试。"老糊涂神儿说："快敲，快敲。"

老糊涂神儿、老老糊涂神儿站好。"咚咚咚！"小糊涂神儿用木槌敲他们的脑袋。可老糊涂神儿、老老糊涂神儿只陷到地里一点儿。而且，我觉得这不是靠什么地遁术下去的，是敲下去的。

我听见老糊涂神儿问："怎么才下去一点儿？"

小糊涂神儿说："可能使的劲儿还不够。"

老老糊涂神儿皱着眉头训斥他："那你就再用力敲。搞科学实验怕吃苦还行？"

我听了差点忍不住笑出声来，就这么干敲，还叫科学实验？这谁都会。可我听老糊涂神儿也特认真地说："要用力敲。为了成功，我们不怕吃苦。"小糊涂神儿真的飞起来，在空中抡小木槌用力敲两个人的脑袋。他敲得可够使劲的，我看见两个老糊涂神儿疼得龇牙咧嘴。"咚咚咚咚！"老糊涂神儿、老老糊涂神儿的身体慢慢陷进土里。

"成功啦！"小糊涂神儿欢呼。可老糊涂神儿和老老糊涂神儿的头发还露出地面。

小糊涂神儿奇怪地问："这是怎么回事？"他落下来，像拔萝卜一样，奋力去拉他们的头发。

先把老糊涂神儿拉了出来，又把老老糊涂神儿拉了出来，两个人全都怒气冲冲。

老糊涂神儿生气地问："这就是你发明的地遁术？"

老老糊涂神儿生气地说："让我们像萝卜一样埋在土里不能动。"

小糊涂神儿不好意思地摸着脑袋嘟哝："一定是哪个环节出了问题。"

他皱着眉头走来走去，一翻跟头，口袋里滚出几颗药丸。

老糊涂神儿捡起药丸，问："这是什么？"

小糊涂神儿欢呼道："啊，这是地遁药丸。吃了这药丸，再用小木槌敲才管用。刚才我忘了。"

老糊涂神儿哭笑不得："看来你真是继承了咱们家的糊涂传统。"

我躲在楼后面看着，心想："也许更糊涂的事在后面呢。这药丸没准儿也是糊里糊涂的，未必管用。"

小糊涂神儿把药丸递给两个老糊涂神儿，说："一人一颗。"

两个老糊涂神儿看来还挺信，像吃糖豆一样，吧唧吧唧地嚼着，把药丸吃下肚。

小糊涂神儿用小木槌在他们的头上轻轻一敲，我吃惊地看见，两个老糊涂神儿立刻像泥鳅一样钻进土里。啊，真没想到，吃了这药丸，还真能地遁。

两个老糊涂神儿一会儿从这边地面上冒出来，一会儿又从那边的地面上冒出来。他们自由自在地在地下钻来钻去，兴高采烈，我都看傻了。

两个老糊涂神儿一起钻出地面，对小糊涂神儿讲："成功了，成功了。"

小糊涂神儿得意洋洋地说："我就知道会成功。我们来分地遁术药丸。"他们三人开始分药丸。

我急忙从楼后面跑出来叫："也有我一份。"两个老糊涂神儿一齐转过脸来看我。

老糊涂神儿说："因为你没参加实验，没有被敲脑袋，所以应该少给你一颗药丸。"

不料，老老糊涂神儿指着我说："他没试过，刚才我们已经吃了一颗，应该多给他一颗药丸才对。"

"是吗?"老糊涂神儿皱着眉头想了一会儿，点头说，"对对，是应该多给他一颗。这样他就比我们少了。"

我听了心里直想笑。他们是够糊涂的，不知是怎么算的。

小糊涂神儿给我四颗药丸，他们三人各三颗。

小糊涂神儿说："乔宝两颗，咱们每人各三颗。"

听他这么糊里糊涂地计算，我真不好意思。可是我太想要这地遁药丸了，只好装傻。

我看着小糊涂神儿手中的小木槌问："每人还应该给一个小木槌吧?"

小糊涂神儿说："对对，你不说，我差点儿忘了。"他拿出四个小木槌，分给每人一个。

于是，我们每人吃一颗药丸，然后喊："一，二，三。"用小木槌轻轻一敲自己的脑袋，我们都飞快地钻到地下去了。

在地底下，我们互相打招呼，然后向四个方向飘去。

我先向地下飘。我看见一个鼹鼠窝里有只小鼹鼠睡得正香。我用手指一捅，小鼹鼠慌忙跑了。我开心地笑了。

我又往前走，我头顶上是马路。在我的眼里，土壤好像变成了透明的。我能清楚地看见上面的情景。飘着飘着，我突然心血来潮，从马路中间露出头来。

前面有一辆汽车开来。司机看见我的脑袋，吓了一跳，急忙刹车。我却已把头缩到地底下。

我在下面看见那个司机下车来，不知所措，一直愣愣地站在那儿，不敢开车。

我开心地笑了，从旁边的地面钻出来，走过去说："叔叔，没事，您走吧。"司机迷惑地点点头，像看见妖怪似的看着我，然后慌里慌张地开车走了。

我蹦蹦跳跳往学校走。我想，在学校里一定会更开心。

校园里，刚踢完足球的李军正坐在花坛上，脱了鞋晾脚丫，被我远远看见。我从口袋里取出一颗药丸，吃下去，又用小木槌敲自己脑袋，我又钻进地里。我从下面伸出手，正对着李军的脚丫。我用小棍搔他脚丫，吓得李军跳脚大叫。我赶快缩回手，在地底下发出怪笑声。李军吃惊地叫："怎么地下有笑声？"他吓得光着脚，连鞋也忘记穿就跑了。

我正在地下笑着，突然感到背后有什么东西，我回头一看，哇，是一条小蛇，吓得我大叫一声，蹿出地面。在我向上蹿时，我口袋里好像掉出个东西，被蛇一口吞了下去。我也没顾得细想，就往教室跑去。

教室里，孙小玲正在做作业。我说："孙小玲，你信不信，我可以在地底下随便跑来跑去。"

孙小玲抬起头来看我一眼，说："得了，别吹牛了。"

我说："你不信？我马上做给你看。"

这时，又有许多同学回教室了。

孙小玲说："大家快看，乔宝说他能在地下自由穿行。"

赵全力指着我说："他一定是看《封神演义》看疯了，也想学那里面的土行孙。"

就连刚被我吓跑的李军也嘲笑说："谁不知道乔宝是有名的牛皮大王。"

我说："我是不是吹牛，你们大家看事实就清楚了。都睁大眼睛看着，我马上就要钻到地下了。"说着，我从口袋里拿出一颗地遁药丸放进嘴里，然后用小木槌敲自己的脑袋。

"噌!"我的身体一下子向着地下钻去。可是，这回好像有点儿问题。等我站稳了，我才发现，我的身体没有全部没到地里，我的头还露在外面。糟了，被卡在那儿，既下不去，也上不来。

这情景，大家谁也没见过，都先吃惊地愣了一阵。然后，李军拉我的脑袋，想把我拉出去。可是一点儿也拉不动。

孙小玲又来帮他，也拉不上来。我的脖子可受不了啦，这不成拔萝卜了吗？

我急忙叫："别拔，别拔。用小木槌往下敲敲试试。"

赵全力用小木槌向我头上敲了敲，还真灵，我的脖子还真往地下去了一点儿。

我欢喜地说："好极了，再使点儿劲敲。"

赵全力说："好，那你可别怕疼。"他已经举起了槌子。

孙小玲突然说："要是打到底下，你再动不了，我们可找不到你了，想拔都没法儿拔了。"

我一听，吓出了一身冷汗，忙说："别敲了，别敲了。"

我这才想到，大概是小糊涂神儿的药丸有问题，说不定是伪劣产品。

正在这时，窗外突然有响动。我听见一个女生叫："那小人儿又来了。"

从窗外飞进来一个小人儿，果然是小糊涂神儿。

我忙叫："小糊涂神儿，快帮我出去。"

小糊涂神儿满头大汗说："你一定是吃了我第二次制的药丸了，我把配方弄错了，一钻地就被卡在那儿。我爷爷我爸爸都还被卡着呢。什么方法都救不出来，至少要过三天才能自己长出来。"

我哭丧着脸说："啊？过三天才能出来啊？"

教室门口，很多人排队，一些同学还在往这边走。我听见一个男孩对一个女孩说："快看乔宝露出地面的脑袋瓜去，可好玩了。"

小糊涂神儿

神仙的规矩

我沿着马路急匆匆往前走，后面响起自行车铃声。我回头一看，是李军骑着自行车从后面赶来。

他在我面前刺的一声刹住车，说："乔宝，快上车，电影都快开演了。"

我担心地说："算了，警察看见该罚款了。"我说这话，并不是没根据。上个礼拜，我骑车闯红灯，就被罚了五块钱。

李军说："没事，这儿没警察。"

我说："别看现在没有，一会儿说不定就从哪儿冒出来呢?"

李军轻蔑地嘲笑我："瞧你那胆小劲儿。"

我被激火了："我才不胆小呢，又不是我的车。"

"就是。我都不怕，你怕什么?"李军神气地一摆手。我跳到他的后座上。

李军带着我骑得飞快，小糊涂神儿从我口袋里钻出来，骑到了我的肩膀上，兴高采烈地叫："快呀，快呀!"

于是，李军就神气十足，骑得更快。

小糊涂神儿在我的肩膀上也兴奋地手舞足蹈，可我心里总有点儿紧张，我使劲往前看着，看有没有警察。

电影院在斜对面。李军又骑车穿马路逆行了，眼看就要到电影院了。

就在这时，我听到有人说："骑车带人的，站住。"

说话的声音不高，可我吓了一跳。李军也一哆嗦，自行车刺的一声停住了。小糊涂神儿嗖的一下被甩了出去。

我们旁边三米远的地方，站着一位警察，正不露声色地望着我们。他是从哪儿冒出来的呢？刚才我明明把周围五十米的范围全看了个仔仔细细，怎么一点儿没发现他呢？

"过来，过来。连车一块儿推过来。"警察的态度倒挺和蔼。可我一看他，更加慌了神。那不是上星期罚我款的警察吗？圆脸，小个子。没错，就是他。我使劲低着头，心想，可别叫他认出来。没想到李军比我还熊，他浑身哆嗦，似乎连车都不会推了，推得自行车哗啦哗啦响，也跟他一块儿哆嗦。

"骑车带人对不对？"小个子警察问。

"不对，不对。"李军声音里带着哭腔，慌忙地回答。他跟我吹牛时的英雄劲儿早跑得无影无踪。

"不对，为什么还带？"小个子警察问着，注意地看着我。

果然，他认出我来了。嘲讽地打量着我说："上个礼拜，我好像就罚过你的款。看来你这不是初犯了，对吧？"

李军忙说："我可是初犯。"

小个子警察一挥手说："一样，都是明知故犯。"

下面的事就没什么好谈的了。我们被罚了款，还拿着小旗在路口指挥交通。直到电影散场，我们才算完事。

对了，我忘了说了。小糊涂神儿被甩出去之后一直不见他的踪影。直到我和李军离开警亭，小糊涂神儿才从我口袋里出来。原来他早回来了，怕见警察，一直蔫蔫地躲在里面不出来。

我们交完了罚款，我和李军垂头丧气地往回走时，小糊涂神儿从我口袋里探出头来。

小糊涂神儿问："怎么不去看电影了？"

我说："电影都演完了，还看什么呀？这警察也多事，哪儿那么多规章制度啊?"

小糊涂神儿也顺着我说:"就是,还是当神仙好。我们神仙就没有规章制度。"

我不相信地问:"真的没有?"

小糊涂神儿一口咬定:"绝对没有。我还跟他们说过,要不咱们神仙也订点儿规章制度。可是没一个人同意。他们都说,你要订,你就甭当神仙。"

我羡慕地说:"还是当神仙自由。"

小糊涂神儿得意地说:"当然,比如说骑车吧,想怎么骑就怎么骑,想带多少人就带多少人。"

我说:"可惜你是个笨神仙,变不出车来。你没法带人。"

小糊涂神儿从我的口袋里跳出来:"谁说的?你看。"他念着咒语。

我们面前突然出现了一辆特别漂亮的火箭形的小汽车。

我紧张地问:"你是不是把别处的汽车给变来了?我刚被警察罚完款,别又被当小偷抓起来。"

小糊涂神儿委屈地看着我说:"看你说的,我就那么坏?"

我说:"不是说你坏,我是怕你的魔法不灵。"

小糊涂神儿瞪着我说:"我的魔法还能老不灵?就不允许我灵一次?你好好看看,你们现在有这样的车吗?"

我仔细一看,这车的形状和颜色还真是很特别。

我吃惊地说:"哇,你真能变出车来?那,那也一定是到处都是毛病的车。因为你糊涂是出了名的。"

小糊涂神儿指着车身说:"可你看这辆汽车的牌号。"

我一看,汽车的牌号是"仔细"牌的。

小糊涂神儿说:"这车绝对出不了毛病。因为不是我们家的,是'仔细神'送给我们的。"

我问:"还有仔细神?我可是头一次听说。"

小糊涂神儿说:"绝对有。我就不详细讲了,越讲越糊涂。快上车吧。"

189

我好奇地跟在小糊涂神儿后面上了车。

我发现，这辆车确实不同凡响。小糊涂神儿刚一转动方向盘，汽车马上无声无息地行驶起来。

小糊涂神儿把车开得飞快，两旁建筑物飞快掠过。一辆大卡车迎面驶来，眼看就要撞上，可小糊涂神儿还跟没事似的，胡乱地哼着歌。我吓得大叫，我以为这回要完了，可神车却从卡车上面飞过去。这车太神了，所以我只能管它叫神车。

我说："这神车真棒。"

小糊涂神儿得意洋洋地说："我们神仙的车可以不遵守任何规则。"

开始，我还觉得，他这是吹牛，可到后来，我简直不得不相信了。我看见小糊涂神儿开着车闯红灯，车像影子一样从马路上的车群中开过，没有一点儿事。

我看见小糊涂神儿玩更悬的，他开着汽车直朝对面的楼房冲去，眼看就要撞上了，汽车却穿墙而过。

我欢喜地叫："哇，这汽车还会穿墙？"

小糊涂神儿得意洋洋地说："神仙的车，什么都会。"

我们的汽车开进公园里，掠过水面。我们的汽车又飞上天空。

我兴高采烈地称赞："这车太棒了。"

小糊涂神儿神气十足地说："还有更棒的功能呢。"

马路上，一个皮球迎面滚来。小糊涂神儿按动电钮，汽车竟一下子变小，钻进了皮球，接着又从皮球另一面钻出来，重新变大。

我说："这神车不简单，还可以随意变小变大。"

小糊涂神儿说："你饿了吗？"

我问："你这是什么意思？难道这车还能变出好吃的来？"

小糊涂神儿说："它可以变成厨房或餐厅。我们自己做。"

小糊涂神儿一按电钮，汽车变成了一座漂亮的餐厅房子。

正在这时，我突然看见，罚我款的小个子警察正在餐厅外面。吓得我慌忙低下头说："糟了，那小个子警察在外面呢。"

小糊涂神儿说："没关系。神仙的车，警察看不见。"

小糊涂神儿把餐厅变回汽车的形状，然后开着汽车，绕着那警察转着圈，警察还真看不见。

我伸直了腰说："看来，还是做神仙好。"我说的绝对是心里话。因为当了神仙，可以不受任何规章制度约束，想干什么就干什么，谁也管不着。

我心里一高兴，就想唱歌。我对小糊涂神儿说："我来教你胡唱一支歌吧。"

小糊涂神儿说："行啊，编得越胡乱越好。"

于是我就大声唱着："神仙，神仙，最自由的小神仙。什么规章制度，全与我们无关，让它们离我们远远。"小糊涂神儿兴高采烈地跟着唱，他把车开得疯快。

快到了十字路口了，我正得意洋洋，因为我们开的是神仙车。我们什么也不怕。然而，我无意中抬眼看另外两个方向，不由得大吃一惊。

因为，另外两个方向，也有两辆一模一样的火箭形汽车，飞速开来。我看见一辆里坐着老糊涂神儿，另一辆里坐着老老糊涂神儿。我还没来得及叫喊，三辆火箭车在十字路口轰的一声撞上了。

顿时，我的眼前烟雾弥漫。我被震得晕了过去。

我醒来时，发现我的衣服已被烧得破烂，我看见路口有三辆冒烟的破车，三个被撞得狼狈不堪、都快散了架的小人儿坐在地上：他们是小糊涂神儿、老糊涂神儿、老老糊涂神儿。

老老糊涂神儿训斥小糊涂神儿和老糊涂神儿："谁说没有规章制度？我们神仙也必须遵守神仙的规章制度。"

小糊涂神儿狼狈不堪地低着头。

我恍然大悟：原来小糊涂神儿说神仙世界没有规章制度是胡说啊，闹了半天，神仙也得遵守神仙的规章制度。

小糊涂神儿

愿望鸟

　　小糊涂神儿在我的房间里看书。我看的是童话书，小糊涂神儿看的是彩色画片。他看画片的方法很特别，手里拿着一沓彩色画片，一边看还一边叫。看到一张蝴蝶的，小糊涂神儿叫："不行。"把画片扔掉。看到一张画着花的，小糊涂神儿皱眉："不行。"把画片扔掉。看到一张画青蛙的，小糊涂神儿一叫："更不行。"他又把画片扔掉。

　　他嘴里连说："不行，不行。"一张一张地猛扔画片，画片飘得满地都是。

　　我放下书，问："小糊涂神儿，你在干什么？"

　　小糊涂神儿说："我在挑画片。可没有一张是我想要的。"

　　我说："你想要什么样的？我帮你挑。"

　　我正要过去，小糊涂神儿突然高兴得眼睛放光，大叫："哇！我终于找到啦。"他那欢喜的表情就好像哥伦布发现了新大陆。

　　我好奇地问："什么好画片？叫我看看。"

　　小糊涂神儿得意洋洋地把他手中的画片递给了我。我看了忍不住直想笑。你们猜那画片上画的是什么，是毛毛虫，是一只肥肥胖胖的毛毛虫。

　　我嘲笑地说："毛毛虫啊，这有什么好看的？"

　　小糊涂神儿一本正经地说："你不懂，这毛毛虫与我大有关系。"

我问："什么关系?"

小糊涂神儿认真地说："我必须要变成个毛毛虫,并且要胖胖的、香香的。"

我笑了："变毛毛虫有什么意思?要变也变熊猫或金丝猴。"

小糊涂神儿看着我说："你不懂,我必须要变成毛毛虫才更有魅力。"

小糊涂神儿在桌上转着圈念咒语："金糊涂,银糊涂,不如家里有个小糊涂。变毛毛虫。"

一阵烟雾飘过,小糊涂神儿变成了毛很长的毛毛虫,但脑袋还是小糊涂神儿的脑袋。

我说："这毛毛虫身上的毛可够长的。"

小糊涂神儿说："不对,这么长的毛,谁看了也不爱吃。我必须把毛去掉。"

我奇怪地问："什么?你想让别人吃你?你大概又犯糊涂了?"

小糊涂神儿神秘地说："你不懂。这次绝没糊涂。"

他说着又接着转圈念咒语："金糊涂,银糊涂,不如家里有个小糊涂。变成没有毛的毛毛虫。"结果,他身上的毛却长得更长了。我看了忍不住大笑。

小糊涂神儿愁眉苦脸:"一定是咒语出了毛病。"

我说:"是你在犯糊涂。你既然变的是毛毛虫。毛毛虫还能没毛?"

小糊涂神儿恍然大悟:"倒是这么回事,可那怎么办呢?"

我向他建议:"你可以让异想天开豆帮你把毛去掉。"

"你说得对极了。"小糊涂神儿欢呼着,"快拿巧克力来,我好召唤异想天开豆。"

我只好去拿巧克力,谁让我出这样的馊主意呢?

小糊涂神儿吃了巧克力,立刻神气十足,耳朵、鼻子一起冒烟,嘴里发出呜呜的汽笛声。

四个异想天开豆坐着水果列车从城堡形转笔刀里出来了。

小糊涂神儿说:"异想天开豆,快把我身上的毛去掉。"

四个异想天开豆从水果列车里推出一个去毛机，在小糊涂神儿身上推来推去。只听一片沙沙沙的声响，小糊涂神儿身上的毛全去掉了。

小糊涂神儿成了一只瘦瘦的毛毛虫。

我说："瘦毛毛虫太难看。"

小糊涂神儿对异想天开豆说："快把我弄胖些。"

异想天开豆又从水果列车里拿出一只小气筒，向小糊涂神儿身体里打气。

"呼呼呼呼！"小糊涂神儿的身体越来越鼓，他变成了一只胖胖的胖胖虫。他问我："这回怎么样？"

我说："好看多了。可是我不明白，你为什么非要变成虫呢？"

小糊涂神儿喜滋滋地叫："一会儿你就会明白。我不仅要变成胖胖虫，而且要全身都香香的。这很重要。"

他又对异想天开豆说："快向我身上洒香水。"异想天开豆真的向他身体上喷香水。

小糊涂神儿说："好极了，好极了。把我喷得香香的。"他看着自己说，"光香还不成，我还要装成很有文化的样子。"

于是，异想天开豆又把一只小眼镜戴在小糊涂神儿的脸上，把一本书放在他的手中。小糊涂神儿喜欢得大叫："太好啦！太好啦！"

我在旁边愣愣地看着，觉得这一切都太古怪了，真不知道他在搞什么鬼。

我问："小糊涂神儿，你这么折腾，是干什么？"

小糊涂神儿得意地说："你不懂吧？我来告诉你。我现在是一只又香又胖又有学问的胖胖虫。我一唱歌，会引来一只鸟，会啄我吃我，因为我的味道特别香。"

我听了大笑："闹了半天，你想做鸟食啊，真是傻瓜。"

小糊涂神儿振振有词地说："你才是傻瓜呢。我哪能白让那鸟吃啊？我是想捉住它。"

我有点儿明白了："你是想用自己做诱饵，来捉住一只鸟？"

小糊涂神儿高兴地说："你猜得对极了，我还是第一次碰见像你这样聪明的孩子，一猜就能猜着。"

他说得我直脸红。因为像这样的笨问题，就是傻瓜也能猜着。

小糊涂神儿满面喜色地告诉我："我是想让你捉住那鸟。因为那不是普通鸟，是愿望鸟。"

"愿望鸟?"这名字我还是头一次听说过。

"对，愿望鸟。这是一种神鸟。"小糊涂神儿十分神秘地告诉我，"它可以帮助你实现一个神奇的愿望。可这种鸟一百年才出现一次，并且只有我小糊涂神儿变成的胖胖虫才能引来它。"小糊涂神儿说着，从城堡形转笔刀里拖出一张网来。

小糊涂神儿把网交给我，说："你藏起来，等愿望鸟啄我时，你就用这网罩住它。"我感觉小糊涂神儿不是在胡说八道了，也许真有这么回事，我还是认真对待为好。

我躲在窗帘后面，屏住呼吸，悄悄地注视着。

小糊涂神儿站在屋中央，摇晃着胖胖虫的身体，唱道：

　　我是一只胖胖虫，
　　炸着烤着都很香。
　　再放上多种调料，
　　好滋味都想尝一尝。

他一边唱着一边往自己身上撒调料。真的有一股诱人的香味散出。躲在窗帘后面的我忍不住吸溜着鼻子说："好香啊。"

小糊涂神儿也淌着口水说："是好香，好香。我真想吃自己一口。"他说着，突然紧张地小声说，"不要讲话，它来了。"

我立刻闭住了嘴。我看见，墙壁上突然闪着五彩的光。在光环中，现出了一只非常漂亮的鸟。它身上是亮亮的五彩羽毛，拖着一条长长的尾羽。这就是愿望鸟吧？

195

肯定是的，因为它是从墙里出来的，并且有着宝石一样的眼睛。愿望鸟舒展翅膀看着小糊涂神儿，但是没有向前。

小糊涂神儿更加卖力地扭着，唱着："我是一只香香的胖胖虫……"他竭力做出千姿百态来吸引愿望鸟。

愿望鸟终于一步一步走过来了，它靠近小糊涂神儿闻着，然后走得更近些，用嘴啄小糊涂神儿的身体。

小糊涂神儿大概被啄疼了，龇牙咧嘴地露出痛苦样儿。

我在窗帘后面呆呆地看着，完全被那美丽的鸟吸引住了，我忘记了用网去捕。

小糊涂神儿先是向我又吐舌头又挤眼，可我还不明白。急得小糊涂神儿大叫："快呀，快呀！"

这时，我才看见，他的屁股上已被愿望鸟啄了好几个大包。

我急忙冲出来，撒出网，我撒得很准，一下子将愿望鸟罩在网里。

我高兴地叫："捉住了，捉住愿望鸟了！"

小糊涂神儿没说话，他正龇牙咧嘴地揉自己屁股上的包。

我抱歉地说："真对不起。"

小糊涂神儿恢复了自己的模样。他看着愿望鸟说："没关系。有了愿望鸟，你可以实现自己一个最美好的愿望。"

我奇怪地问："实现愿望？"

"对呀，我就是为你捉的。"小糊涂神儿看着我说。

我感动极了，结巴着说："我，我，想要什么都行？"

小糊涂神儿认真地说："当然。不过，就一个愿望。所以你一定要想好。"

这来得太突然了。我简直想不起要什么，好像觉得什么都应该要，又好像哪个也不是最想要的。我一下子停止了思维，脑子变成一片空白。

"你说呀。"小糊涂神儿催我。

愿望鸟也一动不动地看着我，它的眼光很特别，好像不是一只鸟，而是一个人。我更慌了。

我结结巴巴地说："我，我，我呀，我想要一辆摩托车。"刚说出口，我就后悔了。我要摩托车干什么？还有比摩托车更重要的东西。

小糊涂神儿也叫："哎呀，要摩托车还不如要小汽车呢。"

我立刻随声附和："对，对，小汽车。"

小糊涂神儿又说："要小汽车，还不如要飞机呢。"

我马上改口："对，要飞机。"

可是，我立刻觉得这有些不妥。要了飞机我往哪儿放？再说，我也不会开啊。我说："我不要飞机了。"

小糊涂神儿也表示赞成："对，要飞机没用。你还不如要一座大巧克力山。"

我说："可再大的巧克力也能吃完，最好要一个用不完的。"

小糊涂神儿说："什么能老用不完呢？"

我说："我俩一块儿好好想想。一定要想一个永远用不完的。"这么说着，我突然想出了一个特别妙的主意，我觉得棒极了，我狂喜地叫，"哇！我想出一个绝招。"

小糊涂神儿忙问："你想的是什么绝招？"

我刚要开口，我看见愿望鸟正一动不动地望着我，仿佛在说："我知道你想的是什么馊主意。"我吓得马上闭住嘴。

小糊涂神儿奇怪地看着我问："你怎么了？"

我说："这主意还是别说了吧。"

小糊涂神儿问："为什么？"

我说："要是说出来的话，没准儿咱们也得像《渔夫和金鱼的故事》里的贪心的老太婆一样，最后什么也得不到。"

小糊涂神儿说："绝不会。这愿望鸟不像那金鱼，它有点儿傻，只知道实现别人一个愿望，一点儿原则性也没有。"

我怀疑地问："真的？"

小糊涂神儿说："它要是不傻的话，我变成一条虫就能把它引来吗？"

小糊涂神儿说的好像也有些道理。我想了想，说："那我就讲了。"

小糊涂神儿说："你讲吧。"

我说："我的愿望是，再要一只愿望鸟。"

小糊涂神儿不明白地问："什么？"

我忙向他解释："我们可以向它要一只帮助我们实现许多愿望的愿望鸟。"

小糊涂神儿说："那我们想干什么就干什么？"

我说："对极了。"

小糊涂神儿说："这主意不错。现在你准备好，我一叫愿望鸟唱歌，你就赶快说出自己的愿望。"

我说："我准备好了，你开始吧。"

小糊涂神儿拍愿望鸟的脑袋，愿望鸟开始唱歌。它的歌很古怪，很好听，可你绝听不明白它唱的是什么。

我要张嘴说了，虽然我一点儿不知道这愿望鸟是否真的有神通，但我还是决定试一试。

然而，就在这时，从敞开的窗子，我突然看见对面楼上的窗子里一个两岁的小孩，从里面掉出来。

啊，从四层楼摔下，落在水泥地上，还不摔成肉饼？

我急忙喊："快救那个坠楼的小孩。"

随着愿望鸟的歌声，正在降落的小孩身上的皮带突然挂在窗棂上。小孩被吊在空中得救了。

我看见愿望鸟变得透明，颜色越来越淡，最后在网中消失了。

小糊涂神儿说："得，你的愿望是救小孩。小孩倒是得救了，可你什么也没捞到。你后悔吗？"

我说："我不后悔，我只是怀疑。"

小糊涂神儿问："怀疑什么？"

我说："我怀疑，那小孩是凑巧被挂在窗棂上的，可能和愿望鸟根本没关系。"

小糊涂神儿说："不，绝对是愿望鸟救的。你说出这个愿望,后悔了吧?"

我说："我才不后悔呢。救小孩就是我的最好的愿望。"话是这么说，可我心里总有点儿遗憾。因为除了小糊涂神儿，没人知道我干了一件救人的事。

穿墙术

星期天，我正坐在床边看书。桌上，城堡形转笔刀里传出呜呜的小火车声，小糊涂神儿平伸着双臂，嘴里发出呜呜声，学着火车行驶的样子跑出来，他后面，水果列车也吼叫着跟着开出来。小火车上坐着异想天开豆。

我惊奇地看着他们，问："小糊涂神儿，你又想玩什么花样？"

小糊涂神儿兴高采烈地说："你看看就知道了。"他带着小火车在地上转了一圈，然后直朝对面墙壁开去。

我提醒他说："小心，要撞墙了。"使我吃惊的是，小糊涂神儿带着水果列车竟开进了墙壁。

我说："水果列车能开进墙壁，这我可是第一次看到。"

"呜呜呜！"小糊涂神儿又带着水果列车从墙壁里开出来。小糊涂神儿兴奋地对我说："以后，你可以看到很多次，因为我们在练习穿墙术。"

小糊涂神儿带着水果列车在墙里墙外穿来穿去，进出自如。我呆呆地看着，试探地问："我要是学会穿墙术，也可以随便穿过任何墙壁吗？"

小糊涂神儿大大咧咧地说："当然，只要我一念穿墙咒语，再念你的名字，你就可以穿过墙壁。只是，你不要利用它去偷东西。"

我说："我当然不会。问题是，你一念咒语，我真的可以穿过墙去？"

小糊涂神儿大大咧咧地说："没问题，包在我身上好了。"

我犹豫地说："那我把你带在身上，咱们试试。"

小糊涂神儿跳进我的口袋里，说："你准备好了没有？我要带你穿墙了。"

我忙嘱咐他说："可别穿左边的墙，左边是楼外，要是掉下去非摔死不可。"

小糊涂神儿望着我说："我连这都不知道？我哪儿能那么糊涂啊？"

瞧，听他那口气，好像他从来没糊涂过似的。

我听小糊涂神儿口中念念有词，可他念的是什么，我一点儿也听不清楚。

"快穿墙啊。我都念了半天咒语了。"小糊涂神儿催促我。

我望着面前的墙壁，犹豫着。要是他的咒语不灵，我的头撞在坚硬的墙壁上，可够我一呛。而小糊涂神儿的咒语又是经常不灵的。我站在那儿，拿不定主意。"啊呀，你还犹豫什么？大不了头上撞个包就是了。快穿啊!"小糊涂神儿又一次催促。

你看他说得多轻松，反正头上撞包的又不是他。不过，我想了想，还是决定试一试。我是个男子汉，不能叫小糊涂神儿瞧不起。我在他心目中还是蛮高大的，我不能有损我的形象。

我闭着眼睛往墙里一走，哇! 我真的一下子穿过了墙壁，到了墙壁的另一边的邻居李奶奶的家。

李奶奶正在做针线活儿。从墙那边过来的我突然出现在她身后。

李奶奶一回头，吓了一大跳："乔宝，你从哪儿进来的?"

我很尴尬："李奶奶，我……"

李奶奶说："我的屋门是锁着的呀？"她转过头去看门，我趁机转身又往墙里穿，从我口袋里探出头来的小糊涂神儿赶快念穿墙术咒语。我一下子穿过了墙壁。奇怪的是，李奶奶竟也不由自主地跟着穿过了墙壁，到了我的房间里。

这小糊涂神儿，咒语念过了头了，把李奶奶也带过来了。李奶奶吃惊地问："咦？我怎么到你家来了?"

我只好装傻充愣："是啊，我，我也很奇怪呀。"

李奶奶嘟哝着："奇怪，真奇怪。一定是撞见鬼了。"她慌里慌张走出了房间。

小糊涂神儿从我口袋里探出头来，说："不对。我应该告诉她，她撞见的不是鬼，是神，是小糊涂神儿。"

我忙制止他说："得了吧，你别添乱了。"

我问小糊涂神儿："怎么搞的？我一穿墙，怎么李奶奶也跟着穿过墙了？"

小糊涂神儿指着我说："这件糊涂事是你干的。"

我说："别瞎说了，怎么是我干的呢？"

小糊涂神儿一本正经地说："因为我念穿墙术咒语时，你叫了李奶奶，所以李奶奶也就跟着穿过墙来了。"

我吃惊地问："你念咒语时，我念几个人的名字，你都能让他们穿过墙？"

小糊涂神儿认真地想了想："超过一万个人恐怕不行，因为没有那么大的墙。"

我说："我看你是在吹牛。"

小糊涂神儿说："你不相信，可以试试。"

我对他说："那别在我家试了，咱们到外面去吧。"

在街上，小糊涂神儿在我口袋里念着穿墙术咒语，我在路边的墙里穿来穿去地往前走。

我从来没这么走过路。我没想到穿墙术会这么容易，我得意洋洋地哼着歌。

我看着路边的一棵粗树，说："我们穿过这棵树试试。"于是，我很容易地穿过了树。

我看着停在路边的一辆汽车，问："穿过汽车也行吧？"小糊涂神儿回答："没问题。"于是，我轻而易举地穿过了小汽车。

路边有个邮筒。小糊涂神儿对我说："从邮筒穿过去，你可以拿里面的信。"我说："得了吧，私看别人信是犯法的。"

前面路边有一排垃圾桶，我想赶快绕过去，我怕他让我钻垃圾桶。可是小糊涂神儿的眼睛很尖，他叫："快钻啊，为什么绕过去？"我说："垃圾桶多脏啊。"我只顾说，不由自主地撞到垃圾桶上。我一下子就穿过了垃圾桶。我脸上身上沾了许多灰尘，脏兮兮的，还带着一股臭鱼烂虾味。

我正要埋怨小糊涂神儿，突然有人叫："乔宝，你又在捣什么鬼？"是我们班的赵全力和李军。

我说："我没捣鬼。"

赵全力说："我可看见你从垃圾桶里钻出来了。"

这时，小糊涂神儿从我口袋里探出头，笑嘻嘻地说："不是钻出来的，是穿过来的。我们在玩穿墙术。"

"嘿，这个小人儿在这儿。"赵全力和李军立刻对小糊涂神儿大感兴趣。我忙转移他们的视线，我说："你们听着，只要我说出你们的名字，就可以跟着我穿过墙壁。"

"真的？"赵全力和李军大为惊喜。

"还得有我念咒语才行。"小糊涂神儿的话还没说完，我已把他的头按回我的口袋里。我小声嘱咐他说："注意，别暴露你的身份。"

小糊涂神儿很机灵，他果然不再做声了。

我对赵全力、李军说："你们紧跟着我，现在穿墙开始。"

我首先带他俩穿过的是垃圾桶。既然想学穿墙术，就得吃点儿苦，别光我一个人闻臭垃圾味。

我在最前面，他俩一个接一个跟在我后面，穿进垃圾桶。

我们从垃圾桶另一端出来，个个都灰尘满面。但他俩笑得合不拢嘴，说："真的能穿墙，太棒了！"我得意地说："不骗你们吧？"

我带他们在墙壁间穿来穿去，兴高采烈地往前走。我仿佛觉得自己也好像是半个神仙了。

我们想叫街上的人也吃吃惊。我们时而排着横队，一齐从墙壁里走出来，令胡同里走路的行人目瞪口呆。但行人还来不及出声，我们又大模大样进入了胡同的另一面墙壁。

我们来到美术馆门口。这里好像正准备举办雕塑展览的剪彩，聚集着许多人。

赵全力说："咱们到美术馆里去看看。"

我说："行啊。不过要买票。"

李军说："我们直接穿墙进去，还买什么门票啊？"

小糊涂神儿从我口袋里探出头来说："对呀，还买什么票呀？我念咒语就行。"

赵全力连连点头，说："瞧，这小人儿都说不用买票了。"

我无话可说了。于是，我们绕到美术馆侧面的一条小胡同里，一齐穿过墙壁，进到美术馆里。

我们从墙壁穿过来，进到一个展厅。展厅里还没有人，我们是头一批参观者。

我说："展览还没开始呢。"

赵全力说："那我们先在这里穿墙壁玩。"

李军也说："穿墙壁比看展览有意思。"

看来他们对看展览没多大兴趣，我也是如此。于是，我们就排成一横排，小糊涂神儿在我口袋念着穿墙术咒语，我们从一个展厅穿墙到另一个展厅，穿越到第三个展厅，我的脸险些撞在一个猫的雕塑上。

这猫的雕塑实在太像真的了，吓了我一跳。我忍不住叫："猫，猫，一只猫。"

我这一喊可不要紧，小糊涂神儿慌乱中念错了咒语，我们全被卡在墙中间了，我们的头从第四个展厅的墙壁上露出来，可我们的屁股却还留在第三个展厅的墙壁上。

李军说："糟糕，我们被卡在墙中间了。"

我说："小糊涂神儿，快念穿墙术咒语。"

小糊涂神儿胡乱念："芝麻穿墙，萝卜穿墙，巧克力穿墙。坏了，我刚才让你猛地一吓，把咒语忘了。"

我说:"这下糟了,我们全出不去了。"

赵全力说:"好像有人来了。"

我说:"大家都别动,咱们先装成雕塑。"

果然,一阵脚步声,一些观众来到了第四个展厅。

一个妇女看着我们说:"瞧,墙壁上伸出许多小孩的脑袋。"

一个男人说:"你懂什么?这叫壁挂,有人在墙壁上挂鹿角或者海龟壳做装饰品,这叫壁挂艺术。"

妇女指着我说:"可这些脑袋怎么像真人的?"

男人说:"假的能让你看成真的,这才说明人家艺术性高呢。"他说着还摸了我的头一下。

我一动不动,像个真正的雕塑。我听那男人说:"不知道这些壁挂是用什么材料做成的,挺软和。"

我心想:"没法儿不软,都是真的。"

那个男人真讨厌,挨着个儿用指头弹我们的脑袋,直弹得发出啪啪声。

我差点就要向他喊出:"乱动展品,罚款。"

我们的屁股从另一边的墙壁里露出来,也许它们挺像一排靠墙的小凳子,因为我听见隔壁的房间有几个小孩叫:"这小凳子形状做得真好玩。"

接着,我们的屁股被人坐上了。还在上面使劲蹦,让我们难受得直龇牙咧嘴。

我苦着脸问:"小糊涂神儿,你的咒语想起来了吗?"

小糊涂神儿还在说:"茄子穿墙,土豆穿墙,辣椒穿墙,巧克力穿墙,芝麻穿墙。"

我提醒他:"巧克力和芝麻你早说过了,怎么又说?你真是糊涂虫。"

小糊涂神儿大叫一声:"哇,糊涂虫,就是这个!你替我想出来了。"

小糊涂神儿用足力气,拼命叫喊:"糊涂虫穿墙,墙墙墙墙墙墙墙……"他一定喊得过了头。

我们的身体像箭一样飞出去,穿过层层墙壁,最后落到一片草地上。

在小糊涂神儿头顶上空，我看见几个像是玻璃做成的字："糊涂虫穿墙"，在空中破碎，散落下来，消失了。

　　小糊涂神儿伤心地叫："啊，我的穿墙咒语碎了。"

小糊涂神儿

超　人

我们班同学都喜欢看卡通书，每个人都买了不少。我们除去自己看，还互相交换着看。我经常把借来的卡通书带到家里。我发现，小糊涂神儿好像不太感兴趣。我觉得这可有点儿不对头。他应该比我更喜欢才对。

我把一堆卡通书放在城堡形转笔刀旁边。小糊涂神儿探出头来时，正好看见。我打开一幅画着宇宙枪手的卡通画，说："小糊涂神儿，你看这宇宙枪手怎么样？"我觉得这宇宙枪手棒极了，他佩带最先进的激光武器，能在宇宙空间飞翔。

可小糊涂神儿只看了一眼，一耸鼻子，说："没劲。"

我又让他看一幅中国古代大侠的画，画着东方不败，他会同时发十八种暗器。可小糊涂神儿还是一耸鼻子，说："没劲。"

我说："你是吃不着葡萄，才说葡萄酸。"

小糊涂神儿马上注意地看着我问："葡萄在哪儿？"

我说："没有葡萄，这是一种比喻。"

小糊涂神儿不屑一顾地说："没有葡萄，光有比喻没劲。"

我故意说："我知道了，因为你比不过那些宇宙超人和大侠，所以你不爱看这些书。"

小糊涂神儿轻蔑地看我一眼，说："你说错了。你的这些卡通书，我早就看腻了。我现在看的是更高级的卡通。"

我急切地问："什么更高级的卡通？叫我看看。"

小糊涂神儿说："恐怕你看不懂。"

我听了忍不住大笑："什么卡通我看不懂？只要你看得懂，我就看得懂。"

小糊涂神儿等我笑完了，才不露声色地问："能制造出超人的卡通，你看得懂吗？"

我不由得一愣："什么？制造出超人？"

"当然。"小糊涂神儿得意地说，"谁都知道在神仙世界里，我看的卡通书最多。谁都知道我是制造超人大王。"

我小心地问："你能制造出超人来？"

"你也知道？"小糊涂神儿欢喜地问，"谁告诉你的？"说着，他又压低声音对我讲，"你可一定要为我保密。要是别人知道了，都来让我把他们变成超人。我会累得受不了的。"

我听得出，小糊涂神儿好像会制造超人。尽管他爱吹牛，说话水分太多，可是往往主要事实还是真的。再说，我也太想尝尝当超人的滋味了。我不愿意错过这次机会。我盯着小糊涂神儿问："你说的是真话？你能把我制造成超人？"

小糊涂神儿说："当然。但要制作成超人可得受些苦。"

我说："受苦我不怕，只要你别犯糊涂就行。"

小糊涂神儿想了想，泄气地说："那算了吧。"

我问："怎么又算了？"

小糊涂神儿说："你明明知道我做不到不糊涂，还偏偏让我作保证，我怎么能骗你呢？"我一听，也是，他是小糊涂神儿，怎么能不糊涂呢？这不是勉为其难吗？

我犹豫了半天，最后还是豁出去地说："你来制造吧。"当一回超人，这想法对我太有诱惑力了。

小糊涂神儿口念咒语，从城堡形转笔刀里召出了四个异想天开豆。这四个小圆球在我头顶上轻轻地飘着。

小糊涂神儿对我说:"要想变成超人,得先用软化水把你的身体变软。"

四个圆球立刻飞起来,拿着一大瓶闪光的水兜头浇在我身上。我全身都被水浇透了,可一点儿不感觉到湿。相反,我的身上却闪着亮亮的光。

四个圆球开始在我身上揉着,我全身的皮肤变得软软的。我听见四个异想天开豆在唱:"揉啊,揉啊,揉面团……"

我的身体好像真的变成软软的面团,想怎么捏就怎么捏。

小糊涂神儿又叫:"快把乔宝揉成口袋形。"

四个圆球又唱着歌,伸出柔软的小手。我感觉除了眼睛、鼻子和嘴还在之外,我的整个身体被捏成了口袋形状。

我有点儿害怕,要是老成这样,变不回去可就糟了。可是,现在后悔也没用了,只能听天由命了,还不能做出痛苦的表情。不然,小糊涂神儿看见了一紧张,事情会更糟糕。于是,我使劲做出放松的表情,努力微笑着。

小糊涂神儿得意洋洋地看着我说:"现在我来念咒语,把各种大侠和超人的能量都调来。只要装进你这口袋里,你也就具有了超级能量。快把口袋嘴儿张大点儿。"

于是,我用力张大了嘴,哼哼唧唧地说:"那就快来吧。"

小糊涂神儿神气十足地说:"先把古代大侠的能量调来。东方不败、西方不败、南方不败、北方不败快来,快来,让乔宝成为四合一大侠。"

小糊涂神儿转着圈念咒语:"金糊涂,银糊涂,不如家里有个小糊涂……"突然有一股龙卷风刮进来,卷着各种各样的垃圾,直往我嘴里灌。我慌忙闭住了嘴。我只觉得烂香蕉皮、破纸盒什么的直往我嘴唇上撞。我只好拼命把嘴闭紧。

我听见小糊涂神儿惊慌失措地叫:"不对,不对。念错了,念错了。我怎么把垃圾招来了?"

小糊涂神儿忙念咒语呼唤,一阵闪光,老糊涂神儿、老老糊涂神儿出现在我面前。这下好了,三个神念咒语总比一个强。我的嘴不能讲话,只好用眼睛告诉两个老糊涂神儿：快帮帮小糊涂神儿吧。

我看见老糊涂神儿、老老糊涂神儿一齐责问说："糊涂，真糊涂。你怎么把垃圾招来了？看我们的。"

两个老糊涂神儿一齐念："金糊涂，银糊涂，不如家里有个老糊涂。"

屋里又起了一阵龙卷风，是从墙里面刮出来的。紧接着，我的鼻子闻到了一股熟悉的味，看见一坛坛臭豆腐飘在空中。啊，他们竟然把臭豆腐给招来了。看来两个老糊涂神儿的法术更糟糕。

小糊涂神儿兴高采烈地责问："你们还说我？你们把臭豆腐都招来了。"

老老糊涂神儿不慌不忙地指着空中说："别着急。你看臭豆腐后面。"

果然，在臭豆腐后面跟着一个小的原子能核电站，闪闪发光。老老糊涂神儿得意地说："这是太阳系原子能核电站。"

老糊涂神儿说："要多少超级能量有多少超级能量。"

我吃惊地想："他们总不会让我吞下这个原子能核电站吧？"可还没等我完全反应过来，小原子能核电站已飘到我嘴边。仿佛有一股奇特的力量，使我不得不张开嘴。一眨眼的工夫，小核电站已飘进我的肚子里了。我觉得自己的身体在变。不过，还好，我变成了自己原来的模样。我害怕地说："这原子能核电站到我肚子里去了。"

老糊涂神儿安慰说："没关系，这核电站是糖做的，能量一用完就能化掉。"

老老糊涂神儿问："你的感觉怎么样？"

我说："没什么感觉啊？"说着，我晃动了一下胳臂。我只是随便那么一晃，不料，整个房间都跟着晃动起来。

老糊涂神儿慌忙说："不行，你的能量太大，再晃几下非得把整座楼房晃塌了不可。"

他这么一说，我真的不敢动了。我感到地板在我的脚下都有点儿颤。

老老糊涂神儿说："快到四维空间里去，否则这楼非塌不可。"

小糊涂神儿急忙从口袋里拿出小金属片，他把金属片贴在墙上。金属片变大了，变成了一扇门。我对老老糊涂神儿说："请您先进去。"

老老糊涂神儿忙说："得了，别客气了，你没听见这楼房都发出咯吱咯吱的声音了？你可别迈步。"

这样说着，两个老糊涂神儿架着我进到金属门里。金属门里的四维空间是一片无边无际的山野。一股怪异的气流在我体内四处飞窜。我感到浑身有使不完的力量。虽然我的身体并没有变大，但我却像巨人一样顶天立地，也许这就是超人的感觉吧。我向前推出一掌，咔啦一声，两丈以外的一棵大松树竟被拦腰摧断。哇，没想到我会变得这样棒。我记起卡通书里的画面：超人伸举双臂时，能放出电光直冲天宇。我也试着举起双臂，果然，两道闪电从我指间飞出。

我脚一踩，地面轰然颤抖。我兴高采烈地喊："哈，我成了最棒的宇宙超人啦。快回去叫我们同学看看。"

我说着，跑向金属门。我太兴奋了，小糊涂神儿和两个老糊涂神儿好像在我身后喊什么，我也没顾得听。

我跑过金属门，门旁正好有一把椅子。我手一扶椅子，咔啦椅子碎了。我吓了一跳，忙往旁边一靠，我正靠在床上，"咔啦!"床被我靠垮了。

"快回来。"小糊涂神儿在四维空间里叫。

这时，我的脚已踩得地面下陷，屋子也发出响声。

"快回四维空间，不然你会把整幢楼房都踩塌的。"两个老糊涂神儿一齐喊。

我狼狈不堪地跑回四维空间。我发现，在四维空间里，我每走一步，地皮都在颤抖。

小糊涂神儿看着我说："糟糕，你的能量越来越大了。"

老糊涂神儿也说："而且还会不断增加。"

这时，我感到脚下的岩石地面都在断裂，我的身体一点儿一点儿向下陷。显然，地面都支撑不住我了。我惊慌地喊："快把我身上的能量弄小一些。"

三个糊涂神儿一块儿慌里慌张地叫："坏了! 我们忘了安装控制能量大小的设备了。真糊涂。"

老糊涂神儿说："只有等你身上的能量自己释放完了。"

小糊涂神儿说："而现在释放的还不到百分之一。"

我吃惊地大叫："啊？我还有百分之九十九的能量？"我的身体向下陷得更厉害了。

老老糊涂神儿看着我说："看来，你在四维空间里也不能待了，只能把你送到太阳系以外最坚硬的星球上去。等你释放完了能量，我们再把你接回来。"

　　……

说来，你们可能还不信。我真的独自一人，在一个空旷的星球上待了一段时间。我想，这星球肯定不是太阳系之外的，甚至可能我根本没有离开地球。我待的那个地方也许是什么五维、六维空间。反正那是一个极其神秘古怪的地方。在那儿的情况，唉，我还是别说了吧，说出来你们会笑掉大牙的。

一个人让谁都怕，也不是好事啊。

小糊涂神儿

会动的影子

傍晚，街上路灯亮了。

我和小糊涂神儿在街上走。路灯把我们的影子清晰地映在地面上。我俩做着动作，扭腰、探脖、伸臂……地面上的影子也跟着做相同的动作。我的影子长，小糊涂神儿的影子短。

我唱："高个的影子长，矮个的影子短。"小糊涂神儿使劲伸脖欠脚，他的影子还是很矮。

我嘲笑说："你再欠脚也没用。因为你的个子矮。"

小糊涂神儿皱着眉头走着。突然，他弯下腰来，用露出地面的一段小树根钩着影子。

我笑着说："真是傻瓜，影子怎么能钩得住?"

"是啊，傻瓜才会说错话呢。"小糊涂神儿大大咧咧地说着，站起来往前走，他的影子却真的被挂住了，拉长了。

我吃惊地看着，张大了嘴。

小糊涂神儿兴高采烈地叫："哈，我的影子比你的长啦!"他继续往前走，地上的影子像皮筋一样，被越拉越长。

小糊涂神儿兴奋地叫："瞧，我的影子长得多高，简直像巨人一样。"

我吓唬他说："留神你的影子被拉断。"

我的话还没说完，小糊涂神儿的影子突然被拉得脱离了他的脚跟。

我叫："影子被拉得离开你了。"

脱离了小糊涂神儿的影子，慢慢地立了起来，和小糊涂神儿面对面站着。它好像刚睡醒一样，伸了个懒腰，东张西望了一阵，突然转过身去。

小糊涂神儿忙叫："你是我的影子，别乱跑，快回来。"

影子扭着身体开始缓慢地一步步往前走。

小糊涂神儿叫着："不许乱跑。"他上前用手一抓，影子像鱼一样地滑脱了。

小糊涂神儿和我急忙在后面追，影子不慌不忙地走着。

我们离它越来越近，眼看就要追上了，影子晃着，柔软的身条在变形。它在变矮变胖，变成了一个圆铁环，往前滚着。

小糊涂神儿和我在后面喊着："快站住，快站住！"我们加快步伐，快要追上了，圆铁环又摇晃着在变，变成了一个海豹的形状向前爬着，这回速度可慢多了。小糊涂神儿说："这个傻家伙，比我还糊涂。它难道不知道，变成海豹跑得更慢？"

我已经追上了影子海豹了。我的手已摸到它的皮肤，很凉很滑。它一下子滑开了。它又在变形，变成了一只鸵鸟。这回速度可快多了，和我们的距离也拉开了。

小糊涂神儿喊着："追呀，追呀！"他从地上飞起来。

鸵鸟形飞快地向前跑，拐了个弯儿。我们也急忙拐过去。可是影子突然不见了，就像在空气中融化了一样。

"它到哪儿去了呢？"我和小糊涂神儿都大惑不解。

小糊涂神儿说："准是它跑得太快，到前面去了。快追。"小糊涂神儿喊着，它的脚后跟喷出气来，像喷气式飞机一样，呼地冲向前。

我正要跟着追上去，耳边好像听到含糊不清的笑声。我看见旁边有个信筒。我一愣，因为我每天上学都经过这里，在我的印象里，这儿没有信筒。难道是新安装的？

我想走过去看。我背后有脚步声，我装做散步一样，走过信筒，绕到一棵树后面。一个小女孩走来了，她手里拿着一封信在信筒边停下，欠起脚，把信扔到信筒里。

小女孩离开了信筒，走了几步，又不放心地回头看信筒。信筒正扭着身子要动，一看小女孩回过头来，它赶快定住。

我在树后看着，得意地笑了。这影子虽然很狡猾，可还是被我发现了。

女孩走远了。

我听见空中有喘息声，是小糊涂神儿，他气喘吁吁地飞回来，说："这影子跑得太快。我使劲追，也没追上。"

"是吗？它跑得那么快？"我假意说着，往前走，经过信筒旁边时，我突然一转身一下子把信筒抱住。

信筒在我两手中扭着。我抱得更紧。我兴奋地叫："哈，这回你可跑不了啦!"

"啊，原来它在这儿。"小糊涂神儿恍然大悟，他愤愤地说，"我的影子比我还狡猾，这太不像话了。"

影子被我抱得变成了原来的模样。"你把它抓紧，千万别叫它跑了。"小糊涂神儿急匆匆地拿出一小瓶胶水抹在自己脚跟上，然后一把抓过影子脚跟往上一粘，影子被粘上了。

小糊涂神儿高兴地叫："我用的是万万能胶。这回你可跑不了。"

这时，我看见从影子身上滑下一个东西。我捡起来一看，是一封信。

小糊涂神儿看见了，惊奇地说："信？我都不会写信，我的影子会写信？"

我说："不是你的影子写的，是一个小姑娘刚才放到信筒里的。"

小糊涂神儿问："那这封信就归我们了？"

我说："不，我们把它送到别的信筒里去。"

我和小糊涂神儿拿着信往前走。我边走边看信封。我说："这个写信的人真糊涂，信封上没写地址。"

小糊涂神儿也探着脖子使劲看着说："可信封上画着画。"

信封上写着：爸爸收，旁边还画了三根鸡毛。

我说："这还是小孩写的鸡毛信。写信的人一定有什么紧急的情况。"

小糊涂神儿说："那我们打开来看看。"他抢信。

我忙闪开，说："那可不行。私拆别人信件是犯法的。"

小糊涂神儿说："我们神仙私拆别人信就不犯法。"

我嘲笑说："你们神仙就那么不讲道德，偷拆别人信件？"

小糊涂神儿一本正经地说："你说错了。我们根本不拆信。我们用鼻子闻。"

说着，他拿着信封闻了闻，说："眼泪味。"

我问："什么眼泪味？"

小糊涂神儿说："寄信人的眼泪味。是个小女孩的。"

我说："这不新鲜。刚才我已经告诉你是小女孩了。问题是你能通过闻味找到那个小女孩的家吗？"

小糊涂神儿说："大概能找到。我的鼻子比狗还灵。"

我说："那咱们快去找吧。告诉她，信封上应该写清地址。"

小糊涂神儿先闻闻信封，又弯腰撅屁股，鼻子贴着地面吸溜着，然后大模大样地说："真正的警犬都是这么闻的。"他开始吸溜着鼻子，像狗追踪猎物一样，向前走。我跟在后面。

到了十字路口，地面上有汽车洒的汽油。小糊涂神儿站起来皱着眉头说："坏了。汽车漏的汽油污染了空气，我闻不出来了。只好叫我的爸爸、爷爷来帮忙了。他们的鼻子是超级警犬鼻子。"

小糊涂神儿转着圈念咒语。一阵闪光，老糊涂神儿、老老糊涂神儿出现了。说实在的，我从来没见过这么热情高涨的神仙老头。

他们一齐抢着说："我们来闻，我们的鼻子灵。"他们争先恐后，像警犬一样闻着，撅着屁股，鼻子贴地，向前追踪。

走了一段路，两个老糊涂神儿好像忽然醒悟了，一齐停住脚步，从地上爬起来，说："怎么能光我们闻呢？那个捣乱的家伙也应该出出力。"他俩一起用手指着小糊涂神儿的影子。影子不好意思地低下头来。

小糊涂神儿的影子在地面上扭着、闻着，引着路，后面是小糊涂神儿，再后面是两个老糊涂神儿，他们一块儿吸溜着鼻子，情形十分可笑。连我也不由自主地跟在最后吸溜着鼻子。

我们进了一个胡同，又进了一个院子，我看见了那个寄信的小女孩站在屋门口。小女孩看见我手中的信，说："你怎么拿我写给爸爸的信?"

我说："你没有写地址。"

小女孩说："我妈妈病了，可我爸爸出差了。我写信叫他回来。"

屋子里，小女孩的妈妈躺在床上。

老糊涂神儿摸着她的脑袋说："发高烧，都快晕过去了。"

老老糊涂神儿说："我们赶快送她到医院。"

下面的事情就很简单了。我叫来出租车，送她妈妈到了医院。后来她爸爸给我们学校写了表扬信。再下面的事就不说了，我得谦虚些，不能把我帮助人还上了报纸的事告诉你们。

小糊涂神儿
破汽车的奇迹

我们学校后面的一块空地上，不知什么时候放了一辆破汽车。已经放了两年也没人理。车里的机器大多坏了，看来这是一辆没人要的汽车。我们经常在破车厢里玩。

破车厢里有一股很不好闻的味，大概卖东西的小贩把这里当过厕所。

李军坐在驾驶座上一边学开车的样子，一边说："要是这汽车能开走就好了。"

这时，小糊涂神儿从我口袋里探出头来，大大咧咧地说："没问题，小事一桩。"

我发现最近小糊涂神儿太爱出风头。我讽刺他说："因为你会修理汽车，对吗？"

小糊涂神儿一本正经地说："我真的修过汽车，并且上过汽车修理大学。"

我嘲笑说："你们看，他又在吹牛，光神仙小学他就上了十七年，老留级。"

"真的？"李军立刻注意地问。他特别关心小糊涂神儿的情况，这使我极不放心，我忙打岔说："我是胡说八道呢。"

可小糊涂神儿却认真地说："一会儿回去我就刻苦读书，把汽车修理大学的书全部自学完，然后咱们就来修理汽车。"

我以为，小糊涂神儿这是说着玩的。可是，回到家里，我就觉得有些不对劲。

小糊涂神儿一连几天没露面。我想，他可别生我的气。

我对着桌子上的城堡形转笔刀说："小糊涂神儿，你已经三天没出来了。"

城堡形转笔刀里终于传出小糊涂神儿的声音："别捣乱，我在读汽车修理大学的书。"

我放心了，松口气，说："我以为你走了呢。"

小糊涂神儿马上吓唬我说："你以后要惹我生气，我就走。"

我说："甭吓唬我。你糊里糊涂，根本不认识家，你到哪儿去？"

小糊涂神儿说："那我不会再丢一回？丢到别人家里去。反正我已经丢过三百多次了，再丢一次也没什么。"

小糊涂神儿这么一说我有些紧张。他丢到别人家我倒不怕，我都可以找回来，就怕他丢到外国去，因为我出不了国。我可别老讽刺他了。我下决心，以后要对他再好些。

在班里，李军问我："乔宝，怎么好长时间没看见小糊涂神儿了？"

我苦着脸说："他在苦读汽车修理大学的书呢。"

李军一脸惊喜："真的？"

回到家里，我从口袋里掏出几块巧克力放在城堡形转笔刀门口，说："小糊涂神儿，快出来，你看我带什么好吃的东西了？"

城堡形转笔刀里传出小糊涂神儿吸溜鼻子的声音："哇！奶油巧克力。"

我笑嘻嘻地说："对了，巧克力。看你出不出来？你要真不出来，就说明你是真刻苦了。"

小糊涂神儿说："书没读完我绝不出去，但奶油巧克力可以进来。"

我忙去抓桌子上的巧克力，可是来不及了。巧克力被吸得围着城堡形转笔刀转了几个圈，排着队滑进了城堡形转笔刀。

我哭笑不得："你这个小滑头。"

218

我听见城堡形转笔刀里传出小糊涂神儿嘻嘻的笑声和叽叽的嚼巧克力声。

我很高兴，只要小糊涂神儿快活就好。

半夜里，我在床上睡得正香。突然，我被小糊涂神儿的叫声吵醒了，他正在我枕头旁边使劲推我的头，边推边兴高采烈地叫："成功啦，毕业啦！"

我迷迷瞪瞪地问："什么成功毕业啦？"

小糊涂神儿得意洋洋："汽车修理大学毕业，瞧，这是毕业证书。"他手里居然拿着一张纸。

我惊奇地问："真有大学毕业证书？"

我打开灯，看那张纸，念上面的字：

特准许优秀学生小糊涂神儿汽车修理大学毕业。

——校长小糊涂神儿

我笑着指着他的小鼻子叫："哈，自己给自己开的毕业证书啊！"

小糊涂神儿说："我是自学成才。"他说着，一阵风似的跑回城堡形转笔刀。

小糊涂神儿再从城堡形转笔刀里出来时，他已经换了一身衣服：穿着肥大的工作服，戴着鸭舌帽，背着个小工具箱，一副十足汽车修理工的模样。

小糊涂神儿说："修理汽车去。"他快活地叫着飞出窗子。

我急忙提着裤子跟出去。即使是半夜，我也得跟。谁让我和他是世界上最好的朋友呢。

街上冷清清的，没有一个人，深更半夜，谁会出来遛弯儿呢？除非是疯子。

我急匆匆地向学校方向走，我想，小糊涂神儿一定是去破汽车那里了。

星星在天空眨着眼。

我绕到学校后面，看见破汽车闪着亮点儿，像是许多五颜六色的萤火虫落在上面。

我悄悄跑向汽车。

破汽车里传出叮叮当当的美妙的声响。

我打开汽车的门。

汽车里闪着五彩的光。小糊涂神儿哼着歌，手里拿着工具飘来飘去，一些彩色的汽车零件随着他飘。

我说："我也帮你修。"

小糊涂神儿兴高采烈地叫："我就知道，你一定会来的。"

我们在破汽车里一直忙到第二天清晨。我们怎么修的汽车，在这里保密，反正不是凡人的修理法，说了你们不明白。

许多同学知道了，都来帮助修理破汽车。

到了下午，放学后，我们又把车外表装饰得五颜六色，像一个大玩具汽车。然后，大家都争先恐后地钻进汽车，坐在座位上，小糊涂神儿坐在前面的驾驶座上。

小糊涂神儿说："大家请注意，大萝卜号汽车马上开动。"他按一下汽车喇叭，叫喊，"吃葡萄吐葡萄皮儿，不吃葡萄不吐葡萄皮儿。"汽车马上震动起来。

大家欢呼："汽车开动喽!"

然而，汽车颤动了两下，又停了下来。

赵全力问："怎么不走啦?"

我大模大样地说："没燃料了，快去买些蔬菜水果来。"

赵全力翻着白眼问我："买蔬菜水果干什么？汽车应该用汽油。"

我得意地说："这你就不懂了，这是大萝卜号汽车呀，当然要用水果蔬菜做燃料。"

赵全力怀疑地问小糊涂神儿："他说得对吗?"

小糊涂神儿兴高采烈地喊："绝对正确。"

我高兴地乐了，说："你们听我和小糊涂神儿的没错。快去买吧。"

于是，大家都去买，包括我们班长刘琳也老老实实地听我指挥。

很快，每人都拿着水果或者蔬菜回来了。

小糊涂神儿拿着一根香蕉放进燃料箱，嘴里唱着："吃香蕉，冒黄烟。"

汽车突突突地开动了，汽车烟囱里冒出了黄烟。

我赶快说："快吸溜鼻子。这烟一点儿不污染，而且有香味。"

我们大家一齐吸溜鼻子，说："这烟是香蕉味。"

我又向燃料箱里放黄瓜，嘴里唱："吃黄瓜，冒绿烟。"

正在行驶的大萝卜号汽车烟囱冒出了绿烟。

大家从车厢里探出头来，齐声唱："吃葡萄，冒紫烟；吃萝卜，冒红烟；吃白菜，冒绿烟……"

我们一边唱一边猛往燃料箱里塞各种水果和蔬菜。

大萝卜号汽车往前走着，一会儿冒紫烟，一会儿冒红烟，一会儿冒绿烟，一会儿冒黄烟，就像放焰火一样，十分好看。

我正兴高采烈地驾驶大萝卜号汽车慢慢地向前行驶，"停，停。"一个戴卫生检查员臂章的老头追上来，拦住了汽车。

我停住汽车，从车窗里探出头来，问："老大爷，您也想坐我们这蔬菜汽车?"

老头鼓着嘴巴说："不光我不坐，你们还要给我下来。"

大家都不明白地问："为什么?"

老头说："你们下来看看吧，你们这汽车上面冒的烟倒挺香挺好看，可是有污染。"

这老头挡在车前面不走，我们只好都下了车。

我告诉老头说："我们汽车冒的烟都是植物的，一点儿也不污染空气。"

老头笑眯眯地说："知道知道。可是，请你们看汽车后面。"

我们跑到汽车后面一看，啊！汽车走过的路上有一摊一摊红的绿的黄的东西，都是汽车排出的废物。

我急忙对汽车里喊："小糊涂神儿，这汽车跟马一样地拉屎呢。"

小糊涂神儿从车窗里探出头来，看着地上的排泄出的废物，叫："糟糕，修理汽车大学的课本上讲了怎么防止排出废物，那一段我忘记看了。"

我说："那你快回去看。其余的人，跟着我来推车。"

我们把汽车推着回去。因为那老头一直在后面跟着我们，他怕我们的车再拉屎。

大萝卜号汽车又停在原来的空地上，前面挂着一块大牌子：暂停使用。

晚上，我做作业时，小糊涂神儿和我一块儿用功。

小糊涂神儿在桌子上，围着城堡形转笔刀转来转去，手中捧着一本大书，口中念念有词："防止汽车排出废物，可先用一个小压缩机把蔬菜或水果压缩成小豆腐块儿大。啊，这个我会，容易极了。"

小糊涂神儿把书一扔，急冲冲跑进城堡形转笔刀里。

一眨眼的工夫，他又背着小工具箱飞出来，飞出窗子。

我问："你这样急，干什么去？"

小糊涂神儿说："给汽车安小压缩机。"

我和小糊涂神儿来到了破汽车里。

小糊涂神儿在燃料箱边手忙脚乱，各种各样的小零件在他手中飞上飞下。

第二天下午，我和同学们又坐到破汽车的座位上。

小糊涂神儿坐在驾驶台上。他得意洋洋地说："我已经给这大萝卜号安了超级压缩机，你们尽管把蔬菜水果多多往燃料箱里放，放多少都能压成小小的，保证汽车不再排泄废物。"

大家把各种各样的蔬菜水果往燃料箱里塞，塞了好多好多。

孙小玲说："这燃料箱真能装。"

小糊涂神儿说："再装一万斤也没问题。"

他在座位上晃着小腿儿，按汽车喇叭叫："嘀嘀——"

于是，我指挥大家齐声唱："吃葡萄吐葡萄皮儿，不吃葡萄不吐葡萄皮儿。"

大萝卜号汽车向前行驶。

我们的歌声从车厢里传出去："吃香蕉，冒黄烟；吃黄瓜，冒绿烟；吃大萝卜，冒红烟……"我们的大萝卜号汽车冒出各种各样颜色的烟。

车厢里，大家正带劲地唱着歌，突然，汽车发出咯的一声，接着往上一跳。

我问："怎么回事？汽车怎么会打嗝儿?"

我的话还没说完，汽车又打了一个嗝儿。

大家都说："真的，汽车在打嗝儿。"

小糊涂神儿说："它好像有点儿消化不良。"

我问："这汽车怎么会像动物一样?"

小糊涂神儿连连点头，说："你说得对极了，它的基本原理是按照马的胃设计的，大概吃多了有点儿消化不良。"

这时，汽车一连串地咯咯咯地打起嗝儿来，一颠一颠，把车里的人全颠上颠下。大家晕头涨脑地摇来摇去，又开心又害怕地叫。开心是觉得很好玩，害怕是万一这汽车打一个大嗝儿，会把车打翻了。

我对小糊涂神儿说："你快回去看书。"

小糊涂神儿说："我带着书呢，我来看看书上是怎么说的。"他手忙脚乱地翻书，一边随着座位上下颠着，一边念着书，"给它放压缩蔬菜，它打嗝儿是正常现象，并且它吃得太多时，还会有胃病发作。"

我急忙问："胃病发作时会怎样?"我的话还没说完，汽车开始左跳右跳。

大家一齐说："不好，大概它的胃病发作了。"

小糊涂神儿又接着念："发作最厉害时，还会引起盲肠炎。"这时，汽车像青蛙似的蹦起来。大家一齐喊："它得盲肠炎了。"汽车蹦得越来越厉害了。我紧张地说："下一步就要翻车了，大家赶快跳车吧。"

李军和赵全力一听我的话，还真往车门跑。

小糊涂神儿急忙念最后一段："虽有盲肠炎发作，但绝不会有任何危险，最多能把你颠晕，但绝对没有后遗症。"这时，汽车摇晃了几下，停了下来。可是大家也都被颠得起不来了。

我晕晕乎乎地问："小糊涂神儿，书上讲了怎么解决这个问题的办法了吗?"

小糊涂神儿还认真地念着书:"到目前为止,这个问题还无法解决。"

我失望地问:"还没解决啊?"

小糊涂神儿说:"我去解决。"

大家都不相信地问:"你?"

看来不光是我,别人也怀疑小糊涂神儿吹大话了。

我把家里的蔬菜都拿到我的房间里了,桌子上放了一大堆。不光是我们家的,全班每个人都把家里的蔬菜拿来了。我们家快成了蔬菜批发市场了。

拿那么多蔬菜是供小糊涂神儿做实验用的。

可是我看见小糊涂神儿拿了蔬菜不去研究,而是吃。他正一个劲儿地把胡萝卜、黄瓜往嘴里塞。

这可使我有些不放心。

我问:"你怎么不吃巧克力,改吃蔬菜了?"

小糊涂神儿说:"我在研究怎么防止大萝卜号汽车打嗝儿。"

我盯着他问:"真的?"

"当然是真的。"小糊涂神儿说着又往嘴里猛塞。

桌上的蔬菜全光了。小糊涂神儿的肚皮鼓鼓的,像个大球。他有点儿气喘吁吁的了。

我说:"你吃得太多了,留神肚皮爆炸。"我心里在想,弄不好他什么没研究出来,蔬菜倒光了,我还得赔大家蔬菜。

我看见小糊涂神儿拿出一小瓶药丸。他把瓶里彩色的药丸一颗一颗往嘴里放。

"咯咯咯咯……"小糊涂神儿连打了一串嗝儿。

"嗵嗵嗵嗵……"小糊涂神儿在地上一通猛颠。

"嘣嘣嘣嘣……"他在桌面和天花板之间弹跳不止。

看到这种情景,我心里一动。这和破汽车打嗝儿的情景一样,难道他是在拿自己做实验?

"呼呼呼呼……"小糊涂神儿肚皮胀得更大。他胀成了一个圆球，我真担心他会爆炸。

"突突突突……"小糊涂神儿嘴里冒出一串串火星。

我慌张地问："要不要我去拿灭火器？"

小糊涂神儿艰难地说："不，不。"他把一颗绿药丸放进嘴里。"噗——"他的肚皮像撒气的皮球一样瘪了下去。

小糊涂神儿兴奋地叫："成功啦，我找到治汽车胃病的药了。"果然，他是拿自己在做实验。想起自己刚才的猜测，我很不好意思。我和小糊涂神儿又来到了大萝卜号汽车车厢内。这回是我和小糊涂神儿单独来的。

小糊涂神儿将一瓶绿色的药丸倒进燃料箱里。我转动方向盘。大萝卜号汽车冒着五颜六色的彩烟，平稳地向前行驶。

我和小糊涂神儿欢呼起来。

我不由自主地夸奖他："小糊涂神儿，你真棒。"

小糊涂神儿来劲了，兴高采烈地说："我还要进一步改进这个汽车的功能。"

我说："这次你一个人品尝治汽车胃病的药片可够难受的。下次再做实验，我和你一起干。"

小糊涂神儿大大咧咧地说："行啊。下次我准备试着用垃圾做汽车的燃料。"

我大吃一惊："啊?!"

小糊涂神儿

新式轮椅

我发现一件奇怪的事情。连着一个多月的时间，我每天放学后，总看见我们家对面那座楼二楼的窗子里探出一个小男孩的头。他总在那儿看，有时望望蓝天，有时又望望楼下的花坛，他可以望很长很长时间。可是，我看天上没什么，花坛里也没什么。这个男孩好像不上学，虽然他的年龄和我差不多。

有一天，我终于憋不住了，路过楼下时仰脸问："你们家是新搬来的吗?"

男孩点点头。

"你叫什么名字?"

"我叫彭力。"

我说："下来一块儿玩吧。"

彭力摇摇头。看我露出不高兴的样子，他小声说："我的腿是坏的，走不了路。"

啊，他是个残疾孩子，我冤枉他了。

我同情地问："那你怎么上学呢?"

彭力笑笑："我待在家里，妈妈下班后教我学一些功课。"他的脸很苍白。我想，这是老待在屋子里不见阳光的缘故。

说心里话，我很同情他。

吃完晚饭，我回到自己屋里，看见小糊涂神儿坐在城堡形转笔刀上。我对他说："楼下那个男孩挺可怜的，腿坏了，没法上学。他要是有个自动上下楼的轮椅就好了。"我故意这么说，因为我知道小糊涂神儿会有办法的。

果然，小糊涂神儿大大咧咧地说："轮椅？有啊。"

我说："哪儿呢？"

小糊涂神儿说："可以让我的异想天开工程队做一个。"

我说："这主意不错。"

我的话刚说完，城堡形转笔刀里突然呜呜呜地开出水果列车来，上面坐着异想天开豆。

小糊涂神儿高兴地说："瞧，这次我还没冒烟呢，小火车就开出来了。"

我说："它们也一定太想帮这个忙了。"

可是，异想天开豆却一齐摇头说："我们是异想天开工程队，我们只做异想天开的事情，一般的事情我们做不了。"

水果列车又呜呜呜地开回了城堡形转笔刀。

小糊涂神儿双手一摊，无可奈何地说："你看，它们不想干。"

我说："没想到，你的异想天开豆那么自私。"

"你说错了。"小糊涂神儿为它们辩解说，"它们只不过是不愿做普通的东西。比如，你们家想让它们做一套组合柜，它们肯定不做。"

我不高兴地说："我也不会叫它们做组合柜。"

小糊涂神儿说："你别不高兴，他们做不了，我亲自动手做。"

我怀疑地看着他："你会吗？"

小糊涂神儿说："这还不容易？我全懂。第一要设计图纸。"小糊涂神儿的话刚说完，城堡形转笔刀里飞出了许多小纸片，小纸片变大了。我拿起来一看，纸片上面画的是许多建筑设计图。

第一张纸上画的是一座斜塔。

我问："这是你设计的塔？"

小糊涂神儿说："对，意大利的比萨斜塔。"

这时，纸上的斜塔一下子倒下来，在纸上成为一个躺着的塔。

真好玩，纸上画的塔还能倒。

我故意讽刺他："真正的比萨塔斜了几百年都不倒，你的塔还在图纸上就倒了。"

小糊涂神儿马上拿第二张图纸叫我看："你再看这个。"

第二张图纸上画的是一座大桥。

我还没看完，图纸上的大桥一下子坍塌了。

我笑着说："你画在纸上的桥都塌，可真够结实的。"

小糊涂神儿马上说："我这设计的是卡桑德拉大桥，真的卡桑德拉大桥塌了，所以我设计的大桥也要塌。"

我说："算了吧，我看过你的成绩册，你设计的椅子没人敢坐。"

小糊涂神儿说："可是，你总得帮助那小男孩呀，唉——"他长叹一口气，说，"看来只好拿出我的陆海空三用车了。"

小糊涂神儿钻进城堡形转笔刀，从里面推出一辆形状像轮椅似的车来。轮椅一到桌面上一下子变大了，变得像真正的轮椅一样大。我赶快把它从桌子上抬下来。轮椅是电镀的，很漂亮，上面还有一个小驾驶台，有许多按钮。我看着轮椅，顿时来了劲了。这太好了。可是我还有点儿不放心，我怕小糊涂神儿是使障眼法从商店里弄来的。

我试探地问："这是你造的？"

小糊涂神儿连连摇头："不不不。"

我泄气地说："我一猜就是从附近商店……"

小糊涂神儿生气地打断我的话，说："你把我看成什么人了？难道我老从商店变啊？告诉你，这是我爸爸……"

我马上问："是你爸爸老糊涂神儿造的？"

小糊涂神儿说："不，是别的神仙送给我爸爸的礼物。"

我高兴地说："要是那样就更好。这轮椅也许不会也是糊里巴涂的。"

小糊涂神儿连连点头："当然当然，因为这陆海空三用车是我刚会爬时做的，我那糊涂爸爸怕我出危险，还加了各种保安措施，所以绝对万无一失。不信，你可以先试试。"

我说："我当然要试，要保证绝对不出问题，才能送给人家。"

大清早，我和小糊涂神儿推着陆海空三用车来到郊外的草地上。这个地方很空旷，没有任何人。我坐上了轮椅车，轮椅的扶手上有两排按钮。

小糊涂神儿告诉我："按第一个按钮，轮椅就可以飞行。"

我问："下一步怎么办？"

小糊涂神儿说："你先记住第一步，然后我再告诉你第二步，记多了你该糊涂了。"

你看，他还怕我糊涂。我按下第一个按钮。

轮椅下面开始喷出气体，轮椅像气垫船一样飘了起来，升到空中。小糊涂神儿也跟着飞起来。

轮椅在空中平稳地飞行，我坐在轮椅上，满意地说："飞得还挺平稳。"

轮椅飞过树尖、楼顶、一朵朵云彩……我的感觉好极了。

小糊涂神儿得意地说："棒吧？这是我爸爸改进的，原来根本不会飞。"

我一听这个，心里可有点儿发毛，马上想："糟了，老糊涂神儿做的东西肯定不保险。"

我的估计果然不错。正飞得好好的轮椅在空中突然抽风似的晃动了一下，轮椅下面喷出的气突然停了。也就是说不再喷气了。既然是不喷气，就肯定往下掉。轮椅向下，我耳边的风呼呼向上。这要摔下去，我还不摔成肉饼？

我惊呼："小糊涂神儿，快救我。"

小糊涂神儿说："没关系，我的糊涂爸爸早已有预防措施，快按第二个按钮。"

我急忙按第二个按钮。轮椅背上突然射出两个降落伞。降落伞在轮椅顶上张开，轮椅下降的速度一下子放慢了。轮椅在空中飘着降落。

小糊涂神儿得意洋洋地说："怎么样？我说有预防危险的措施吧？"

他的话还没说完，左边的降落伞上破了个洞，气流嗖嗖地透出去。轮椅立刻歪了，下降的速度加快。

我惊呼："不好，降落伞坏了。"

小糊涂神儿大叫："别慌，我的糊涂爸爸还准备了修补降落伞的措施，快按第三个钮。"

现在我可以说是一点儿办法也没有，只好老老实实听小糊涂神儿指挥。尽管我心里明白，他的指挥可能糊里糊涂。我忙按第三个按钮。

椅背上嗖地飞出一条带针的长线，飘到小糊涂神儿手里。这是什么意思？我不明白地仰脸向上看。

我看见小糊涂神儿在空中一边飞行，一边用针线缝补降落伞上的破洞，这怎么来得及？可小糊涂神儿一边补还一边说话："怎么样？我说绝对安全吧？"

左边的破洞还没补完，右边的降落伞也破了个洞。我急忙叫："右边也破了，快缝补右边。"小糊涂神儿急忙飞到右边去缝补。但是，左边的破洞变得更大了。我喊："左边，左边的大洞。"小糊涂神儿急忙飞到左边去补降落伞上的大洞。然而，左边降落伞上的大洞越来越大，无法补了。小糊涂神儿急中生智，索性趴在降落伞上，用肚皮堵在破洞上。这招还真灵，轮椅降落的速度又慢了。

我哭笑不得地问："用肚皮堵也是你爸爸的预防措施？"

小糊涂神儿说："不，这是我自己的发明创造。"

这时，我感觉右边降落伞上的破洞也变得很大，气流猛漏，轮椅歪着急速下降。

我告诉他："右边的破洞也大了。"

小糊涂神儿慌忙喊："不行了，我只有一个肚子，堵不了两个洞。"

下面是个湖泊。轮椅扑通一下子掉到湖里。我的身上都湿了。不过，我倒不太害怕，因为我会游泳。

我听见小糊涂神儿在我头上大叫："快按第五个按钮。"于是我就按第五个按钮。我看见，我坐着的轮椅四面张开，变成了一只小船。我站在了小船上。

小糊涂神儿得意洋洋："怎么样？要不然怎么叫陆海空三用车呢？"

我指着船底说："可你这三用车是漏的。"

船板裂开了一条缝，湖水正不断渗进来，小船慢慢往下沉。这回我不慌了，反正没什么大危险了。我笑着问："小糊涂神儿，你爸爸对沉船也准备预防措施了吧？"

小糊涂神儿惊喜地问："这你也知道？"

我说："我还知道该按第六个钮了，对吧？"

小糊涂神儿说："对极了，这些你都猜到了？"

我哭笑不得地说："我还能猜到按完第六个按钮，还得按第七个钮呢。"

说着，不等小糊涂神儿吩咐，我将轮椅上的第六个钮、第七个钮，一起按下去。

船板上突然蹦起弹簧，将我和小糊涂神儿一起弹起来，弹到岸上。轮椅也随着自动弹到岸上，又变成了原来的形状。我从地上爬起来，揉着摔疼的屁股。

小糊涂神儿说："陆海空三用车，咱们已经实验了空和海，就剩下陆地了。"

我皱着眉头说："算了吧，在陆地上也许出的毛病更多。甭试了。"

小糊涂神儿仔细看着轮椅，连连点头，十分肯定地说："对对，绝对会出现更多的毛病。"

我奇怪地问："为什么？"

小糊涂神儿振振有词："因为这陆海空三用车在空中和水上的功能是我的糊涂爸爸做了改进的，在陆地上的功能还没来得及改。"

我一听，顿时来劲了："听你这么一说，我倒想试试了。"

小糊涂神儿歪着脑袋问："为什么？"

我说："道理很简单。因为你的糊涂爸爸没改进，也许更好些。"

我坐上了轮椅。启动在陆地行走的按钮。我的猜测没错，轮椅平稳地行走了。小糊涂神儿在轮椅后面飞行。

轮椅走得平稳极了，遇到前面有障碍物，便自动转弯。

轮椅驶到马路边，正遇上红灯，轮椅自动停住。

轮椅载着我一直驶进了学校。到教学楼门前的台阶，竟自动极平稳地上了台阶。

轮椅驶到了教室门口。教室门比轮椅窄。轮椅又自动调节，变窄了，正好能驶进教室的门，一直驶到了座位前。我从轮椅上下来，坐到座位上，说："这轮椅在陆地上的功能太棒了，完全是自动化。小糊涂神儿，幸亏你爸爸还没来得及改进。"

小糊涂神儿撇撇嘴，说："一点儿也不惊险，没意思。"

以后的事情就很简单了，我把这轮椅送给了彭力。

小糊涂神儿

小 妖 精

夜晚，月光照射进屋子。我躺在床上刚要睡着，桌上城堡形转笔刀里有响动，我看见小糊涂神儿从里面走出来。

小糊涂神儿在桌上踱来踱去，自言自语："糟糕，我犯了失眠症了，睡不着，不如到外面去转转。"他飞到窗边，打开窗子，飞了出去。

他要去哪儿？又去干什么神秘的事？我忙穿好衣服，溜出了房间。

外面，静悄悄的，星星和月亮在天空眨着眼，四周楼房都黑着灯。我看见一个小人儿在路上走。从背影看去，是小糊涂神儿。我悄悄地跟着他。走着走着，我忽然发现，这是一条我从来没走过的小路。我们家附近也绝没有这样的路。但我并不很惊奇，因为跟小糊涂神儿在一起，我碰到的怪事太多了。只是在晚上，有点儿孤零零的。小糊涂神儿在疾步走着。前面有一片树林，树林里有光亮。他向着光亮走去。

我躲在一棵树后，看见树林里的草地上亮着一盏油灯。有一个丑陋而可爱的小妖精，愁眉苦脸地坐在灯旁边。不知为什么，我一眼就断定，那是小妖精。我见小糊涂神儿正向小妖精走去。

小糊涂神儿走到油灯旁边，问："你是谁？"

小妖精说："我是小妖精。"

小糊涂神儿围着小妖精转着圈，仔细看了半天。

小糊涂神儿说："我看你不是。因为妖精都是坏蛋。我看你不像。"

小妖精着急地说："不骗你。我真的是小妖精。"

小糊涂神儿说："可妖精都很凶。你虽然丑，可是很可爱。"

小妖精说："我也会变得很凶恶的。不信，我变给你看。我们妖精都会变鬼脸。"说着，小妖精转过身去说，"变个大头鬼。"他转过脸来，变成一个很可笑的大鼻子老头。那样子一点儿也不可怕，连我都觉得特别好玩。

小糊涂神儿的感觉也和我一样，他高兴地拍手笑着说："嘻嘻，真好玩，一点儿也不可怕。"

小妖精又转过脸说："变可怕的东西。"他再转过脸时，脸已经变成一个更加可爱的丑娃娃脸。

我看了差点儿笑出声来，我急忙捂住嘴。

小糊涂神儿看着小妖精，兴高采烈地拍手叫："哈，更好玩了。"

小妖精愁眉苦脸地说："可我确实是妖精。不信，我身上冒蓝火焰给你看。妖精身上都会冒火焰。"说着，他用力憋足了劲儿，他的头顶上真的冒出了一丁点儿蓝火苗。可惜太小了，微弱地忽闪着，被小风一吹便灭了。

小糊涂神儿笑嘻嘻地说："风一吹就灭，这算什么火焰？"

小妖精说："那我演妖精的飞头术给你看。"说着，他的头突然脱离身体飞起来，向着我这边飞来，眼看就要到了我身边，我急忙往草地上一趴。糟糕，我的一只鞋子被甩掉了。小妖精的头叼着我的球鞋飞了回去。

小糊涂神儿看着说："哈，你把乔宝的臭球鞋叼来了。"

他拿过球鞋闻了闻，说："好臭。"

小糊涂神儿对小妖精说："好了，就算你是小妖精吧。不过，当妖精可不好，妖精是坏蛋。"

小妖精愁眉苦脸地说："可是我没当坏蛋。"

小糊涂神儿奇怪地问："什么？你说什么？"

小妖精说："我不会干坏事，所以那些老妖精把我赶出来，不让我回家了。我现在无家可归了。"小妖精说着，伤心地哭了起来。

小糊涂神儿忙劝他："你别哭，也许我可以帮助你。"

我听了，觉得挺好笑。这小糊涂神儿自己净干糊里糊涂的事，还特爱帮助人。不知道他又能想出什么可笑的办法来。

可那小妖精满怀希望，他急切地问："你能帮我？你什么都会？"

小糊涂神儿说："当然，我是什么都会大王。"啊，他又在吹牛了。这小妖精能信吗？

我看见小妖精欢呼："太好了！只要你能教我干一件坏事，我就可以回家。"

小糊涂神儿吃惊地说："什么？干坏事？"

小妖精："是啊，我哪怕会干一件，那些老妖精就不会再嘲笑我，也不会再用鞭子抽我了。"

我想，小糊涂神儿碰到难题了。这确实是个难题，连我都不知道该怎么办。

小糊涂神儿犹豫着："这个，这个……"

小妖精叫道："你刚才是在吹牛，你根本不会吧？你根本不是什么都会大王。"

小糊涂神儿不好意思地说："谁说的？我是。我，我可以教你干一件小坏事，为了证明我是什么都会大王。"

小糊涂神儿带着小妖精在树林里转悠，我悄悄地跟在他们后面。

小糊涂神儿指着树林旁边的一座废弃的房子说："我来教你打那破仓库的玻璃。"他从地下捡起一截短树枝，向破仓库的玻璃掷去。树枝嗖嗖地旋转着飞出去，快打到玻璃时，又像"飞去来"玩具一样旋转回来，吓得小糊涂神儿和小妖精连忙缩脖。可是树枝还是擦了他们的头皮，两人全疼得龇牙咧嘴。

我看着，终于忍不住笑出声来。

我的笑声惊动了小糊涂神儿。他俩一齐跑了过来。

小糊涂神儿告诉我："他是小妖精，我在教他干坏事。"

我说："刚才我都看见了。"

小糊涂神儿说："他只有学会干坏事，老妖精才能让他回家。"

我指着小糊涂神儿说："你这个傻家伙，真是是非不分。你应该教他干好事才对。"

小妖精急了，生气地叫道："可是我不干坏事就回不了家，当不了妖精。"

我指着小妖精说："你也是个傻瓜，为什么非要当妖精呢？你不会当好人？"

小糊涂神儿也恍然大悟："对呀，你可以当好人呀。"

小妖精犹犹豫豫："我当好人？行吗？"

我告诉他："想当好人，你就得学会做好事。"

小糊涂神儿马上带劲地说："我来教你做好事，我可是做好事大王。"

这会儿，他又成了做好事大王了。

拂晓，天还不亮。小糊涂神儿和小妖精在空中各拖着一个吸尘器，一前一后，沿着马路往前飞，把两边烟囱里冒出的烟雾全吸到吸尘器里。这是我给他们出的主意。当然，我也没闲着，我在下面指挥他们。

我正指挥得来劲，突然从旁边的树丛里冒出一个小矮人来。我一看，就知道准是老妖精。因为他的模样和小妖精差不多，就是老了很多、坏了很多。

老妖精仰脸看着空中的小妖精说："你这个笨家伙，原来在这儿。你一定还没学会干坏事，看我用鞭子抽你。"说着，他飞向空中。

小妖精显出惊恐的模样。

我急忙叫小糊涂神儿快施魔法。

老妖精拿出一条长鞭子狠狠向小妖精抽去。鞭子快要抽到小妖精时，小妖精身上突然放出金光，一下子把鞭子弹回来。鞭子狠狠地抽到老妖精自己身上。

两个妖精全惊呆了。小糊涂神儿也好像很吃惊。

老妖精问："这是怎么回事？"

小糊涂神儿说："我还没施魔法怎么就这样了？"

老妖精指着小妖精说："糟糕，他一定是干了好事。"说着，惊慌地钻进了树丛。

　　小妖精吃惊地自言自语："他怎么怕我了？"

　　我猜测说："他一定是因为你做了好事，才怕你的。"

　　小糊涂神儿兴高采烈地叫："没错，妖精最怕好人了。"

　　小妖精兴奋地说："是吗？那我以后要做好多好多好事。"他小心翼翼地到树丛前去看。

　　小妖精刚一接近树丛，老妖精马上从树丛里跳出来，边跑边叫："别靠近我。"

　　小妖精兴高采烈地追着他叫："哈，好开心！我要老做好事，叫你怕怕的。"

小糊涂神儿

丁点儿老师

清晨，上学的路上。我背着书包，吹着口哨往前走，小糊涂神儿在我的头顶上飞着。

天很早，街上还没有一个行人。到处都静悄悄的。

我穿过一条胡同，看见前面有一位梳短发、穿漂亮运动衫的姐姐在我前面走。她的身材不高，显得小巧玲珑，背着个小挎包。

她轻巧地往前走着。突然，她的小挎包被顶开了，从挎包里钻出一只绿色的小鼹鼠来，绿色小鼹鼠站在挎包上东张西望。

我悄悄地对小糊涂神儿说："快看，小绿鼹鼠。"小糊涂神儿却紧张地说："快躲到树后面去。"我和小糊涂神儿躲到树后。

这时，我看见了更奇异的情景：那只绿鼹鼠还会表演节目，站在挎包上的绿鼹鼠突然伸着脖子发出公鸡的叫声"咕咕——咯。"

我对小糊涂神儿说："听见没有？这绿鼹鼠会学公鸡叫。"

小糊涂神儿疑惑地说："我好像见过。"

我问："见过绿鼹鼠？"

小糊涂神儿摇摇头，说："不，我好像见过带绿鼹鼠的人。"

前面的短发姐姐东张西望，然后问："没有人吧？"

我以为她看见我了，刚要出去，却发现她是在和绿鼹鼠说话。绿鼹鼠向她摇摇脑袋，又点点头。

短发姐姐笑着说："那好极了，我们可以痛痛快快地放松一下了。"说着，她一下子把鞋脱下来拿在手里。她这一举动，实在使我吃惊。然而，更让我吃惊的还在后面。

她轻轻地摆动手臂，她的两脚突然轻轻飘起来，离开地面三寸多，她的身体悬空了。就像电影里的慢镜头一样，一条腿轻轻地、慢慢地抬起，身体及另一条腿也轻轻地跟上。她缓慢地向前飘，就像在空中走路。

绿鼹鼠从她的左肩跳到右肩，两只小爪像表演杂技一样，将六个小红球在空中扔来扔去。

我躲在树后吃惊地说："这人太神了，是魔术师吧？"

小糊涂神儿却兴高采烈地说："哇！我想起来了，她是丁点儿老师。"

我问："什么丁点儿老师？"

小糊涂神儿说："就是我们糊涂小学的老师啊，她怎么到这里来了呢？真是奇怪。"

这时，前面的丁点儿老师已经飘到了胡同口的拐弯处。我看见她是在朝我们学校的方向走。

小糊涂神儿叫："哈，她是去你们学校。"

真的，小糊涂神儿说得没错。丁点儿老师一直进了我们学校大门。等我跑到门口，却不见她的影子了。

下午，我们班排好队正准备上体育课。

袁校长和一个女教师走来。

我仔细一看，吃了一惊，那女教师竟然是丁点儿老师！

袁校长向大家介绍："这是新来的体育老师。"

丁点儿老师笑眯眯地说："自我介绍一下，我姓丁，叫丁点儿。"

大家都不由自主地说出声："丁点儿？"

丁点儿老师说："对，丁点儿，就是不大的意思。"她的身材确实不大。这话把大家逗笑了，气氛十分轻松。

我忍不住悄悄告诉旁边的李军："知道吗？这个老师有只会演杂技的绿

鼹鼠。"

"得了，别胡说八道了。"李军根本不信。

丁点儿老师笑眯眯地说："现在，大家一起跟我唱一支好玩的歌儿。"

丁点儿老师唱："天长啦，夜短啦，鼹鼠大爷起晚啦。"大家一起高兴地跟着唱："天长啦，夜短啦，鼹鼠大爷起晚啦。"

在丁点儿老师面前的地面上，突然像是有人在地面上画了一个方格子，好像是一扇小门。

大家跟着丁点儿老师更起劲地唱："天长啦，夜短啦，鼹鼠大爷起晚啦。天长啦，夜短啦，鼹鼠大爷起晚啦……"随着歌声，地面上的小门一点儿一点儿被顶开了，里面慢慢冒出一只胖极了的、圆圆的、像球一样的绿鼹鼠来，它太胖了，连耳朵、鼻子、嘴都显不出来了。

我急忙对旁边的李军说："这就是那只会演杂技的绿鼹鼠，可它怎么变得这么胖了呢？"

李军吃惊得眼睛瞪得溜圆，喃喃地说："真是绿的啊，准是用颜料染的。"

甭管怎么说，这样的老师我们还是头一次见到。不过大家也顾不得奇怪了，因为觉得特好玩，都只顾跟着她玩了。

丁点儿老师笑眯眯地指着绿鼹鼠唱："你也不跑，你也不跳，只会睡懒觉。"

大家也一起跟着指着绿鼹鼠唱："你也不跑，你也不跳，只会睡懒觉。"绿鼹鼠随着歌声做着滑稽的动作。

丁点儿老师唱："这不好，这不好，锻炼身体才叫好。"

大家也唱："这不好，这不好，锻炼身体才叫好。"

丁点儿老师一边唱一边做动作："我教你怎么做，你就怎么做。"她摇头晃脑、揪耳朵、揉鼻子，做滑稽好玩的动作。

大家不由自主地跟着唱，跟着做："你教我们怎么做，我们就怎么做。"都起劲地跟着伸懒腰，摇头晃脑。

绿鼹鼠跟着做动作。奇怪的事情发生了，它的身体一点儿一点儿变瘦，耳朵鼻子都显露出来，动作变得越来越灵巧了。

丁点儿老师快活地说："我们一齐来做'放松操'，第一节学青蛙跳。"她双脚并拢，像青蛙一样地朝前蹦。

大家嘴里发出呱呱的叫声，跟着丁点儿老师学青蛙跳。

丁点儿老师说："现在，我们学小马跑。"她的动作极认真，像真正的马一样，嘴里发出咯噔咯噔的马蹄声，还抬起后脚尥了一下蹶子。

大家都兴高采烈地学着，卖劲地向后尥蹶子。我还伸长脖子学了几声马叫。

丁点儿老师说："现在学老鹰。"她弓着腰，像鸟一样平伸开双臂。

大家也一个接一个跟在她后面学鸟飞。

突然，丁点儿老师飞起来，大家身体也都变得轻悠悠的，像鸟一样，由低向高一点儿一点儿飞起来。

大家兴高采烈地叫："飞起来了，飞起来了！"排成一队，在操场上空兜起圈来。

绿鼹鼠跟在最后面飞着，在空中又表演起扔球的杂技。

丁点儿老师在空中慢慢飞着，她笑眯眯地说："我们先休息一会儿，看看鞋子跳芭蕾舞。"她说着，脚下的鞋子慢慢地离开了双脚。

丁点儿老师飘到了楼房顶上坐下来。

大家也都坐到了楼房顶上。

丁点儿老师的两只鞋子在空中灵巧地跳着《天鹅湖》，绿鼹鼠也滑稽地学着鞋子的动作。

大家看着，都忍不住鼓起掌来。

突然，从高空中俯冲下一只老鹰，直冲向跳舞的鞋子。一只鞋子被老鹰抓住了。

我叫道："不好，老师的鞋被老鹰叼去了。"

我急忙脱掉鞋子向老鹰掷去。没有击中，鞋子飘在空中。

"打老鹰啊！"大家喊着，纷纷脱下自己的鞋子掷向老鹰。

老鹰的羽毛都被打飞了，可仍抓着鞋向高空冲去。

大家一齐惊慌地喊："老师的鞋!"

这时，从楼房的烟囱后面快速飞出两只小鞋子，利箭一样飞向老鹰。

我看出来了，那是小糊涂神儿的鞋子。因为只有他的鞋子才这样小。

两只小鞋像小导弹一样前后攻击老鹰。

老鹰疼得大叫，松开了鞋子，用爪子猛抓小鞋，用嘴猛啄，把一只小鞋啄破了个洞。破了洞的小鞋和丁点儿老师的鞋子落下来，落到在半空飘着的鞋子群中。

另一只小鞋却顽强地向老鹰进攻，一下子套在老鹰的头上。老鹰的头全被套在鞋子里了。老鹰顶着鞋狼狈不堪地扎进了云彩。

丁点儿老师说："大家快穿上鞋，一会儿就该飞不起来了。"

同学们都飘到空中，找到自己的鞋，又排成一队，随着丁点儿老师慢慢飘落到地面上。

丁点儿老师手里拿着带破洞的小鞋，皱着眉头说："这鞋子我好像见过。"

我试探地说："是小糊涂神儿的。您认识吧?"

丁点儿老师问："小糊涂神儿是谁?"

我说："他说是您的学生，还说您在糊涂小学教过他。"

丁点儿老师摇摇头："没有，我没在糊涂小学教过书，也不认识什么小糊涂神儿。不过，看来他是个很爱帮助人的孩子，你替我谢谢他。"

你看，这丁点儿老师根本不认识小糊涂神儿。小糊涂神儿一定是记糊涂了。

我去上厕所。我刚系好裤子，那只头上套着鞋的老鹰从窗外飞了进来。它似乎要扑到我身上，我躲闪着，忙用书包打老鹰。老鹰发出小糊涂神儿的声音："别打，别打，是我。快帮我把头上的鞋拿下来。"

我惊奇地问："小糊涂神儿，是你?"我让老鹰落到我书包上。我去拿老鹰头上的鞋。鞋套得很紧，猛一使劲，才拉下来。老鹰变成了小糊涂神儿。

他哼唧着说："鞋子一套在头上，什么咒语都念不出来了。"

我问："上体育课时，那老鹰是你变的?"

小糊涂神儿苦着脸，点点头。

我又问："让你的鞋子打老鹰，也是你念的咒语?"

小糊涂神儿又点点头："没想到这回的咒语这样灵。"

我很奇怪地问："你为什么要这样做呢？是不是犯糊涂了?"

小糊涂神儿哼哼唧唧地说："没有，这回我可没糊涂。我想找个借口飞到那个老师的眼前看一看，她是不是我们糊涂小学的丁点儿老师?"

我忙问："这老师是你认识的那个丁点儿老师吗?"因为这也是我特别想知道的。

小糊涂神儿说："我的头都被鞋子打晕了，还怎么能说出她是不是呢？不过，我可以肯定，她绝对是个好老师。"

整个下午，我们都在谈论丁点儿老师的事，大家都很兴奋，认为有了这样一位奇怪的老师，以后学校里一定会很好玩。

不过大家一致认为，最有趣的还是小糊涂神儿。事实确实如此。以后我们又碰到了许多更神奇更好玩的事。这些，还是等我以后再慢慢给你们讲吧!

243

附一　葛冰和小糊涂神儿、乔宝 QQ 对话

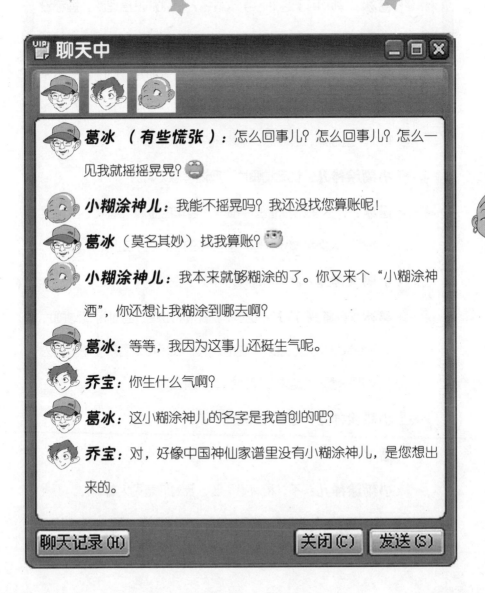

葛冰：酒厂用了这个名字做酒名，一点儿没搭理我，酒都没送我一瓶。这连起码的礼貌都没有吧？

乔宝：不过，这样让大家更知道小糊涂神儿，你的名气不是更大吗？你瞧，演动画片那一阵，全国一播映，满城的小孩都唱："金糊涂，银糊涂，咱家出来个小糊涂……"☺

小糊涂神儿：说起动画片，我还有意见呢。

葛冰：什么意见？动画片都得了当年的金鹰奖首奖、金童奖一等奖，大奖全拿了，你荣誉够多的了，还不知足？

小糊涂神儿：我觉得动画片不如小说好。

葛冰（高兴了）：这我同意，你知道，当时为了动画片本子和原来小说比起来，变化太大，我还和动画部主任专门去了深圳一趟，找动画公司谈这个问题。

小糊涂神儿：这个观点咱俩一致？

葛冰：对呀。

小糊涂神儿：不，和您不一致，我对您意见大着呢！

聊天记录(H)   关闭(C) 发送(S)

葛冰：又有什么意见？

小糊涂神儿：你为什么把我写得那样糊涂？

葛冰 （一愣）：不对，这你可说得不对。别人不知道，你还不清楚？说你是小糊涂神儿，其实我是写你假糊涂、装糊涂，假借糊里糊涂，实际上你是一脑袋歪点子，老搞恶作剧，干调皮捣蛋的事情。

乔宝：对极了，讲得太对了。和他在一起，他每次犯糊涂都是在治我，拿我开心。

小糊涂神儿 （装傻）：是这样吗？

乔宝 （揭老底儿）：我这小本上全记着呢。你还没到我们家，就先把你那成绩册塞进我书包，什么分身术、腾云术全不及格，我爸爸还以为是我的呢，差点把眼珠瞪出来。你穿走了我的鞋子，让我把你的小紫花鞋带到学校，在教室里满天飞，差点飞进老师嘴里，你还把糊涂虫从葫芦里全放出来，让全班同学在教室里一起糊涂，你还……

聊天记录 (H)　　　　　　　关闭 (C)　发送 (S)

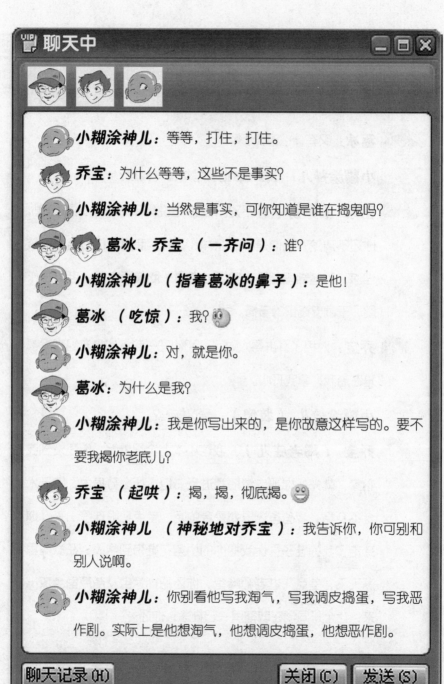

聊天中

小糊涂神儿：等等，打住，打住。

乔宝：为什么等等，这些不是事实？

小糊涂神儿：当然是事实，可你知道是谁在捣鬼吗？

葛冰、乔宝（一齐问）：谁？

小糊涂神儿（指着葛冰的鼻子）：是他！

葛冰（吃惊）：我？

小糊涂神儿：对，就是你。

葛冰：为什么是我？

小糊涂神儿：我是你写出来的，是你故意这样写的。要不要我揭你老底儿？

乔宝（起哄）：揭，揭，彻底揭。

小糊涂神儿（神秘地对乔宝）：我告诉你，你可别和别人说啊。

小糊涂神儿：你别看他写我淘气，写我调皮捣蛋，写我恶作剧。实际上是他想淘气，他想调皮捣蛋，他想恶作剧。

聊天记录(H)　　　　　　关闭(C)　　发送(S)

乔宝：真的?

小糊涂神儿：我骗你干什么? 我有证据。（他从口袋里取出一本书。）这是他写的小说集《绿猫》，我给你念念他自己写的序言。

葛冰 （不好意思）：别念，别念。

乔宝 （起哄）：念，念，坚决念。

小糊涂神儿 （念序言）："当了大人，感到生活的重负，忙得团团转时，极想玩玩，极后悔自己当孩子时，没能淋漓尽致地玩个痛快。因此我常在自己的作品里，让我写的那些形象，猛淘气，猛调皮，猛折腾，自己也借机会发泄一回。"

小糊涂神儿 （得意地）：你看看，他是借着写我，淘气、调皮、恶作剧，实际上是他想这样做。我可是无辜受害者。

乔宝：是这样吗?

葛冰 （尴尬地）：是这样。我觉得这样挺好。为什么呢? 如果我自己在大街上，折跟头，扮鬼脸，调皮捣蛋恶作剧，

聊天记录 (H)　　　　　　关闭 (C)　　发送 (S)

大家准以为我是疯子，一个大人怎么这样啊？我写小糊涂神儿呢，怎么折腾都行。

 乔宝：这倒是。

 葛冰：所以我写童话时，挺快活的，怎么开心怎么写。我对自己的要求是，写童话，要好玩，要好看，要吸引人。

 乔宝：这倒是，我看过你写的其他童话，特幽默，特夸张，情节还挺离奇。有时候我甚至怀疑……

 葛冰：怀疑什么？

 乔宝：你是不是喝小糊涂神酒，喝醉了，才写童话？

 葛冰：瞎说，我写童话，特重视文学性，特注意陶冶人的美好心灵。我的作品获了好多奖，有的还是大奖（掰着手指头数）一个、两个、三个、四个、五个……

 小糊涂神儿：你瞧瞧，他也犯糊涂了。

聊天记录(H) 关闭(C) 发送(S)

附二　作品出版年表

1988 年　短篇小说集　《绿猫》　重庆出版社

1989 年　短篇童话集　《蓝皮鼠大脸猫》　湖南少年儿童出版社

1989 年　短篇童话集　《哈克和大鼻鼠》　少年儿童出版社

1990 年　短篇童话集　《调色盘师长和绿毛驴》　安徽少年儿童出版社

1990 年　短篇童话集　《隐形染料》　四川少年儿童出版社

1991 年　短篇童话集　《太空囚车》　甘肃少年儿童出版社

1991 年　中篇童话　《魔星杂技团》　少年儿童出版社

1992 年　短篇童话集　《小狐狸的爆米花机》　二十一世纪出版社

1992 年　中篇童话　《小糊涂神儿》　福建少年儿童出版社

1992 年　短篇童话集　《哈克大鼻鼠全传》　四川少年儿童出版社

1993 年　中篇童话　《追捕猫魔》　重庆出版社

1993 年　长篇童话　《胖胖龙上天入地记》　浙江少年儿童出版社

1993 年　《魔鬼机器人》　台湾天卫文化图书有限公司

1994 年　长篇童话　《魔法大学校长》　湖北少年儿童出版社

1994 年　长篇童话　《怪眼麒麟奇遇记》　湖南少年儿童出版社

1995 年　科幻小说　《奇异的峨眉怪兽》　浙江少年儿童出版社

1995 年　短篇童话集　《哈克大鼻鼠和黑蜘蛛》　福建少年儿童出版社

1995 年　《小狐狸的新式汽车》　华夏出版社

1996 年　《老鼠品尝师》　福建少年儿童出版社

1996 年　短篇小说集　《吃爷》　台湾民生报出版公司

1997 年　"葛冰童话系列"　作家出版社

1999 年　"悬疑惊奇小说系列"　（六册）　中国少年儿童出版社

1999 年　"悬疑惊险小说系列"　（五册）　中国少年儿童出版社

1999 年　短篇武侠小说集　《矮丈夫》　台湾民生报出版公司

2001 年　"七绝侠探案系列"　（四册）　台湾民生报出版公司

2004 年　"少年大惊幻系列"　（三册）　少年儿童出版社

出版低幼图书五十余册，书名从略

附三　主要获奖记录

1993 年　短篇小说集 《绿猫》 获中国作协第二届优秀儿童文学作品奖

1996 年　系列动画片剧本 《小精灵灰豆儿》 在全国儿童电影、 电视、
　　　　动画片剧本征文中， 获系列动画片一等奖

1996 年　短篇小说集 《吃爷》 获台湾 "好书大家读" 优秀作品奖

1997 年　《梅花鹿的角树》 获第五届宋庆龄儿童文学奖低幼文学大奖

2000 年　《妙手空空》 获陈伯吹园丁奖

大型系列动画片 《小糊涂神儿》， 由中央电视台播出， 获动画片金鹰奖
首奖、 金童奖一等奖

二十六集动画片 《小精灵灰豆儿》， 由中央电视台播出， 获金童奖一等
奖

大型系列动画片 《蓝皮鼠和大脸猫》， 由中央电视台播出， 获动画片金
鹰奖

葛冰童话全明星票选总动员

谁是你心目中最闪亮的葛冰童话明星（SUPER STAR)？是大脸猫、小糊涂神儿，还是……

你想让自己最喜欢的童话明星成为最终的冠军吗？

那就加入葛冰童话全明星票选总动员，赶快投票支持他吧，这可是属于你们自己的全明星哦！

还要叫上你的同学、朋友一起参加哦！^–^

在你最喜欢的童话明星前画钩(只能选一个)，并写上你最喜欢他的理由。

编辑部将完全根据读者的投票多少选出最终的SUPER STAR，选中的小朋友将有机会参加抽奖。

奖品包括：

一等奖：葛冰、葛竞父女签名新书+葛冰亲笔签名童话
全明星宣传海报一张，10 名。

二等奖：接力社最新图书一本，50 名。

三等奖：接力社经典好书一本，100 名。

票选单

□1.大脸猫　□2.蓝皮鼠　□3.大脚丫的小狐狸　□4.小糊涂神儿　□5.乔宝　□6.小精灵灰豆儿　□7.八戒大剩　□8.哈克　□9.大鼻鼠　□10.胖胖龙　□11.怪眼麒麟　□12.三寸教授　□13.魔法大学校长

你最喜欢他的理由：

_____

_____

联络方式：

姓名：_____

联络电话：_____

E-mail：_____

填好票选单后（复印无效），请寄至（100027）北京市东城区东二环外东中街 58 号美惠大厦 C—1201 接力出版社 "葛冰幽默奇幻童话星系" 编辑部。